El jardín en el desierto

El jardín en el desierto

Patrice Vandenberghe
Lima Mars 2025

Grecia Cáceres

cocodrilo
ediciones

El jardín en el desierto

Jr. Nicolás de Piérola 451, urb. Liguria, Surco, Lima, Perú
cocodriloediciones@contratapa.pe
www.cocodriloediciones.com

Dirección editorial: Contratapa Proyectos Culturales
Diseño de portada: Mario Vargas Castro

Primera edición en Cocodrilo Ediciones: abril de 2024
Tiraje: 500 ejemplares

ISBN: 978-612-49352-8-2
Hecho el Depósito Legal en la Biblioteca Nacional del Perú N° 2024-03185

Impreso en Aleph Impresiones SRL
Jr. Risso 580, Lince
Lima, Perú

PROYECTO GANADOR DE ESTÍMULOS ECONÓMICOS PARA LA CULTURA 2023

PERÚ Ministerio de Cultura

CNL CENTRE NATIONAL DU LIVRE

A Inés Quiroga Quiñones, mi abuela, cuya belleza sigue inigualada

Eco tras eco desenterrar la infancia. Esperar con paciencia que el recuerdo destile en nuestro oído su jerga de aguas negras.

El libro de barro, Blanca Varela

¿cómo pueden reclamar
lo que nunca han conocido
sino en los pálidos versos
de un pálido poeta?
pero si las ventanas abiertas
ya no dan al cielo
ni a la pálida luna
estas puertas son en cambio
las misteriosas puertas
que dan a otras puertas

Habitación en Roma, Jorge Eduardo Eielson

Hay tantas ambivalencias en cada vida, son tantos los recovecos que ni la persona misma se atreve a explorar. Nada tiene existencia mientras uno no lo cuenta, y cuando lo haces, ya es una existencia habitada por la imaginación del que narra.

Donde van a morir los elefantes, José Donoso

María Elena: ubicada a 1250 msnm de altura y a 220 kilómetros al noreste de Antofagasta, esta oficina fue fundada en 1926 por la Compañía Salitrera Anglo Chilena con un trazado que iguala las líneas de la bandera del Reino Unido. Este es el único centro salitrero en actividad en Chile y el único centro productor de nitrato sódico natural del mundo.

Estas oficinas implementaron el concepto de «ciudad ideal», con un trazado octogonal, cuyo centro era la plaza, lugar donde se concentraba gran parte del equipamiento público: canchas deportivas, piscina, baños públicos, teatro, clubes sociales, pulperías, iglesia, hospital, escuelas, estación de ferrocarril, correos, biblioteca.

REGRESO A MARÍA ELENA

La señorita Rosita volvió a una ciudad fantasma, expuesta al viento implacable del desierto, habitada por aquellos que no pudieron irse a tiempo. Llegó con el propósito de salvar algo, de preservar la memoria de los que vivieron allí creyendo que estaban haciendo patria, ocupando el territorio tan difícilmente ganado en esa «guerra absurda», como decía el que sería, para siempre y hasta su último suspiro, su jefe.

Decidió regresar al cumplir los sesenta y cinco. Más de cuarenta años al servicio de la misma empresa. Había empezado tan jovencita e inocente. Con el tiempo se dio cuenta de lo indecente que es el mundo de los negocios y sobre todo de los inversionistas extranjeros, alemanes, ingleses o estadounidenses. Ella nunca se metió en política ni en sindicatos, sus colegas no le preguntaban su opinión ni la tomaban en cuenta, pensando que ella era absolutamente fiel a los patrones. Qué equivocados estaban. Desde la trágica desaparición del ingeniero, su conciencia se había despertado y, a pesar de haber aceptado el puesto en Santiago, nunca su lealtad fue hacia la empresa sino hacia sus recuerdos de juventud en María Elena. Por ello, siempre pensó en regresar un día. Se quedó señorita, se quedó a vestir santos o se le pasó el tren o alguna de las amables expresiones dedicadas al extraño caso de las solteronas. Vive para el trabajo, decían algunos; otros, más románticos, pensaban que algún amor imposible le había robado toda ilusión para siempre. Rosita, como *doña Rosita la soltera*, siempre esperó el regreso de un único hombre muerto hacía tanto... muerto de desesperación. Quizá debió quedarse a su lado sin tener en cuenta el qué dirán, pero él ni la veía. Nadie puede salvar a quien no quiere salvarse. Su vida había terminado con la muerte de su esposa. Era débil y no tenía sentido del deber, decían los hijos mayores. Sí, pues, abandonó a su hija menor, incapaz de hacerse cargo de la familia, era verdad. Era débil, pero a Rosita le dio impulso cuando todavía creía en el valor del esfuerzo y del trabajo.

El primer día recorrió las calles abandonadas y vacías que acumulaban, en ciertos rincones, los restos de algo que fue útil alguna vez, trapos coloridos, patas de sillas, juguetes viejos, canastas sin asa, zapatos sin par y hasta el libro de cuentas deshojado de un comerciante. Restos llevados por el viento, atascados en algún recoveco de muro o tras una esquina. Era infinitamente triste recorrer las plazas sin gente; las calles, tan bien delineadas antaño, invadidas por la ruina; la piscina vacía; los jardines sin verdor. ¿Aquella civilización tan solo fue el espejismo de un instante en la historia milenaria del desierto? ¿Qué se podía hacer de útil con todo eso? La estación era un muelle fantasma donde no llegaría ya ningún tren ni de pasajeros ni de carga. Allí mismo, donde ella le dijo adiós a su jefe, a la niña Leonor y a la Lili, embarazada...

¿Y la casa de la señora Estela? ¿Y el jardín? Ese primer día no tuvo el coraje de enfrentar ese lugar de su memoria. Había preferido ir a los antiguos locales de la empresa y ver todo abandonado, ruinas de un proyecto desarrollista que resultó pillaje y enriquecimiento para unos pocos. Ella misma había ganado su vida gracias al sudor de otros, instalada en las oficinas con alfombra y muebles de cuero, reservadas a aquellos que decidían por los demás. A punto de jubilarse, la señorita Rosita había sido una funcionaria ejemplar, llegó a lo más alto de sus capacidades y los directores siempre la consideraron perfecta, sin sospechar que era la más rebelde y que no siempre trabajó para ellos. ¿Y hoy qué puedo hacer por los que se quedaron en el camino?, pensó.

El andén… La última vez que estuvo allí fue cuando tomó el tren para la capital. El jefe se ofreció muy gentilmente a acompañarla. Con su hija Leonor de la mano, parecía flotar en el aire. Sus pasos, antes decididos y sonoros, se habían vuelto de algodón. Vestía con un terno de tres piezas y un sombrero, como cuando iba al trabajo, durante veinte años, de lunes a viernes, puntual como un reloj para todos los empleados y obreros. Así apareció en el patio de la casa.

Desde el día aciago que lo acompañó de la oficina para constatar la muerte de la señora Estela, Rosita se había quedado a dormir en la casa para ayudar en lo que fuera necesario. Siguió yendo a la oficina y transportando mensajes y correos, administrando la rutina. Nadie lo tomó a mal, nadie osó criticarla o a su jefe por dormir bajo el mismo techo. Era absurdo pensar un instante en una posible intimidad entre ellos, pertenecían a dos galaxias distantes. Su proximidad era tan solo una apariencia. Él le estaba agradecido y no sabía cómo demostrarlo. Qué habría sido de nosotros sin usted. Le deseo lo mejor en su carrera que va a ser brillante. Es lamentable que nuestra planta haya tenido que cerrar de mala manera. No pude defender ni a los empleados ni a los obreros… Señor, nadie habría podido hacer nada, nos han borrado del mapa, simplemente eso, borrado del mapa de un brochazo. No existimos más. Eso es, señorita, es como usted dice, no existimos más. No quedará piedra sobre piedra. María Elena fue un espejismo, una ilusión nacida del desierto como esta casa, el jardín y mi familia… Pronto será como si nunca hubiésemos vivido aquí. Vayamos pronto a la estación, Rosita, no quisiera que pierda su tren. Y no me mire así, hizo bien en aceptar ese nuevo puesto, usted tiene una carrera por delante en la capital. No deje pasar su oportunidad, luego será demasiado tarde. Ven Leonor, vamos a acompañar a la señorita Rosita a la estación.

El día que los carabineros la llamaron para informarle de la desaparición fue el único en que faltó al trabajo en más de cuarenta años de carrera. Ahí empezó una nueva etapa de su misión ante la familia del jefe, descubrir lo que había pasado en el faro de Antofagasta y no informarles hasta estar segura. Lo más importante para la señorita Rosita era proteger a la niña Leonor de falsas esperanzas.

I

La niña Leonor

Atacama

La planta salitrera emergió de la tierra como un hongo gigante. Un hongo venenoso que empezó provocando una guerra y terminó con la consabida crisis. Así es la actividad extractiva de las riquezas naturales: destruye el paisaje dejando las migajas a la gente. Hoy quedan pocos restos de esa fiebre. Algunos pueblos fantasmas, otros desaparecidos y carcomidos por el arenal a golpe de sequedad y calor, una que otra ciudad pequeña y muchas ruinas. Cuando llegó el ingeniero a trabajar allí con su familia, la situación era muy diferente. Algunos pensaron: Pobre, tener que ir a vivir allá a explotar el salitre para los ingleses, en medio de la nada, y con ese calor... Qué pena. Otros lo envidiaron. Él se fue de Santiago como un aventurero en busca de riquezas y conocimiento. Porque no solo le interesaba explotar el subsuelo y hacerlo lo más rápido posible, sino también entender qué era Atacama, ese territorio que formaba ahora parte de su país, de la patria que llevaba en el corazón.

El ingeniero se asentó entonces en esa tierra impalpable, arena rojiza que nunca es la misma, aunque parezca siempre igual. El sol le quemó la piel, sus ojos se acostumbraron a la luz y ahí estaba él como un conquistador fundando María Elena, revisando con los ingleses los planos tan bonitos, una ciudad moderna con jardines, plazas, colegios, piscina, teatro y biblioteca. Allí crecerían sus hijos, y crecerían bien. Cuando nació Leonor, estaba bastante más agotado de lo que aparentaba. La situación de la planta era mucho menos buena que cuando nacieron sus hijos mayores y no tenía tiempo para cargar a la criatura o encariñarse demasiado. La niña se llamaba como su abuela, y ese nombre le confería una gloria que solo él reconocía. Su madre lo había iniciado a la lectura, a creer en los libros y en la ciencia. Y, a pesar de no ser una madre devota, como la que evocaban las estampitas, él la adoró cada día de su vida. Conversar con ella en una biblioteca infinita hubiera sido su idea personal del paraíso. Pero la carne venció y se enamoró como un loco de su esposa a la que nunca podría entender del todo. No se puede ser sabio y un esposo normal, pensaba. Tendría que haberme quedado viudo, como mi madre, o solterón como alguno de aquellos científicos con los que correspondía por carta.

Pero no, él se había hecho gente amándola, por ella había definido su lugar en el mundo, donde sus hijos lo rebasarían algún día. Al menos eso esperaba mientras soportaba cada vez menos a los ingleses y luego a los alemanes de la compañía o a sus clientes venidos de Europa. Qué hastío esa gente que nada entendía de Chile, que solo quería saquear el país y largarse. Años de callarse la boca le había amargado el alma… ya no esperaba gran cosa de su trabajo. Hasta que todo se desmoronó de golpe. Al final solo quedará arena en el viento, pensó. Quizá sea mejor así. Que se larguen todos de una vez. Ya no hay nada que robar aquí, en Atacama.

Nacimiento de Leonor

La hermanita menor había nacido en medio de la sorpresa. ¿Madre embarazada de nuevo? ¿Después de tantos años? Las gemelas se preocuparon mucho por la salud de la madre, agotada ya por varios embarazos. Fueron tiempos de zozobra. Los niños tenían pesadillas y se despertaban mojados de sudor o helados por el pánico. Finalmente, todo salió bien, el parto fue corto y Leonor nació con los ojos abiertos, como sabiendo ya mucho de la vida extrauterina. Esta niña es un verdadero milagro. Se llamará Leonor, igual que su abuela, afirmó el padre. A nadie se le ocurrió decir que el nombre de la suegra no era exactamente del gusto de la madre que apenas recuperaba sus fuerzas.

A pesar de la felicidad de tener un bebé en la casa, ni los hermanos mayores ni las gemelas le entregaron mucho cariño. Cada uno estaba en un momento diferente de su vida, todos aspiraban a salir de la casa familiar y tomar sus destinos entre las manos. Las gemelas tenían muchos admiradores entre los cuales escoger, pero no se decidían por ninguno y les daba mucha risa pensar que si se les antojaba podrían intercambiar maridos. Eran tan parecidas que a veces daba miedo verlas juntas. Y cuando se peinaban una a la otra, sentadas en el jardín, a Leonor le parecía ver el reflejo de un espejo invisible reverberando entre los árboles.

Poco a poco, la madre recuperó la salud y pudo levantarse de la cama para inspeccionar su vasto reino. Había tanto por hacer. Los hijos, la comida, la ropa… y ahora la bebé. La madre decidió buscar a una nana rápidamente. Con los años, ocuparse de un bebé había perdido la magia. Miraba a la criatura de lejos, admirando su perfección, la belleza de sus párpados dorados a la luz de la mañana. Tiene los ojos verdes como ninguno de sus hijos. ¿Qué destino esperará a esta niña?, pensaba como si no fuera su madre, como si estuvieran juntas solo de momento o de casualidad. Puso su índice en el puñito de la bebita que se lo apretó. ¿Cómo será tu vida, Leonor?

Ese día llegó a la casa una jovencita, conocida de una de las sirvientas. A partir de hoy Lili será tu nana, Leonor, murmuró la madre en el lóbulo de su minúscula orejita nacarada.

El cinema

Un día empezaron a cauterizar las venas de la madre. Todo en la casa era silencio y miedo. A Leonor no la dejaban entrar en su cuarto a visitarla y solo podía ver unos fuegos que encendían en el patio. El médico o alguien había ordenado quemar los colchones de agonía impregnados de sangre. El fuego no crepitaba, despedía un olor dulzón que se mezclaba con el de chamuscado. Era horrible ver esos colchones quemarse así, humear hasta el cielo. Leonor se escondía detrás de un árbol y miraba la hoguera, temblando. Nadie le decía nada. En esa época, a los niños no se les explicaban las cosas, simplemente sucedían, y ella sabía que cada día estaba más cerca el fin del mundo.

Las hermanas ya estaban casadas y vivían lejos. Las hermanas habían escogido esposo entre lo mejorcito de María Elena y sus alrededores. Una vivía en Santiago, la otra en Concepción. Sus risas y sus bailes ya no llenaban los vacíos de esa casa dejada a la deriva desde que la madre tuvo que quedarse en cama. Su nana la apretaba fuerte contra sus faldas, como queriendo impedir que viera, y la llevaba de paseo, a jugar a la plaza, para distraerla y sacarla del ámbito confinado y mortífero de la casa que parecía enferma como su dueña. En el parque, jugaba sola, los niños del pueblo no se le acercaban. La nana en uniforme les inspiraba demasiado respeto. La Lili, por su parte, no hacía nada para animarlos y se quedaba sentada en un banco sin hablar con nadie, impregnada de la dignidad de su labor y responsabilidad. A Leonor le parecía que la Lili exageraba y le hubiera gustado jugar con los demás niños, se habría divertido más.

En una de esas tardes tórridas, la Lili, a quien Leonor adoraba, la llevó en matiné al cine. Un cine muy nuevo y bonito. La niña se quedó estupefacta cuando vio moverse y hablar a los actores en la pantalla. Era como un sueño hecho realidad. Todo era hermoso, las personas cantaban en vez de hablar, bailaban en vez de caminar y estaban vestidas con ropa vaporosa y fina. Era tan bonito, como para llorar. A Leonor se le olvidó por un momento lo que estaba amenazando con llevarse el orden, la estabilidad y la verdad de su vida.

Lo que le pareció extraño cuando llegaron fue encontrar a Fermín, su hermano mayor, al que casi nunca veía en la casa, parado delante de la puerta del cine. Se acercó, la tomó de la mano y entró con ellas a ver la película. Y así, varias veces fueron los tres al cinema. Al final de la función, de vuelta a la casa, repetidamente su nana le decía, con voz muy baja, como incluyéndola en la intriga (porque ya estaba grandecita): Leonor, mi niña, no vayas a mencionar a nadie que tu hermano Fermín vino con nosotras al cine... él se escapa del trabajo para venir, si lo decimos a alguien ya no va a poder seguir viendo películas. La niña asentía con la cabeza y no añadía nada. Le gustaba que le confiaran un secreto y, además, ¿a quién hubiera podido contarle?, nadie tenía tiempo para ella, salvo la Lili. La casa era un caos, su padre se la pasaba encerrado en el cuarto con la madre cuando no trabajaba. Los hermanos llegaban tarde, como evitando la pena y el terror de perder el centro de gravedad de sus vidas, y los demás estaban demasiado ocupados como para hablar con ella.

El colchón en llamas

El día en que Leonor vio la fogata en el patio, un oscuro presentimiento le acongojó su corazón de niña. Ya casi no veía a su madre que permanecía encerrada en su cuarto, su cuerpo perdido en medio de frazadas y almohadas. A pesar de hundirse cada vez más en un decaimiento general, las preocupaciones de la madre seguían siendo las mismas, y la obsesionaban atándola como un último anclaje a la vida y a sus rutinas. El orden en la casa, la comida caliente, los ternos y camisas del marido siempre limpios y planchados cada mañana. Alejar el caos como fuere, cueste lo que cueste, con sus últimos hálitos, hasta la desesperación. Y la niña, qué iba a ser de la niña, su última, su tesoro, la más dulce de las criaturas. Qué comparación con las gemelas que siempre fueron unas salvajes, solo preocupadas de ser bellas. Esta niña sí tiene un cerebro. Ojalá pueda estudiar. Tiene que estudiar.

Desde el fondo de su cama, en medio de los dolores, soñaba despierta, veía imágenes que desfilaban con la realidad intensa y entrecortada del sueño. La niña en peligro, huérfana, la niña yendo de casa en casa, con su maletita en la mano. La niña en peligro... ¿qué hacer? Desesperada se revolvía en su cama, entre almohadas y sábanas arrugadas. Su marido no quería aceptar la realidad, si le hablaba de eso, se hacía el sordo y le acariciaba la mano. ¡Qué injusticia! Iba a morirse y dejarlo todo a medias, la familia, la casa que tanto había costado, y el jardín. Vivir en una ciudad salida de la nada era como fundar el mundo cada día. Así le pareció cuándo llegó, un sueño, una esperanza de vivir mejor para todos, sueño que se estaba convirtiendo en espejismo. El desierto carcome cuerpos y almas. Aquí vino gente del mundo entero para explotar el subsuelo, hasta fue necesario inventar una guerra para lograr apoderarse de esa riqueza, ¿para beneficio de quién? El país no es aún el país por aquí, le decía a su esposo que no la quería escuchar. ¿Y la niña? ¿Qué será de la niña Leonor cuando yo ya no esté?

Es un hombre derecho, pero no sabe más que su deber hacia mí, pensaba la madre. El trabajo era una rutina a la que acudía con los ojos vacíos. Felizmente la señorita Rosita cubría sus ausencias. Desde que cayó en cama, a él nada le interesaba, el mundo había perdido sus colores y su ambición había desaparecido. Cómo será cuando yo ya no esté… ¿el Apocalipsis? Felizmente las gemelas se casaron rápidamente, por no decir apuradas. Y los varones también, salvo el Fermín. ¿En qué andará el Fermín ahora que nadie vigila la casa ni los cuartos de las empleadas por la noche? Esa tarde le había dicho a la Lili, nana de Leonor, que siguiera durmiendo en el cuarto con la niña. Debe estar asustada de seguro. ¿Tiene pesadillas? Mmm… No me sorprende. Aquí donde me ve, Lili, no me queda mucho tiempo. No llore, por favor, no necesito gente que llore ahora. No hay tiempo. ¿Podrá usted cuidar a la niña, por favor? Yo sé que la quiere mucho. Temo que las cosas se precipiten y Leonor quede a la merced de sus hermanos y sus esposas. Ellos están en sus vidas. No es lo mismo que… La Lili asentía fuertemente con la cabeza, un nudo en la garganta y la nariz moqueando. Pobre señora, cómo puede hablar así de su pronta partida… estuvo a punto de confesarle sus amores con el Fermín, pero al final se avergonzó, no halló las palabras adecuadas. Además, pensó, ella sabe todo lo que pasa en esta casa, debe saber eso también.

La sangre parecía explotarle en las venas, las piernas le pesaban cada vez más. El médico lo había predicho: Con este embarazo, usted está jugándose la vida. Sus venas no van a aguantar… y ella había pensado: Una vida por otra. El parto no la había matado. Creyó que podría ver crecer a la niña.

Aunque no había más que resignación en ella, cuando escuchaba la voz de ángel de Leonor cantando en el patio, se le caía el alma. Su voz era como un hilo delicado que la ligaba al mundo exterior. Allí, donde ya no podría ir y venir ni cuidar de sus plantas y flores. Su jardín que amaba tanto. Había pasado allí la mayor parte de su último embarazo, echada en su *chaise longue*, con un viejo sombrero de paja en la cabeza oyendo el viento loco del desierto quedarse sin aliento, fuera de su jardín verde y lleno de flores. Vencí al desierto por unos años, lo logré. Antes de que su hálito de fuego se lo lleve todo y María Elena sea solo un recuerdo descolorido cuando acabe la guerra del salitre. ¡Esos ingleses, ajjj! ¡Esos alemanes, ajjjj!, decía para escándalo de su esposo. Esos ladrones. Se quedarán con todo. Nunca nadie me hará callar. Salvo la muerte.

Amores

La Lili y el Fermín no se encontraban por las noches, sino de día. Empezaron besándose donde podían, en algún rincón oscuro, tras una puerta, desesperadamente, como aguantando el tiempo hasta que Fermín se arrancaba de los brazos de la Lili al escuchar cualquier ruido de pasos, reales o imaginarios. Un día fue a consultar a uno de los hermanos mayores, sin mencionar nombres, aunque este adivinó al instante de quién se trataba porque ya la había tasado con ojos de conocedor. ¿Qué puedo hacer? Me estoy volviendo loco. Su hermano lo tomó a la ligera, le dijo algo como «los hombres son así, tienen que satisfacer sus instintos» y le recetó el prostíbulo situado en las afueras del pueblo, un caserón ruinoso pintado de verde. Yo todavía voy de vez en cuando, le confesó el hermano en voz baja, estar casado no basta... ¿sabes? A Fermín ese lugar horrendo, «la casa verde», como lo llamaban, le daba más miedo que ganas, para él no existía ningún punto en común entre la dulce Lili y esas mujeres que espiaba de lejos, a escondidas, con sus amigos del colegio cuando tenía trece años. Si no vas, te vas a enfermar, le advirtió su hermano con tono doctoral. Yo te doy la plata si quieres. Papá estaría de acuerdo. Estar enamorado de la nana de Leonor no te llevará a ninguna parte, estás loco o qué. Es del tipo de mujeres con las que uno no se casa. No me hables de amor, por favor. Mírame a mí, que bien casado estoy y a veces me doy una escapadilla a la casa verde. ¿Y papá?, preguntó aterrado Fermín, ¿tú crees que él también...? No, jamás de los jamases. Y te aseguro que he preguntado. Todo el mundo lo sabe en el pueblo, su amor por mamá es total, completamente fuera de lo común, inusual. Yo diría casi indecente.

La Lili era como una fruta que se le deshacía en la boca, dulce, llena de lugares oscuros y perfumados. Su cabello era lacio y muy largo y él se lo destrenzaba lentamente como para desesperarse más. Fermín le suplicaba que le dejara mirarla a la luz del día, pero ella no quería, le daba vergüenza y se la pasaban rozándose y en éxtasis refugiados en la cabaña del fondo del jardín de la madre donde ya no podría volver más. Para la Lili, Fermín era su todo. Se despertaba y se acostaba pensando en él. De día, lo buscaba instintivamente por los vericuetos de la casa, tanteando a ciegas, sintiendo su olor de niño limpio o su paso a zancadas, inconfundible solo para ella. Le encantaba que la Leonor tuviera su misma sonrisa y hasta la quería aún más por ser su hermana, la misma sangre corría por sus venas. A veces fantaseaba imaginando que era la mamá de Leonor y Fermín el padre y que los dos vivían felices en la casa grande como si fueran los dueños. Su mente desbocada, antes de dormir y oyendo la respiración pausada de Leonor en la camita de al lado, se le iba en recordar cada parte de su amado, sus manos grandes y callosas, su espalda dura, con los omóplatos bien alineados, su boca que se le metía por todos lados, sus piernas que la entrampaban mientras ella intentaba escaparse. Un día vamos a meter la pata, le repetía Lili en el oído… Y que será de mí, pensaba la Lili. Su vida pendía de un hilo y por ello se agarraba de la mano de su niña como para no caer y tenía la impresión de que era más la Leonor que la preservaba de todo mal, que ella, su nana.

Fermín rondaba siempre cerca, como un mastín, atento a donde iban la nana y su hermanita. Jugaba con Leonor como nunca lo había hecho, le traía juguetes del centro, le compraba helados y dulces, la mimaba como deseaba mimar a la Lili, de quien no se satisfacía nunca. Su amor era culpable y a la vez puro, lo separaba del mundo, lo hacía especial, un ser fuera de lo común, distinto de todos esos hombres animalizados que iban a la casa verde a pagar por algo de cariño. Fermín caminaba por las calles rectas y polvorientas de María Elena con un paso nuevo, ligero, alerta, con la gracia de quien se sabe amado, y la gente que lo conocía veía la diferencia, su mirada brillaba, sus dientes blancos eran un destello en su cara morena tostada por el sol del desierto. Él caminaba solo, pero era como si la mano de la Lili lo guiara, él tan solitario y hostil que sus hermanos lo llamaban riendo el solterón o el monje. Nadie se lo imaginaba enamorado o casado… un hombre responsable. ¿Y ahora qué sería de ellos? ¿Qué haría Fermín en el futuro con ese amor fulgurante que lo había transformado? ¿Seguirían escondiéndose para besarse en un rincón oscuro como amantes culpables? Ella era la nana de su hermanita, ella era una mujer del pueblo, decente y trabajadora, ella era la mujer de sus sueños, ella era todo para él.

La niña Leonor

La niña, a pesar de su corta edad, lo sabía todo. Poseía el don ingrato de atravesar los seres y ver sus fallas y relieves, como un geógrafo estudia un corte transversal en un mapa. Lo sabía todo, pero se callaba porque su rol no era mostrar o contar, su rol era preservar el frágil equilibrio de su entorno. Entrar en punta de pies en el cuarto de su madre y ponerle un pañito húmedo y fresco sobre la frente, acompañar a su padre durante sus largos silencios en el comedor, sin preguntar ni pedir, darle la mano muy fuerte a la Lili para decirle que estaba allí con ella, admirar a sus hermanas de lejos, viéndolas alejarse para siempre con sus maridos a los que no apreciaba, esperando que el destino no las fustigara demasiado. Presentía que la belleza femenina era un cebo y podía atraer a la muerte. El hombre siempre tenderá a destruir por poseer esa belleza frágil, saqueando el tesoro para impedir el paso a otros saqueadores. Y sus hermanas de cabellos de oro, de risa argentina, de dientes de marfil, de piel de seda… eran como muñecas de *biscuit* entre sus manos toscas.

Cada novio había venido a pedir la mano, sudando la gota gorda en el terno oscuro del padre. El salón estaba lleno de flores, los muebles habían sido encerados y los sillones, despojados de sus forros, brillaban por fin a la luz del día con todo el esplendor de su terciopelo jaspeado. El salón, que para Leonor era la pieza más triste de la casa, se había convertido de pronto en un jardín encantado. Sin polvo ni arenillas, oliendo a flores frescas, la madre sentada en su mecedora con los pies apoyados en un taburete levantado con cojines para facilitar la circulación en sus piernas, el padre de pie muy erguido sirviendo el vino, los novios con las mejillas coloradas enfundados en sus trajes de lanilla, las hermanas en vestido con volantes, una de rosa, la otra de celeste, ligeras como mariposas posadas con gracia infinita en el aire confinado. Bien peinada, Leonor sentía tirante la piel de su cráneo, porque la Lili le había jalado tanto los bucles para hacerle el moñito que parecía que le arrancaría el cuero cabelludo. Los demás sirvientes observaban la escena desde el marco de la puerta con una sonrisa boba. Leonor sabía que todo era un decorado, la ceremonia previa al sacrificio y que a sus hermanas se las llevarían de la casa y nunca más sabrían qué fue de ellas. Los novios se las llevarían al otro extremo de un país que era como una cinta que se extendía hasta el polo sur bajo la vigilancia de la Cordillera de los Andes.

La Lili le decía, pero... ¿no estás feliz por tus hermanas?... ¿no estarás celosa? Los novios son de buena familia, de lo mejor que hay por aquí. Lo que no le decía la Lili era que uno ya tenía varios hijos bastardos repartidos por la ciudad, de mujeres que no tenían cabellos dorados ni trajes de seda y no podían defenderse... Y lo que no decía el Fermín a la Lili era que el otro bebía más de la cuenta y le gustaba el juego, y que sus padres querían irse del pueblo porque aquí, en medio del desierto, la fina capa de civilización se agrietaba rápido y los espejismos afectaban la cabeza de los hombres. El matrimonio es una buena manera de enmendarlos, decían los consuegros. Pero ¿quién debía enmendarlos? ¿Las hermanas que eran como flores frágiles, cuyas delicadas pieles se amorataban a la menor presión de los dedos?

El padre

Así, la música se eleva bajo los dedos sonrosados de la aurora, lava las culpas. Alma y corazón siempre sedientos se calman y vuelven a su ritmo primero, el del útero, a dos voces con la madre. Alegría, canto del agua y del viento, hasta la infinita arena del Atacama es música cuando se agita en el aire, tan cercana a la duna que parece el vello de su piel. Luces y sombras, aire inmóvil, la música siempre volátil inspira y engendra. Improvisación sofisticada o perfección de mapa de continente desconocido, ahí está Bach, siempre un paso adelante con su linterna abriendo caminos, siglos después. Esa primera nota, infinita a pesar de su brevedad, nos da en la yema del gusto y asoman las lágrimas. Sus variaciones son las de nuestro corazón enamorado de la vida a pesar del tiempo.

El padre se sobresalta cuando oye la aguja del tocadiscos saltar y graznar al final del disco. ¿Por qué la música no continua hasta el infinito?, ¿por qué no dejarse mecer por ella y olvidar el mundo, la arena infinita y el calor, el precio del salitre o del cobre que baja, la enfermedad de Estela, los hijos lanzados al mundo como dados, el azar que se lleva a cuestas y atrae la muerte? El destino que los arrastró hasta esta veta, a este pueblo que terminará fantasma, a él, a Estela y a sus seis hijos, y que ahora los vomita con las manos vacías.

¿Qué hacer con todo lo que contraría nuestra voluntad? Un padre debe saber tomar la buena decisión, pero él se da cuenta, petrificado, que era ella, Estela, la que decidía y ordenaba todo ese caos. Ella fue quien hizo emerger de la nada su casa con jardín en medio del desierto; ella, quien amamantaba bajo un árbol a cada hijo que vendría, uno, dos, tres, más... ¿Es la voluntad de dios o la del diablo? Cada embarazo la disminuía, se iban dibujando venas gruesas y azuladas en sus piernas que podían reventarse, y los dolores... exactamente como a mi madre, como a mi abuela, le decía Estela invocándolas. Yo, de niña, les tocaba las venas con el dedo, seguía sus rutas, eran como ríos verde-azul. Ahora me toca a mí. El médico no le había dado ninguna esperanza. Ella lo había oído hasta el final, asintiendo con la cabeza como aprobando su diagnóstico funesto mientras él, avergonzado, gemía y se desesperaba en un rincón de la habitación. No sabía cómo se contuvo de romperle la crisma al galeno con aires de sabelotodo. Yo se lo advertí, señora, se lo expliqué a su esposo aquí presente, murmuraba mientras se frotaba las manos blandas.

Desde esa tarde funesta, se pasaba los días encerrado en la oficina, oyendo sus discos cuando podía. La música era la única perfección inmortal en este mundo pasajero. Tras la ventana, a contraluz, veía pasar las siluetas de obreros, capataces, animales, vehículos o un gato deslizándose a veces. O la señorita Rosita, que suspiraba muy fuerte delante de su puerta como suplicándole que la abriera. Él sabía que su deber era salir de allí ahora mismo y dar órdenes a los empleados, a los capataces, con autoridad y buenas maneras. Sabía que debía volver a la casa a las seis y dar órdenes a los sirvientes, a sus hijos. Pero cuando veía en los ojos de su niña el mismo terror que él sentía, le era imposible protegerla y consolarla. No podía, estaba impedido de todo, el mundo se derrumbaba estrepitosamente en medio de un silencio de pampa desolada, y extrañaba de pronto las callejuelas ruidosas, promiscuas y desenfadadas del Valparaíso de su infancia. Un puerto, el mar donde ahogarse o huir. Siempre hay una embarcación lista para partir en Valparaíso. El mar y no el desierto.

¿Por qué tuvieron que venir a enterrarse en el infinito del desierto? Acá está la plata, acá la abundancia, acá hay que poblar y hacer de este territorio robado una parte de Chile. Su madre le había dicho alguna vez: Cuando yo nací, ahí donde vives era Bolivia... no hace tanto. Quizá allí residía la explicación. Todo era un castigo divino por haber invadido violentamente estas tierras ajenas, obedeciendo a la orden del inglés o del alemán, qué más da ahora. Tierras robadas primero a los indios que aún pululaban con sus creencias, mirándonos, con ojos graves, explotar las entrañas de su tierra. Esperan pacientes a que el desierto nos mate para regresar a sus hogares abandonados, como si fuera ayer. Si pudiera volver a empezar, no hubiera venido, no hubiera dejado que mi hija menor, adorada, naciera en María Elena como una vulgar peona del lugar. Qué será de esa niña si decido ir hacia la muerte con Estela, se preguntaba con resignación y sin angustia alguna, mientras en la casa el silencio era de plomo y hasta el calor perdía su energía vital para volverse una mortaja de fuego sobre el jardín.

Las gemelas

A las gemelas les gustaba jugar a intercambiar identidades. Desde muy chiquitas empezaron con el juego del espejo. Una frente a la otra o de espaldas, hacían los mismos movimientos, luego trataban de adivinarse el pensamiento. De chiquitas se les peinaba y vestía igual, una de lazo rosa y una de lazo celeste. Lo que facilitaba el intercambio. A ambas les encantaba despistar a las sirvientas diciendo soy esta, o no soy aquella, hasta que ya no sabían ellas mismas quiénes eran de verdad. Solo mamá las podía distinguir, no sabían cómo. Ella decía: ustedes no son idénticas, una tiene los ojos más azules y la otra, más verdosos. Pero nadie, aparte de la madre, las lograba diferenciar, sobre todo en movimiento, jugando en el jardín o saltando a la cuerda.

A las dos les dio la regla el mismo día. Por la mañana, una amaneció tranquilamente en medio de la cama manchada; por la tarde, la otra se retorcía de dolor. Así empezó la vida agitada de las hermanas mayores en María Elena. Leonor, la pequeña, las admiraba, persiguiéndolas con la boca abierta todo el día, mirándolas girar sobre ellas mismas con sus vestidos coloridos de volantes, como dos flores o dos pájaros. Muchas veces, las gemelas llamaban a la Lili para botar a su hermanita del cuarto, tenemos que hablar en privado, decían. ¿De qué hablan, Lili?, no entiendo, preguntaba la niña. No sé mi niña, no sé, respondía la nana. Las gemelas eran hermosas, las más hermosas jovencitas de todo el pueblo y alrededores, y cuando salían a pasear las espiaban las otras, envidiosas de su belleza y tersura, viudas, esposas y hermanas de los posibles galanes, detrás de los visillos de las ventanas, mientras estos las seguían siempre de lejos. ¿Para quién será cada una? Las gemelas daban de qué hablar e imaginar a los fantasiosos vecinos. Los maridos se las podrían intercambiar sin problema y así probar de las dos flores. Ellas mismas, si les provocaba, podrían tomar la una el lugar de la otra, ¿por puro juego? Las fantasías eróticas de todos los hombres del pueblo estaban invadidas por las dos hermanas de cabelleras doradas, faldas al viento, carnes sonrosadas como el interior satinado de las conchas del mar. Dos Venus desnudas e idénticas emergiendo de la espuma, decían los que se creían poetas, dos yeguas de doradas crines, para los demás.

El padre, a quien la excesiva belleza de sus hijas le parecía un hecho poco práctico, las acompañaba en sus salidas mucho más serio que de costumbre o, en su defecto, las chaperoneaba alguno de los hermanos mayores. Fermín no era lo suficientemente imponente. Esa era la consigna familiar, consabida, aunque nunca dicha: fuera de la casa nunca debían quedarse solas sin varón que las vigilara. La madre, en medio de sus labores y trabajos, no parecía enterarse de nada, pero bien que las tenía al ojo, sabiendo cómo es maledicente la gente de pueblo chico. A su marido le decía: Habrá que casarlas pronto antes de que ocurra una catástrofe. Las hermanas se reían de la situación mientras se peinaban el cabello una a la otra, como un intercambio de energías que no cesaba ni de noche, cuando dándose la mano, lograban dormirse.

¡Cómo será cuando tengan que vivir separadas si hasta se adivinan el pensamiento!, decía la madre preocupadísima. El padre respondía: El que se case con una de ellas habrá de cortar el cordón si quiere vivir tranquilo. O irse a otra ciudad. Entonces, va a tener que quererlo mucho, musitaba la madre dudosa. No se quieren más que a sí mismas, respondía el padre; a sus reflejos, o sea, la una a la otra. Quizá cuando tengan hijos.

Cuando aparecieron los futuros novios por el pueblo, durante las vacaciones de sus estudios en Santiago, todo fue muy rápido. Una y la otra dijeron sí a los mejores partidos de la región. Ambas tuvieron que seguir a sus esposos. La casa se quedó de pronto muda y vacía, sin color. Los hermanos, reservados y serios, se casaron con mujeres serias y reservadas. Solo quedó Fermín y la niña Leonor. Y la nana. Los padres tuvieron menos angustias, pero también menos felicidades. Las hermanas eran un lazo con la vida misma, diosas de la abundancia y la juventud, alegres como las campanas que resuenan libres en el aire, incapaces de ser algo más que sí mismas. Las cartas que mandaban se fueron haciendo cada vez menos frecuentes, ninguna gustaba de escribir, ambas compartían el lujo de una ortografía execrable. Los cuatro consuegros, instalados en María Elena desde hacía poco, recibían más noticias por sus hijos. Así se acostumbraron a reunirse las familias a releer las cartas en coro, tomando una agüita o un té, o un vino a veces, en el salón de la casa o a la sombra en el jardín.

Después de la muerte de la madre, cuando Leonor vivía con la Lili y Fermín, las gemelas se transformaron en su recuerdo en dos rapunceles de cuento de hadas, sin más peso que los personajes de las novelas que leía, emblemas de la belleza, de la juventud trágicamente breve y herida. Tan irreales eran que nunca nadie se las imaginó volviendo al pueblo o llevándose a Leonor a la capital o a Concepción. ¿Qué habrá sido de las gemelas?, se preguntaban todos en el pueblo. ¿Por qué no regresarán con sus hijos al menos de visita? Sin las rubias princesas de María Elena, la vida en el desierto se volvió más gris y monótona. No había a quién espiar por sobre los muros del jardín o desde los balcones, tras las cortinas. Los chicos se aburrían en las esquinas, los padres en sus oficinas, hasta las mujeres envidiosas se dieron cuenta de que las gemelas ponían algo de magia con su belleza avasalladora, completamente incongruente en un lugar como este, en medio de la masa ardiente del desierto arrollador de los días que se van.

La muerte

La casa pareció crujir desde sus cimientos. ¿Cómo poner cimientos sobre la arena? Todo era una ilusión. Ilusión el jardín, el huerto. Ilusión la cocina repleta de víveres. Ilusión el salón con sus muebles señoriales y sus ventanales con cortinajes leves. Ilusión el patio acogedor como un horno a cielo abierto donde las aves venían a beber y por las noches se podía contemplar las estrellas en un firmamento puro y límpido. Ilusión las camas y sus sábanas perfumadas, la platería que brillaba en el fondo de los cajones, ilusión la voz de la madre dando órdenes, ilusión el portón de madera que mantenía afuera el caos del mundo y el calor opresor del desierto.

Cuando la madre exhaló su último suspiro, se volatilizaron el orden, la cordura, la unión familiar, la lealtad de los sirvientes y hasta los árboles, cuyos frutos ella no vería y terminarían secándose en la rama. Ya nadie lucharía contra el paso devastador de la arena. El padre tomó su sombrero, salió de la casa y no volvió hasta el día siguiente. Leonor iba de cuarto en cuarto buscando donde esconderse, era imposible aceptar lo que estaba sucediendo. Las orejas le zumbaban tan fuerte que no oía las voces que la llamaban, ni los llantos de unos y otros. Estaba como bajo el agua, reteniendo su respiración hasta sentir que las venas se le reventaban, igual que las de mamá. La sangre invadía todo, su mirada se oscurecía, pero el pulso seguía allí apuntando, cada latido de su corazón mientras que la otra sangre de su sangre se coagulaba ya en los músculos endurecidos. Pronto el cuerpo de su madre estaría frío y tan alejado del abrazo filial como la tierra de la luna o las estrellas. Leonor no podía llorar, solo errar en las sombras de las habitaciones aún llenas de su hálito, habitadas por su paso de años: dormir, olvidar, callar, huir, esconderse… Leonor sabía que el padre no soportaría esa muerte y no podría protegerla. Iba a tener que defenderse sola desde ese día, salir como sea adelante, no dejarse herir ni despreciar por nadie.

Aquí estabas, mi Leonor… te buscábamos por todas partes. Ven, hay que cambiar esa ropa por la de luto. Tus hermanos están reunidos en el salón. Nadie sabe qué hacer. Esperábamos que el ingeniero nos dijera algo y salió despavorido de la casa, pero ya regreso y tomará las disposiciones del caso. Ven, estás temblando, ven, vamos a tu cuarto. Ellos no necesitan de tu presencia, eres la menor, una niña. La voz de la Lili sonaba lejana y solo le llegaban ecos, el final de las frases, una entonación. Nada más. Pero la suavidad de sus manos y el calor de su cuerpo la reconfortaron. Quería caer en un hueco negro y rogar que todo fuera un mal sueño. Se despertaría y ya, todo estaría como antes, en orden, el arriba, el abajo, el adentro, el afuera, el hogar y el mundo, todo en su lugar. Como antes.

Se quedó dormida, pobrecita, susurró la Lili. ¿Sabes, Fermín?, he visto a algunos de los sirvientes robando víveres y cosas en la despensa, en la cocina, y también atrás en las bodegas. Alguien tiene que tomar el control, ya, si no es tu padre, alguno de los hermanos o la casa se va a ir a pique. ¿Qué va a ser de la niña ahora? ¿Qué podemos hacer por ella? Cásate conmigo Lili, decía Fermín con lágrimas en la voz. Llevaremos a la Leonor a vivir con nosotros... ahora nadie se podrá oponer a nuestro matrimonio. El mundo está de cabeza, el caos reina, todos quieren algo de la casa, mamá está muerta. Y yo solo quiero estar contigo, Lili, sácame de aquí. La Lili lo abrazó, miró a la niña dormida y se dijo, hay que hacer las maletas antes de que se lo lleve todo el diablo.

El viudo

Sentado tras su escritorio, inmóvil, el padre oía a lo lejos los ruidos familiares de la oficina. El paso de los empleados, los murmullos tras las puertas, las máquinas de escribir, el rumor desde allí lejano de las trituradoras. Todo era exactamente igual que ayer. Insensible, con el sombrero puesto, sus manos temblorosas pasaban las páginas de un informe venido de Alemania, los negocios iban mal, la empresa cerraría las puertas, las ganancias no eran suficientes, el verdadero salitre era reemplazado inexorablemente por imitaciones químicas. Todo era aún confidencial y el personal de la empresa seguía diligente cumpliendo sus deberes y rindiendo cuentas como si de algo sirviera. Todo era irreal ese día, el mundo y sus rituales vacíos, la gente aferrándose a ilusiones que les ocultaban el espectáculo de la finitud por donde quiera que se mirara.

Afuera, los empleados se preocupaban por él, lo sabía, y lo cubrían desde hacía semanas diciendo que estaba en una reunión o en la planta, mientras él lloraba al pie de la cama de su esposa moribunda. Los sentía circular con precaución cerca de su puerta, tratando de oír algo, lo que sea, un suspiro o su llanto desesperado o una conversación telefónica, pero nada. No se oía nada, él estaba inmóvil entre esas hojas de papel que se desdibujaban ante sus ojos, perdiendo todo sentido, con el sombrero puesto y la mano aún tibia del contacto con la mano de su esposa. No pensaba en nada más que en esa ausencia por la que el mundo se vaciaba poco a poco de sentido. Sus hijos eran de Estela, ella los criaba, los alimentaba, los orientaba, les escribía cartas, ella le contaba cómo iban las gemelas o los estudios aplicados de la pequeña Leonor. La Leonor, justamente, qué será de ella, cómo hará para sobrevivir sin su madre, pensaba él por un instante devuelto a la razón. Debí quedarme en casa a poner orden, los sirvientes van a abandonar el barco que se hunde llevándose lo que puedan. Pero las piernas no le obedecían, ninguna parte de su cuerpo parecía ser suya, estaba demolido, apenas sentado en el borde de su sillón, frente al gran escritorio de madera oscura que él trajo hasta este desierto, porque no soportaba lo precario de sus instalaciones pensadas como transitorias y que nunca fueron reemplazadas por un edificio sólido. Aquí todo es irreal, todo se lo lleva el viento y las arenas. Todo desaparece apenas nace.

Volver a casa. ¿Qué casa? Sin ella solo quedan sus muros, enseres y un grupo de gente perdida que lo miraba esperando respuestas, órdenes, carajos, lágrimas, algo. Quemen ese colchón maldito, fue la única orden que pudo articular antes de cerrar el portón y salir despavorido. Sabía, en el fondo de su cobardía, que no regresaría a dormir, y que tampoco regresaría esta tarde a dejar su sombrero en la entrada de la casa y cambiar de zapatos, ni alisaría su saco ni se remangaría la camisa, como lo hacía siempre antes de ir a lavarse para luego buscarla por toda la casa, siguiendo su olor a limpio por las habitaciones. En general, Estela estaba en el jardín, trabajando o leyendo recostada en la vieja *chaise longue*. Ella lo miraba adivinando sus dudas y temores, con esa sonrisa interior y tan calmada que le hacía olvidar los problemas. Sabían ambos que la minera andaba mal, que pronto otra tecnología reemplazaría a la actual y todo cerraría. En la fábrica, las máquinas cesarían su actividad, el tren ya no se detendría en la estación, los europeos desaparecerían como cada vez que ya no hay negocio ni plata que ganar. Lo sabían, y estaban pensando en volver a Santiago o quizá buscar trabajo en Perú, del otro lado de la frontera había actividad… eso se decía. Pero ahora estaba solo. ¿Qué podría lograr si su vida era ella al punto que se le confundía todo? Estela era todos los amores posibles y, sin ella, él ya no podría sentir nada ni ocuparse de nadie. La niña, había murmurado Estela agonizando, queda Leonor, ten cuidado con ella, por favor, mirándolo suplicante, hundida en la almohada, mientras él pensaba en la desaparición de todo lo amado, de todo lo construido por los dos. Leonor, en medio de su dolor, le parecía alguien muy lejano, una sombra, la sombra postrera de su mujer. Sus hijos eran eso, sombras de su mujer, figuraciones del cuerpo de su mujer repartidos por el mundo.

La señorita Rosita

Sentado en su sillón, con los ojos fijos en el muro, sin parpadear siquiera, oía el timbre del teléfono, el paso de sus colegas evitando mirar su nombre en la puerta. La muerte lo rodeaba, lo convertía a él también en fantasma, todos temían enfrentarlo, ver en sus ojos vacíos su insondable tristeza. No llora el jefe, no se oyen sollozos ni nada, murmuraban las secretarias. Pero la señorita Rosita, la última en haber sido contratada por él, la de más bajo salario, sabía que si no lloraba era porque el dolor era tan fuerte que no era soluble en lágrima alguna.

Señorita Rosita, le había dicho él en su primer día de trabajo, con una voz algo altisonante, usted debe entender que aquí hacemos las cosas con seriedad, aquí estamos construyendo patria, en medio de esta nada, de este desierto, estamos creando el territorio chileno. Usted sabe que no hace mucho que estamos aquí… y miraba al vacío. Por eso, es necesario esforzarnos para merecer estas tierras y sus riquezas. La señorita Rosita estaba impresionada por el ruido combinado de las máquinas de escribir y los teléfonos, ella que era hija de campesinos lo miraba con la boca abierta. ¡Ser oficinista era el sueño de tantas, había algunas secretarias que hasta hablaban alemán, imagínese! Y ella, que había sido buena alumna, había sido aceptada para el puesto de asistente. Por una extraña circunstancia, su orgullo inconmensurable de estar allí se había encarnado en él, en el jefe, un hombre que no era como los demás, terrestres y con olor a sudor. No, el ingeniero era diferente, y ayudarlo en lo que pudiera se había vuelto la misión de su vida.

La señorita Rosita se ha convertido en mi brazo derecho, decía el padre a todos cuanto le podían oír. Lo cual, paradójicamente había creado un vacío, una trinchera alrededor de ella, por ello Rosita no tenía amigas en la oficina y almorzaba sola, pero eso no la afectaba, vivía para su trabajo y para adorarlo, sí, para adorarlo de lejos, y hoy rondaba ante su puerta como un perrito perdido sin su dueño, atreviéndose a tocar muy suavemente con la esperanza de verlo, un instante siquiera. Él no abría la puerta ni respondía a las llamadas ni a los telegramas ni a las cartas. Desde hacía unos meses, la señorita Rosita se encargaba del correo, primero de lo no urgente pero poco a poco aprendió hasta a imitar su firma. Su terror era que en Alemania se dieran cuenta de que él ya no hacía nada en la oficina, desde que su mujer se enfermó le era imposible trabajar o decidir.

Rosita estaba enterada del próximo cierre de la filial de la empresa en María Elena, se evaporarían todos los sueños de desarrollo de esta región lejana, de este desierto que había sido el pretexto de una guerra nada heroica, como su jefe le había dicho una vez. Ella lo había aprendido todo de él, y los libros de su biblioteca eran los únicos que había leído de verdad. Por eso, haciendo de tripas corazón, esa tarde la señorita Rosita abrió la puerta de la oficina de su jefe dispuesta a salvarlo de sí mismo.

El humo

En medio del patio, un hedor extraño contrarrestaba con los perfumes del jardín. Esa tarde, los pocos hombres que quedaban en casa habían sacado el colchón manchado de sangre y, después de rociarlo de gasolina, le habían prendido fuego. Era un fuego fangoso y maloliente que despedía un humo que se pegaba a la piel y a la ropa. El fuego no prendía muy bien y humeaba, y volaban por los aires cenizas blancas como pétalos. Leonor se quedó parada observando el colchón quemarse durante horas. Paralizada, sin poder llorar, veía hacerse humo la cama de su madre, su madre que ya debía estar en el cielo, como decía la Lili. ¿Estará viendo su colchón quemarse así tan sucio? ¿Y por qué aquí y no en el otro patio, el de los sirvientes? Para no asustar a las gallinas, le había respondido alguien. Pero el fuego está ensuciando los muros de la casa y las ventanas y los muebles y los cuadros y todas las cosas bonitas que aún quedaban. Por qué ese deseo de malograr las cosas de su mamá, ella que tanto se esforzaba porque la vida fuera bonita a pesar de que todos, inclusive ella que era una niña, sabían que no era verdad. La vida no era bonita, y la prueba era que la madre estaba muerta y que pronto el jardín sería abandonado y el desierto entraría de lleno en la casa que con tanto amor cuidó su madre casi hasta dar su último suspiro.

Para qué, para qué tanto esfuerzo, pensaba la niña, y por qué no me muero ahora y me voy al cielo con ella. Pero, en el fondo, sabía que no, que no moriría todavía, que tenía que ver dónde y cómo estaba su papá y, si fuera necesario para saberlo, se escaparía de la casa. A pesar de que deseaba seguir viviendo con la Lili, antes tenía que ver a su padre, y estaba segura, no sabía cómo, de que el padre no regresaría a la casa si alguien no lo iba a buscar.

Entonces, salió por la puerta trasera sin cruzar a nadie; desde la calle pudo ver el humo sucio que se elevaba de la casa y cómo la gente se santiguaba al pasar por delante con cara de pena, sabiendo que una institución del pueblo se estaba derrumbando y que nada volvería a ser como antes. Leonor empezó a correr y correr, sintiendo el sudor chorrear debajo de su vestido que no era de luto todavía. Pasó por la estación y vio un tren pasar echando un humo blanco, llevándose las riquezas a Europa, como decía su padre. Sí, soy un traidor, le decía a la madre, tomando una copa de vino de más, puesto que mi digno trabajo consiste en que la riqueza de mi tierra termine en Alemania y me pagan por eso. ¿Para qué sirvió la guerra, si nunca fuimos nosotros quienes la ganamos? Y si nos peleamos con nuestros hermanos por las puras, por cuestiones de abastecimiento de materias primas para el desarrollo de otro continente… Mientras la madre lo escuchaba, Leonor pasaba las páginas de un libro, pero estaba muy atenta a las palabras de su padre. Y cuando los alemanes venían, grandotes y blancos, y le tocaban la cabeza con una sonrisa, ella los miraba desafiante, ante el asombro de todos. Pero si es la niña más dulce del mundo, decía su madre empujándola suavemente hacia afuera del salón con la punta de sus dedos, mejor anda a jugar con tu nana… anda, ve a jugar.

Ante el asombro general, Leonor entró en las oficinas y al llegar a la puerta del despacho de su padre se dio de narices con la señorita Rosita, que la miró con cariño y con pena infinita. Era la primera vez que la miraban así. Poco a poco se iba a acostumbrar a ser la «pobrecita», la «huérfana», la «que anda por allí pidiendo».

Pero en ese momento era muy nuevo para ella y la dejó paralizada, inquieta, y todo el impulso que la había llevado hasta allí se derrumbó. Se echó a llorar en brazos de la señorita Rosita, quien también lloraba. Luego ambas decidieron de común acuerdo abrir la puerta, sacar al padre de su parálisis y llevarlo, aunque sea a rastras, de vuelta a la casa.

Reunión familiar

Alguien dijo: Hay que reunir a la familia. Quizá haya sido la señorita Rosita quien adquirió en ese momento una importancia radical por ser el lazo entre el padre y la empresa, por el respeto que este le manifestaba y porque, incomparable a la belleza y distinción de la muerta, nadie la consideró como una rival o como una mujer siquiera. Era simplemente la señorita Rosita de la empresa, brazo derecho de papá.

Rosita ordenó que se cerrara la puerta de la casa con llave, así como los cuartos, la despensa y las bodegas, y exigió que se le confiara momentáneamente el juego de llaves de la madre. Rosita escribió al notario y telegrafió a las gemelas, dando el parte de la triste noticia, ella mandó a que cambiaran a la niña y la pusieran de luto, también habló con el cura y se ocupó de la funeraria y de la misa. Durante unos días no estuvo más que su nombre en boca de todos, mientras el padre se hundía cada vez más en el mutismo y la inactividad. Al menos se alimenta, decían en la cocina y hasta Leonor se alegraba de ver que las bandejas regresaban vacías de su cuarto.

Sin embargo, cuando llegaron los hermanos y los esposos de las gemelas, lo primero que dijeron fue: ¿Quién es ella y quién se cree que es para reemplazar a nuestra madre? Ante la sorpresa general, el padre salió de su ensimismamiento y pegando un grito inesperado impuso el respeto a él y a Rosita, porque gracias a ella él estaba todavía vivo y no se había pegado un tiro en la sien. A partir de ese momento, la señorita Rosita asistió, en silencio y tomando notas, a todas las reuniones familiares hasta la venta de la casa. A Leonor, la señorita Rosita le caía bien, era una mujer regordeta y alegre a pesar de su discreción y, sobre todo, sólida como una roca, sabiendo qué hacer en cada momento, lo que apaciguó la atmósfera en la casa. Como el padre no deseaba volver a la oficina por el momento, era ella quien iba y venía llevando las órdenes y los documentos entre la casa y la empresa. Muchos murmuraban allí que el jefe no estaba en condiciones de seguir en su puesto, pero todo marchaba en la empresa y hasta mejor que en los últimos tiempos, así que las cosas se acomodaron poco a poco sin que los alemanes se dieran ni cuenta.

Los hermanos y sus mujeres se quedaron poco tiempo, la casa en duelo no les atraía mucho y siempre consideraron ese pueblo como un lugar perdido de Dios que no les correspondía ni a ellos ni a sus ambiciones. Los maridos de las gemelas se pegaron borracheras con antiguos amigos y amigas de la juventud mientras calculaban cuánto ganarían de la herencia. Ambos habían prohibido a sus esposas regresar a María Elena, lo absurdo de la orden era una crueldad de más para someterlas, inútilmente, por cierto. Ninguna le perdono al conyugue esa imperdonable ausencia. Hasta ese momento, la Leonor no era tema de conversación, se quedaría con su padre, con la Lili y otros empleados fieles. Nadie sospechaba que la catástrofe iba a llegar pronto de Alemania y que María Elena se convertiría en un pueblo fantasma para siempre.

La señorita Rosita llegó un día del trabajo con la noticia: Llegan los alemanes para cerrar la empresa en María Elena. El padre no se inmutó, puesto que se sabía a la cabeza de una entidad fantasmal y hasta enemiga del pueblo chileno al que iba su completa fidelidad. Aunque sentía que toda su vida había sido un engaño y que cada centavo que se le había pagado era el salario de su traición. Esa convicción lo atormentaba desde hacía años, pero el amor de su esposa y el barullo familiar le habían ocultado esa podredumbre como con una cortina dorada. Es justo que acabe la farsa, le dijo a la señorita Rosita con el mismo tono con el que la instruyó esos años, que se vayan a robar a otra parte y preparen su próxima guerra. Yo no quiero que ni Chile ni yo participemos del horror que se avecina en Europa.

Los alemanes

A pesar de ello, se prepararon para la venida de los alemanes y sus esposas siempre dispuestas a calentarse los huesos al sol del desierto. Ese día en la estación florecían las banderas y las pancartas de bienvenida. La gente los consideraba todavía como benefactores de María Elena, tan coqueta villa con sus jardines, escuelas, plazas, biblioteca y piscina, una ciudad ideal para gente de buena salud, como decían ellos. El padre, de pie al lado del alcalde, había perdido estatura y juventud: jorobado, cargaba a sus espaldas todo el dolor del mundo. Los alemanes hicieron como si nada hubiera cambiado, le manotearon la espalda con una gran sonrisa mientras una de las esposas sacaba regalos de una bolsa. ¡Cómo ha crecido la niña!, decía encantada, acariciando sus cabellos. Ella, la niña, sabía que era importante portarse bien, y sonrió con toda la gracia posible jalándose el vestido que le quedaba corto. Porque ¿quién podía ocuparse de comprarle ropa nueva ahora? Nadie pensaba en lo doméstico, la señorita Rosita trabajaba todo el día y el padre seguía tan ensimismado que ni cuenta se daba de que su hijo ya vivía maritalmente con la Lili en su propia casa. Leonor adoraba a la Lili, pero sabía que su madre no hubiera aprobado ese mal comportamiento y no se atrevía a decírselo. La Lili lo sentía y se había distanciado buscando otro trabajo fuera de casa.

Ya estás grande y no necesitas de una nueva nana, había dictaminado el padre, dejándola aún más sola. Cuando no estaba en el colegio, deambulaba por la casa donde muchas habitaciones habían sido clausuradas después de la muerte de la señora, el jardín se veía tan triste como el esposo, se secaba por partes y por partes era invadido por la mala hierba. Qué rápido se deshace una casa y cuánto trabajo exige mantenerla viva, decía siempre su madre. Hay que mantener la casa en pie cueste lo que cueste. El padre repetía ahora la frase para sí, viendo las cortinas gastarse bajo el vientecillo arenoso y las alfombras pegoteadas de tierra. ¿Para qué necesitamos alfombras en el desierto?, había dicho él años atrás, antes de la gran mudanza.

Si no hay alfombras no es casa que se respete, había dictaminado la madre. No hay casa sin cortinas, sin muebles, sin fuego, sin cocina, sin manteles, sin floreros, sin escobas, sin trapos, sin ollas, sin perro; no hay casa sin dueños, sin hijos, sin cubiertos de plata, sin *chaise longue*; no hay casa sin libros y muebles que los contengan, ¿entiendes querido? Así se tiene que hacer para que esta seguidilla de días parezca una vida, esta construcción, una casa, y este terral, una ciudad. Si no, nos quedamos en Santiago. Y él había aceptado las condiciones de la partida al norte porque aún creía que el cobre y el salitre lograrían impulsar el desarrollo de Chile. Por eso, tuvo que hacer esfuerzos sobrehumanos, que le hicieron temblar las manos, para lograr ser educado con la delegación alemana, con la señorita Rosita siempre a su lado para alentarlo y responder en su lugar también a ciertas preguntas. ¿Cuántos empleados hay activos en este momento?, ¿han disminuido las horas como les pedimos?, ¿cuánto stock queda?, ¿cómo van las entregas?, ¿disminuyen los costos?

Lo que más le costó fue acompañarlos a visitar la planta y mirar a la cara a los trabajadores que ignoraban que su suerte estaba echada. Unas ligeras náuseas lo obligaron a irse de frente al baño donde se quedó sentado mirando el vacío hasta que lo vino a buscar el capataz. La señora alemana que no podía tener hijos no soltaba la mano de la Leonor. Te he traído especialmente una muñeca de Múnich, le decía en el oído. Mientras repetía a su marido, tiene los ojos claros, es casi rubia, parece alemana... Entre ellos un plan extraño se ponía en marcha. Le voy a decir que es por su bien, él entenderá, sabe que no le queda mucho por delante en la empresa, se va a quedar sin trabajo y sin plata con qué criar a la niña. Además, no lo veo bien, debe estar enfermo, la muerte de la señora lo ha dejado destrozado, decía la esposa alemana. Claro, una mujer excepcional era mucho más inteligente que él.

El secuestro fallido

¿Dónde vive su familia, señorita Rosita?, le preguntaba la alemana sentada en el mejor sofá del salón, limpio, pero algo vacío, sin demasiados adornitos ni ramos de flores frescas. Hemos traído unas botellas de vino blanco porque la ocasión amerita, decía el alemán con su voz de barítono. Sírvase Ingeniero, brindemos por el futuro, no debe preocuparse, tenemos otras inversiones en Chile, podemos ver otro puesto para usted, nos ha sido tan fiel. El alemán hablaba bien español, pero un ligero acento y la pulsión de las vocales abiertas lo delataba. Además, si todo sale bien seremos pronto más que colegas de trabajo, repitió ante la sorpresa de todos. Sentémonos para conversar.

¿La Leonor? ¿Se quieren llevar a la niña a Alemania? Y fue la gota que rebasó el vaso.

Completamente fuera de sí, el padre se acordó por fin de la existencia de sus hijos y de su familia. Ya no eran sombras de su esposa reflejadas en el muro familiar, eran personas, además a su hija la menor, él siempre la siguió con los ojos, engriéndola en el fondo de su corazón, contando con su presencia después de la muerte de la madre. Ella era la única luz en ese infernal desierto. ¿Y aquellos que se robaban el cobre y el sudor de los trabajadores de Chile querían también llevarse a su hija como si se tratase de un perrito faldero?

Rosita intentó interponerse y explicarle las buenas intenciones de los alemanes, pero era imposible calmarlo. Todo lo que tenía en el corazón se le salió por la boca, las acusaciones, la falsa bancarrota, el despojamiento de la riqueza nacional, el futuro incierto de los empleados y obreros, el colonialismo y el abuso de poder de los extranjeros que jamás entendieron este territorio. Y ustedes qué hicieron, nos engañaron desde el comienzo con esa guerra estúpida solo para apropiarse de la minera que ustedes mismos pagaron en bonos... La Leonor seguía de la mano de la alemana que se levantó del sillón de un brinco. ¡No es un perrito!, decía con su erre alemana, será como mi hija, será nuestra heredera, la criaremos bien, tendrá todo allá, allá es mejor que aquí... ¿Mejor que aquí, mejor que su propio país? Ustedes malditos creen que pueden llevarse todo, todo lo que es nuestro, lo que amamos. Mi esposa está recién enterrada, ¡debe estar retorciéndose en su tumba!

La alemana se dirigió hacia la puerta con la niña, aterrada de ver a ese hombre tan ponderado gritando y sacudiendo a su esposo, y a Rosita tratando de interponerse. Voy a llamar a los gendarmes o a los guardianes de la fábrica, dijo. ¿Llamar a la policía? Yo los voy a llamar y los voy a acusar de querer secuestrar a mi hija. Suelta su mano, Leonor, y ven para acá, tú no vas a salir de aquí, te vas a quedar con tu familia, tú... El padre cayó al suelo de pronto, presa de un ataque de algo. La señorita Rosita gritaba mientras el alemán salía a buscar al doctor. La niña miraba al padre respirar con dificultad, le puso el rostro de costado para evitar que se ahogara mientras pensaba, calmadamente, creo que voy a ser enfermera, es lo mejor que se puede ser en esta familia. La señorita Rosita, sin dejar de llorar, lo cubrió con una manta porque temblaba. Ella es una buena persona, pensó la niña. Los alemanes no.

Luego de que el padre perdiera el trabajo y sus derechos por desacato, los hermanos, nuevamente reunidos, reconsideraron la oferta del alemán y le escribieron. Nunca recibieron una respuesta. Eran años movidos en Alemania, ahora bajo el poder de un nuevo canciller salido de prisión. El padre repitió: Felizmente Leonor no fue, no hay nada peor que un país belicista, y un país como Alemania, tan bien armado, eso va a ser una masacre. Los hermanos mayores no dijeron nada, aunque admiraran en secreto un régimen que ponía las cosas en orden. En Chile se debería hacer lo mismo, pensaban. Pero el problema seguía intacto, ¿qué hacer con la niña? El padre no estaba en condiciones de mantenerla y se iba a Antofagasta a buscar trabajo en el puerto. Las gemelas no daban muchas noticias. Las cuñadas no se ofrecieron para nada. Quedaba el benjamín, Fermín, que se había ido a vivir con la ex nana. ¿No sería esa la solución? ¡La niña la adora!, dijeron en coro las cuñadas. Pero el Fermín no tiene trabajo… Le mandaremos una mensualidad, ¿no les parece?

Así empezó la errancia de Leonor que finalizaría en Lima muchos años después. Así se forjó también el mito alemán en la familia. Con los años, se llegó a decir que sí, que la niña Leonor había pasado unos años en Alemania y que la alemana era su madrina y fue muy apreciada por la madre. Pero no hay pruebas. La década de los treinta fue de años difíciles con la crisis. Los hermanos mayores, para esconder mejor su falta de protección a la hermanita, acusaron al padre de egoísmo. ¿Por qué la retuvo? Hubiera vivido mejor allá que aquí en medio del desierto a merced de cualquier tipejo que la quisiera abusar. La Lili los miraba con estupor, ella que no era de su sangre estaba dispuesta a recibirla en su hogar tan pobre… ¿qué había pasado con el inmenso amor de la madre? ¿Dónde había ido a parar ese cariño poderoso que como el agua había regado el jardín de la casa, hoy abandonado e invadido por las arenas del desierto de Atacama?

II

Nacimiento y muerte en María Elena

En casa de Lili y Fermín

La niña Leonor se fue a vivir con su hermano Fermín y la Lili, que estaba embarazada, a una casa muy sencilla en un barrio alejado del centro. El padre había vendido la casa a precio bajo. En cuanto la empresa cerró, las propiedades de María Elena perdieron casi todo su valor. Usted debió vender antes, tal y como se lo aconsejé, le había dicho la señorita Rosita, puesto que ambos sabían lo que pasaría con la oficina salitrera. No podía vender mientras Estela estuviera viva, la casa era su obra. Además, no hubiera podido tomar ventaja de mi posición, en esas circunstancias tan terribles... lo merezco, merezco haberlo perdido todo. Y ahora es gracias a usted, Rosita, que puedo ir a Antofagasta, al menos tendré un lugar para vivir. Ingeniero, no es nada, mi familia es de allá, además se trata de un pobre faro casi al abandono... pero es solamente para empezar una nueva vida. Allá en el puerto podrá encontrar un trabajo a su altura como ingeniero. Y hacer venir a Leonor cuando esté bien instalado. ¿Y usted, señorita Rosita, qué piensa hacer ahora?

La señorita Rosita lo miró con toda la intensidad que su corazón era capaz, pero él solo vio sombras y contornos. Él jamás sabrá nada de mí, jamás notará mi cariño, es imposible, su corazón está muerto, murió con Estela, ahora solo se deja vivir, llevarse por la ola que por el momento soy yo, pero pronto nos separaremos ¿y qué será de él? Yo, ingeniero, he sido trasladada a Santiago a otra oficina de los alemanes, me han ofrecido un puesto muy bueno, no puedo decir que no. Gracias a lo que aprendí con usted... ¿por qué no viene también? Allá nadie lo conoce, tiene experiencia y un título. Podrá ganarse la vida y recuperar a la Leonor. Ella hablaba y hablaba, él la oía de muy lejos. De tan lejos, que era casi un eco de algo dicho alguna vez, en algún lugar, por alguien que ignoraba. Él le era inalcanzable, y Rosita se quedaría con ese dolor en el pecho hasta el final, pensando en la niña. ¿Qué será de ella viviendo en un barrio de pobres una vida de pobres? Al final de cuentas, la señorita Rosita fue la única que mandó el dinero ofrecido a la Lili, los hermanos olvidaron sus promesas apenas salieron de aquel maldito desierto. ¿Por qué mamá habrá aceptado venir a enterrarse a este hueco? Ella que era una mujer educada, de mundo...

La niña crecerá como pobre y pronto se volverá irreconocible, pensaban las cuñadas, qué pena, el mundo es tan injusto. Y las gemelas, ¿cómo estarán?, se preguntaban unos a los otros, ya no escriben, ni siquiera vinieron al entierro de su madre, los maridos vienen solos a las reuniones familiares. ¿Estarán todo el tiempo embarazadas, las pobres ¿no? ¿Cómo será? El misterio de las gemelas perdidas en Chile no se resolvería pronto. Algunos años pasarán antes de que se sepa qué fue de ellas.

¿Quién compró la casa? El padre nunca dijo nada sobre el asunto. Se dirigió a la oficina del notario que era también el notario de la empresa, un cínico, decía el padre, nunca fuimos amigos. Un solterón empedernido, bien vestido y de bigotes, que siempre estaba dispuesto a asistir a las veladas de la madre, y no por verme la cara a mí, decía amargo. La madre se reía y lo llamaba «mi admirador el notario del pueblo». Qué carajos este notario de m... terminaba gruñendo el padre exasperado tirando la puerta. La Leonor a veces andaba por allí y se alegraba de ver sonreír a su madre y, aunque no entendía, sabía que era así, el lenguaje a veces dice lo inverso de lo que se piensa o, más bien, dice lo que el otro entiende.

Se decía en el pueblo, años después, que la casa había sido comprada muy misteriosamente por alguien que nunca la ocupó y terminó cayéndose en ruinas, invadida por la arena, los vientos y el sol inclemente. El jardín fue el primero en sucumbir a los embates del desierto, sentenciado por la muerte de su jardinera, aquella que luchó hasta sus últimas fuerzas por poseer un pequeño y verde paraíso en su propia casa. Algunos antiguos vecinos seguían hablando del jardín fantasma. Uy, pero cómo era, pues, tan bello. Las flores perfumaban todo el vecindario, decía otra. Y frutas, había árboles frutales, los higos y las peras caían de tan pesadas las ramas y la señora nos regalaba en canastas algunos de sus frutos. ¡Qué mujer! Qué voluntad tenía. Eran las buenas épocas, la ciudad bullía de actividad, la empresa florecía y los inversionistas alemanes no se habían largado aún, traicionando al pueblo entero. Qué tristeza ver la casa así. Ninguno de los hijos valía nada... y la pequeña. ¿Qué habrá sido de la Leonor? ¡Pues se la llevaron los alemanes! Debe estar feliz allá, con todas las comodidades, rica...

La pobreza

Nunca olvidaría lo que era despertarse en la casita que les habían prestado después de la misteriosa desaparición del padre en Antofagasta. Era como si no hubiera nada en el mundo, solo su estómago vacío que crujía. Un estómago con patas. Leonor trataba de pensar en otra cosa, en el jardín de su madre, por ejemplo, cuando el viento soplaba por las tardes cargado de arenilla que la madre barría con una especie de tranquila desesperación. Así, con esa misma sonrisa maternal de aceptación de las fuerzas de la naturaleza, pero también, como decía la madre levantando la nariz de algún libro, la terquedad humana, la que creó la civilización que admiramos ahora. Así, ayudándose de ese recuerdo manido por los años, Leonor pudo levantarse del camastro, ocuparse de sus sobrinos y afrontar la calle estirando una mano que no temblaba. Cuando miraba con sus grandes ojos verdes calmos y tiernos, la gente se conmovía y le daban, aunque sea, un pedazo de pan. Eran días difíciles, y el recuerdo de los días felices le servía de inspiración. A pesar de sus esfuerzos, a veces se le llenaban los ojos de lágrimas y se abrazaba a la Lili, cuyo solo olor la consolaba. Era uno de los cuerpos que había amado de bebita: el de su madre, perfumado de rosas, y el de la Lili, que olía más bien a sopaipilla recién frita o a algo antiguo y dulce.

Cuando llegaba la remesa de la señorita Rosita era día de fiesta. Compraban víveres y le mandaban una encomienda a Fermín que se había enrolado para no tener una boca más que alimentar. Sin embargo, su partida no había resuelto el día a día. La Lili iba cada mañana a pie a la chacra y contaba con Leonor para cuidar a los niños. Una vez que estaban en la calle, alguien exclamó indignado: Es el colmo que los niños deban pedir limosna en este pueblo perdido de Dios, y les dio una moneda. Se paraban al lado de la estación del tren, que aún se detenía en María Elena. Era gente de paso o que venían por negocios y siempre daban algo a los niños que mendigaban por ahí. Nunca pensé volverme una pordiosera, se decía Leonor, lo importante es sobrevivir. No hay que decirle nada a la mamá, les decía a sus sobrinitos, le va a dar pena, además, así podemos ayudar. Que la hija menor, la Leonor, la consentida de la casa, acabara de pordiosera era el colmo, pero quedaban pocos que se acordaban aún de las épocas de gloria, la mayor parte de la gente-bien se había ido del pueblo. No había trabajo, a duras penas la posta había sobrevivido porque servía a toda la provincia.

La Lili se enteró mucho después por una vecina, pero no dijo nada. Que los niños pudieran encontrar la manera de comer algo durante el día era mejor que tener problemas de raquitismo, al fin y al cabo, era cristiano ayudar a los pobres, y por ahora ellos lo eran. La Lili, que siempre había sido eso, pobre, se sentía incómoda ante su marido o su sobrina. Ellos no saben lo que es, se decía conmovida. La Lili le había dicho a Fermín, antes de todo esto, quédate en tu casa con tu familia, conmigo te espera solo la miseria, una vida difícil... Pero cuando murió la señora Estela y todo se fue a la porra, Fermín estaba tan triste y perdido que se aferró a la Lili, la convenció diciéndole: Tenemos que cuidar a la Leonor, cualquier cosa le puede pasar, papá es incapaz de ocuparse de ella y ahora ya no tiene trabajo. Así fue como se vieron los tres de vuelta con los pobres. La señorita Rosita fue su ángel guardián, les encontró esa casita humilde y modesta pero sana, que era de alguno de sus múltiples parientes y se la cedieron «prestada» por un tiempo. Para mí que la Rosita paga el alquiler, pensaba la Lili, solo Fermín era capaz de creerse una cosa así, ¡una casa gratis!... Bueno, al menos tenían un techo bajo el que dormir y protegerse de las intemperies.

Ser pobre no es una vergüenza, le murmuraba Leonor a su hermano, como para consolarlo. Esta niña es un ser excepcional, de una bondad extrema, decía Fermín a la Lili, no parece humana. Lloró una tarde entera a su madre y nunca más se quejó. Sí, es un ángel la pobre, pero lo que me da miedo es que se le venga el problemón, después, de golpe, cuando sea mayorcita... Además, no está yendo a la escuela. Que diría tu madre si la viera así, sin educación. Fermín bajaba la cabeza y la imagen de su madre leyendo en el jardín fulminaba su memoria. Mi madre estaría desesperada y molesta. Ella quiso educar a las gemelas, pero eran muy cabezas huecas, al menos aprendieron a tocar el piano. Un piano... El solo hecho de pronunciar esa palabra en esa casucha era un absurdo, un chiste malo, un chiste triste. Yo voy a enrolarme, dijo Fermín, habrá una boca menos que alimentar y me van a enseñar la electrónica en tres años, podré tener un oficio saliendo. Yo también fui una cabeza hueca, nunca quise estudiar, me arrepiento tanto... Tú hubieras sido buena en la escuela, Lili, ¡sabes calcular de cabeza con una rapidez! ¿Y tú?, Leonorcita... ¿Qué te gustaría ser de grande?, preguntó la Lili a la niña que entraba en ese momento a la salita de la casa. Yo, enfermera, por supuesto. Enfermera, qué bonito, dijo la Lili, es para salvar gente, ¿no? Sí... salvar a las mujeres, saber qué tienen para poder sanarlas, saber más, mucho más de la salud de las mujeres. Solo a las mujeres, se rio su hermano. Sí, solo a las mujeres, respondió Leonor seriamente, porque si las mujeres viven, todo va bien, sin ellas, todo es muerte y destrucción.

La noticia de la desaparición misteriosa del padre llegó mucho tiempo después de que Fermín partiera al ejército. Llegó por correo, una carta oficial extraña, como de los carabineros o del juzgado. Era una nota escueta y fría de la que solamente entendieron «desaparición o muerte en circunstancias extrañas». La niña se estremeció al darse cuenta de que no sentía nada, pero sus ojos secos le picaban y sentía mucho cansancio. No soñó con él, no lo nombró más. La Lili llamó por teléfono al cuartel y Fermín pudo salir un par de días. Cuando se fue, la Lili estaba embarazada de nuevo. Otra boca que alimentar, murmuraron las vecinas, la pobre es demasiado buena.

Poco tiempo después, Leonor la fue a buscar una tarde a la chacra diciéndole que había logrado una cita en la posta. Te van a explicar cómo hacer para no tener tantos bebés, Lili, no le digas nada a Fermín. La Lili la miró admirada pero también asustada. La Leonor no era una niña como las demás, nunca lo había sido, las penas la habían transformado en una mujer en miniatura, muy seria y muy discreta, no decía lo que pensaba. Solo tiene doce añitos y ya sabe lo dura que es la vida. Pobre niña…

Fermín

Fermín nació sin suerte. Mala estrella. El día de su nacimiento soplaban vientos sobre el desierto, la gente se encerró para que no se le llenara la boca de arena, la partera no llegó nunca y nació solito, buscando la salida en medio de la oscuridad y la respiración agitada de la madre. El padre, postrado en el salón rodeado de los niños asustados que escuchaban a su madre gritar y gemir, no olvidaría nunca esa noche. ¿Por qué un hijo más?, pensaba, ¡si ya somos un equipo! Vagamente culpable, sentía las miradas acusadoras de sus hijos mayores. Papá va a terminar matándola con tanto embarazo, murmuraban. Y eso que los niños no estaban enterados de las pérdidas intercaladas entre los nacimientos. Las gemelas jugaban en un sofá, pegadas la una a la otra, entendiendo en el fondo de sus conciencias infantiles que las mujeres, a diferencia de las muñecas, podían morirse cada dos años más o menos.

Será el último, murmuró el padre en el oído de la madre cuando por fin pudo ver al bebé, una masa sonrosada y chillona que se revolvía en sus brazos. Se llamará como su bisabuelo, Fermín, el que vino de España. ¿Pero te refieres al que se mató al caer del caballo? ¿No le traerá mala suerte? Qué mala suerte, Estelita, de algo se tiene que morir uno y no es tan mala muerte, no se vio envejecer. Sí, pero ¿y tu pobre abuela?, ¡la dejó sola criando a no sé cuántos hijos! Sí, ella siempre contaba el famoso día en que se accidentó su Fermín, lo contaba sin pena y hasta con humor… yo la encontraba un poco distante. No sé, hay quienes decían que… ¿Qué decían?, tonterías de comadres parlanchinas, ya sabes cómo son los pueblos pequeños. ¡Este es un pueblo pequeño, Segundo!, ¡no me vas a contar a mí qué es un pueblo pequeño! Bueno, no te alteres que acabas de dar a luz. Se llamará Fermín y María para que lo proteja la Virgen de la mala racha. ¿Y por qué no Abel, Abraham o Jesús?, o hasta Job, aunque ése no lo podría proteger de la mala suerte.

Fermín le había contado esa historia sobre su nacimiento a la Lili para enternecerla, pero esta se rio de buena gana y lo llamó

Job durante algunos días muy humillantes para él. En todo caso, eres bueno como el pan, no como tus hermanos mayores o las gemelas que siempre andan en la luna y no saben leer ni escribir. Cuando Leonor era una guagua, los hermanos mayores habían intentado pillar a la Lili sola en la casa para aprovecharse de ella, como si el olor de leche y pañales los excitara y pusiera fuera de sí. Ella no se lo contó nunca a Fermín, por supuesto, sabía que a su lado la vida sería esforzada pero sana. Y el día que murió la señora Estela, eso ya no tuvo importancia, en medio del caos de la casa abandonada a los sirvientes y el ingeniero desvalido como un niño sin poder tomar ninguna decisión. Si no hubiera sido por la señorita Rosita, no hubiera quedado nada de nada. Al menos pudieron casarse y hacer algunas compritas de muebles con lo que les tocó. Fermín estaba tan feliz de lucir ese dormitorio completo con cómoda y espejo que tuvieron que vender después.

La niña, la Leonor, tiene que estudiar. Es lo que repite mi padre como un obseso, tiene que estudiar. Fue el último deseo de la madre, en su lecho de muerte, la niña tiene que estudiar. La Lili, que no sabía leer, pero sí contar, se admiraba de verla hacer sus letras alargadas y enlazadas en un cuaderno de hojas muy blancas a la luz de la lámpara. Se gasta más, pero así ha de ser, decía Fermín, que sufría soportando a los milicos sin quejarse, él que era tan sensible. Es el más sensible de la familia, más que la niña, pensaba la Lili, Fermín es un poeta, un bohemio, libre en su alma soñadora. Pobrecito, cómo no nació en cuna de oro para poder dedicarse a escribir y a soñar. Le tocó la decadencia, ser el último hijo varón al que le dejaron los restos. Los mayores pudieron estudiar y casarse bien, el pobre Fermín se casó conmigo.

Al menos le podía corregir las tareas a la Leonor y el colegio lo pagaban, por ahora, los hermanos.

Leonor aparentemente se adaptó a su nueva vida, aunque extrañaba mucho el jardín, allí donde había dado sus primeros pasos y descubierto todo un mundo de insectos, aves y plantas... ¡afuera todo era tan arenoso! Cuando tuvieron que dejar la casa, todos lloraron, menos ella que se plantó lo más estirada posible junto al portón sin volver la vista atrás. La muerte de su madre había enterrado también la casa, no podía seguir viviendo allí sin esa presencia que colmaba cada espacio, cada intersticio de cada estancia hasta la zona de los domésticos, todo formaba parte de su cuerpo alargado, lleno de energía, de armas para derrotar la arena, el tiempo, la maledicencia, las plagas, el desorden, la suciedad, la cobardía y los temores. Ahora, de la casa quedaba una cáscara vacía que se le hacía odiosa al recordarle los tiempos felices, la plenitud, la serenidad y todo lo que había sido su infancia feliz y despreocupada.

Aunque ella siempre sospechó, oyendo algunas noches conversar a sus padres, que había fallas, preocupaciones, embrollos del mundo de afuera que escapaban a la madre. El padre, tan alto, tan fuerte, tan distante, reposaba la cabeza en el regazo de su esposa murmurando palabras que acaban en silencio. ¿Qué será? ¿La oficina con sus máquinas inmensas que hacían tanto ruido podrían acallarse? ¿Y los obreros y oficinistas, y hasta las máquinas de escribir, las plumas fuentes, los lápices tajados, los libros, reportes, papeles y telegramas podrían dispersarse con el viento de arena del desierto? No, era imposible que esas máquinas inmensas que se comían los minerales hundidos tan hondo en la tierra y que después se iban por mar hasta las Europas pudieran detenerse. Era imposible de imaginar para la niña. Esas noches dormía un mal sueño agitado, lleno de reptiles y chillidos, y la oscuridad era de una opresión sin fin.

Pero así fue. La madre murió, el padre fue despedido y luego la empresa cerró dejando a muchas familias en la miseria. Para ella, todo pasó al mismo tiempo, como un planeta que explota, como un cataclismo en el que toda normalidad, todo orden conocido, desaparece. El primer día sin ver al padre tomar su sombrero y salir, tempranito, después de tomar un té aguado y algún pan tostado, la primera mañana sin oír los goznes del portón chillar como cada día de lunes a viernes desde que nació, se instaló un extraño silencio que ya era en sí otra muerte que se sumaba a las demás, la de la madre, la del jardín abandonado a su suerte, la de los salones que se llenaron de polvo, de los parqués que ya no olían a cera de abejas o de los jarrones sin flores. La ropa también había cambiado, había menos, los botones saltaban, las bastas se descosían, la ropa de cama ya no olía rico a lavanda o flores secas, las trenzas y los lazos ya no ornaban su cabeza y cada día, a pesar de vivir en la misma casa, la niña se parecía más a las niñas pobres de la calle desgreñadas, con zapatos rotos y las uñas sucias. Lo que sí nunca abandonó Leonor fueron los estudios, en casa, simplificados, pero siempre allí marcando su día.

La cocinera, antes de huir con lo que pudo encontrar en las alacenas, decía en voz quejosa: ¿Dónde están los invitados, todos aquellos que venían a tomar el té o a cenar? No viene ya nadie… Toda la gente bien se ha ido del pueblo, han abandonado sus casas, las tiendas cierran, así como los clubes y los cafés. Es horrible, es como si el pueblo se estuviera muriendo, pronto la minera va a cerrar, ya empezaron los despidos. ¿Qué será de nosotros?, gemía.

¡Qué será de esta pobre niña huérfana!, decía tomando a Leonor entre sus brazos fornidos, sacudiéndola y dejándola caer sobre la silla para que termine su café con leche mientras los goznes de la puerta no sonaban y el sombrero negro, aún más siniestro, seguía en la entrada de la casa empinado en su garfio.

Poco a poco no quedó nadie en las oficinas ni en la minera ni en la casa. El mundo se vació de su gente y de su sentido más elemental. Un día llegó un telegrama, el último, el que cesaba al director de la empresa. La señorita Rosita lo leyó primero que nadie y lo llevó personalmente, pero su director ya no formaba parte de ninguna jerarquía conocida, era tan solo una sombra dando vueltas en una casa vacía. Sin emoción aparente, pareció aceptar la noticia mientras la señorita Rosita le explicaba que podía cambiar de puesto, que era posible ir a la capital y empezar de nuevo. Piense en su hija, piense en la niña… yo también voy a ir para allá. Podremos quizá seguir colaborando. El padre, de pronto, soltó una risa venida de ultratumba que asustó a su colaboradora. No iré a ninguna parte, señorita, menos a Santiago. Me quedaré aquí hasta que el desierto se lleve todo, el pueblo, la casa entera y a mí.

Finalmente, Fermín y la señorita Rosita lo convencieron de aceptar un trabajo en el puerto de Antofagasta. El mar, murmuró, el mar abierto. Era el más solitario de los trabajos, guardián de faro. Rosita soñó una noche con él en el faro. Fue un sueño inusual en ella, tan púdica, tan romántica que leía las novelas rosas siempre con el mismo entusiasmo y creyendo en lo imposible, ella, a la que tantos en su trabajo admiraban por su pragmatismo y su capacidad de calcular mentalmente los porcentajes como nadie. Ella podía llorar mirando una película cursi y sentimental en el cine, siempre sola, escuchando los ruidos culpables a su alrededor. Fue un sueño muy simple, él estaba en el faro, arriba, y ella subía las escaleras hacia él, en la penumbra; cada cierto tiempo una ventanilla alumbraba una parte de las escaleras con precisión de dibujo en tinta china. Subía sabiendo que él la esperaba para abrazarla y besarla, subía viendo dibujarse su pierna delgada envuelta en nylon negro, ella que nunca usaba pantys. Subía sintiendo que era hermosa y única, y cuando su corazón latía, no era solamente por las escaleras, su corazón rebasaba llegando por fin al término de su búsqueda: él la amaba y por ella había olvidado a su esposa muerta, la mujer más perfecta en todo el sur de Chile. El sueño se entremezclaba luego con otras imágenes venidas de quién sabe dónde, el patio y la casa, una cama incendiada, la arena girando y picando los ojos. Luego estaba delante de una puerta que se abría sin un ruido, la habitación era circular y estaba en penumbra. Él estaba de pie, de espaldas a ella, como en las novelitas rosa, ella lo abrazaba por atrás y él se volteaba de pronto y la miraba largamente, con sus manos rugosas acariciando sus mejillas. De pronto estaba desnuda echada sobre un catre monacal, los ojos cerrados y él sentado en el piso la tocaba como quien toca un arpa. ¿Era así su sueño? Rosita no sabía bien cómo acababa aquello. Se hundía en algo, mordía algo, algo le dolía y luego escuchaba suspiros y gritos con una voz que no era la suya, sino de alguna actriz de radionovela. Él no es así, él es más huesudo y alto que este, pero bueno, no me puedo quejar tampoco, pensaba ella en el sueño riendo de su propio ingenio ante tal situación. El sueño no se repitió, pero se lo rememoraba, como quien rumia su placer añadiendo detalles y una conversación que nunca tuvo lugar. El sueño del faro la acompañó toda su vida de solterona alimentando horas huecas, el tiempo previo al sueño, un viaje largo en tren o en auto. Cuando años después pasó por Antofagasta, no pudo visitar el famoso faro por falta de tiempo. Mejor así, decía, en mi recuerdo es alto como la Torre de Babel. Para qué decepcionarse viéndolo tal cual era. Además, la verdadera historia era tan triste y trágica. Para qué revolver en los meandros de su memoria. Solo sabía una cosa, debía volver para colocar las piezas del rompecabezas en su lugar y morir en paz.

El nombre María Elena

La profesora dijo hoy por qué este pueblo se llama como se llama. A la Lili no se le había ocurrido pensar en ese tipo de cosas. María Elena solamente le sonaba como un bolero o un nombre de flor. Pero por qué diablos se llamaba así, nunca se lo había preguntado. No es un nombre indígena, comenzó a decir la niña. No es un nombre indígena ni de santo ni de lugar ni de nada… es un nombre tonto al final de cuentas, concluyó Leonor. ¿Un nombre tonto?, repitió la Lili. Sí, muy tonto porque no alude a ningún mérito de nada. Yo se lo dije a la maestra que me miró raro. ¿Le dijiste a la maestra que era un nombre tonto? No exactamente, le dije «bobo».

La señora Estela decía siempre: ¡Que bobo! No seas boba, Lili, o la señora tal me dijo solamente bobadas… era su palabra, bobo. Era normal que Leonor dijera también bobo, con el mismo tonito de señora bien tomando el té por la tarde. Le dijiste que era bobo, ¿y? Me miró extrañada, respondió Leonor mirándola de frente con sus hermosos ojos verdes. Ah, dijo la Lili, ¿y qué pasó después? Se puso a reír la maestra y me dijo: Tienes razón, Leonor, es muy bobo y yo no me había dado ni cuenta. Jajaja... Todos en la clase se pusieron a reír sin entender, porque la maestra se reía de buen corazón. Será muy bobo, pero así se llama este pueblo, Leonor, así que cada uno de ustedes va a escribir el nombre de este pueblo y su fecha de fundación porque, como ustedes saben, María Elena no es antiguo, sino que fue creado para alojar a los trabajadores de la empresa minera que nos da de comer a todos. Y se llama María Elena, como les dije, porque la esposa de Elías Cappelens Smith, primer administrador de la planta que fundó la ciudad, se llamaba Mary Ellen Condon... y punto. Y me lo escriben con su mejor letra, por favor.

Cuando llegó el Fermín, la Lili le contó la hazaña de Leonor y él se rio hasta tener lágrimas en los ojos. Qué bobada este pueblo y qué bobada esta vida, ¿no? Y qué bobo papá que se fue a enterrar en un faro de Antofagasta, aunque al parecer la soledad le conviene y se siente mejor y hasta ha subido de peso, como dice la señorita Rosita, a quien sí le escribe regularmente. Le escribe porque tiene con ella relaciones de trabajo, Fermín. Además, si no fuera por ella... Sí, sí, ya lo sé, Lili, no lo digo por malo, sino... ¡por bobo! ¡Jajajaja! La filosofía boba les daba siempre mucha risa y era muchas veces la conclusión a sus dudas y problemas. Esto es demasiado bobo, para qué preocuparse de algo tan bobo al fin. O Leonor cuando hacía sus tareas, pero qué bobo es este cálculo o esta poesía a la bandera, ¡pero qué boba es! De esta manera la bobería absolvía el hecho de no saber, de no querer, de no poder, y daba algo de fuerza a los pobres desheredados de la humanidad que eran los tres, antes de que nacieran los bebés de Lili y Fermín.

¡Qué boba debe haber sido esa inglesa!, ¿no? Y que bobera darle su nombre a un pueblo, ella que no hizo nada por él, ni siquiera se quedó a vivir, pensaba Leonor. Sabía en el fondo que aquello era injusto y formaba parte del plan siniestro de vender las riquezas del país a los ingleses o a los alemanes, dejando que estos hicieran lo que querían aquí en nuestra patria. Y amo a mi patria, pensaba Leonor, por eso no me gustan esos cuentos que nos repiten para que nos quedemos tranquilitos nomás, viendo cómo nos roban el mineral y nos pagan una miseria, como decían los obreros en sus marchas de protesta.

Uy, esta niña es una rebelde, y tan chica, decía la Lili riéndose, sin pensar que un día ese sentimiento infantil pudiera forjarse en una verdadera conciencia de lucha. No, le respondía Fermín, quiere ser enfermera a como dé lugar, es un corazón de oro. Mi hermanita es buena como el pan. Sí, pero no es ninguna boba, concluía la Lili agarrándose la panzota de embarazada. Cómo será, cómo haremos con otra boca más que nutrir, decía la Lili. No te preocupes, Lili, los bebés vienen con un pan bajo el brazo, como decía mi madre. Por algo vienen, ¿no? Fermín pareció ensimismarse como siempre que recordaba a su mamá. Por algo, pero a ella la llevó a la tumba, pensó inquieto mirando con temor a la Lili en la cocina. A ella no le pasará nada, es una campesina, como decía también su mamá, una campesina sana y buena, con los pies bien plantados sobre la tierra. No como yo, concluyó Fermín saliendo de la casa, no como yo…

A los pocos días, Fermín vio el anuncio y decidió enrolarse Es un trabajo digno y te dan de comer, de vestir y algo de plata al mes. Nunca podría volver a la minera, después de lo que le hicieron a papá. Además, ya casi no queda nadie, pronto cerrarán y entonces no sé qué será de este pueblo perdido en el desierto. ¿Se transformará en un pueblo fantasma? No… qué va. Algo se podrá hacer, ¿no?, decía la Lili siempre tan corajuda y llena de esperanza. La pobreza no es una enfermedad, repetía también. Ustedes no lo saben porque no han sido siempre pobres. Entonces Leonor, lágrimas en los ojos, se le echaba en brazos con pena, con honda pena de imaginar lo que habría sufrido todos esos años de pobreza sin ellos, antes de que viniera a trabajar a la casa cuando ella nació. La quería consolar de algo imposible de ser consolado. Fermín solo las miraba, la niña y la mujer embarazada, ambas eran su responsabilidad, o viceversa.

En medio de la camaradería forzada con los reclutas, Fermín pensaba aún más en las mujeres que tenían la preeminencia en su vida. Así era, así había sido siempre, una mujer era su fuente de vida, salud y amor, como si nunca hubiera soltado el seno de su madre. Vivía con la boca llena o vacía de esa leche nutritiva, alimento o palabra, hálito líquido o beso, podía tomar todas las formas. Por ello quizá se había puesto a fumar de nuevo, todo el día tenía el pitillo en la boca, cuando no estaba prohibido, prendido o apagado, colgando de sus labios, como una flor. Sin el cigarrillo se sentía desnudo y a merced de los malos reclutas, aquellos que abusaban de su autoridad. Siempre los hay, siempre los mismos en los dormitorios, en los salones, en las maniobras, en las oficinas, en los talleres, en los patios de los colegios, siempre hay uno que tiene que endosar el rol del abusador, el que se ríe de los absurdos, de los rechonchos, de las feas, de los ridículos y de las debilidades, aquellos que tienen el poder de ver eso que va a doler y a poner en escarnio a alguien.

Fermín tenía el don de evitarlos, de ponerse fuera de su alcance, refugiándose tan lejos que era prácticamente invisible en el grupo. Únicamente los mejores abusadores, los genios en su especificidad, lograban ubicarlo en medio de la masa. En esos casos el abuso podía llegar muy lejos, tan lejos que la Lili se estremecía de solo pensarlo. Porque ella sabía lo que era, desde su lugar de pobre y de mujer lo había vivido, ese constante frotarse contra las paredes para pasar desapercibida, esas horas grises de esperar el golpe o la burla. Hasta en la casa de Fermín y Leonor tuvo que evitar a los hermanos mayores que intentaron, los dos y sin saber uno del otro, primero persuadirla de seguirlos hacia un lugar fuera de la casa y luego forzarla en algún rincón que escapaba a la omnisciencia materna, pero se sentían cohibidos de operar en la casa familiar o en la habitación compartida con la pequeña Leonor. Una vez, la Lili le prometió a uno ir a una cita a la que nunca fue, refugiándose esa noche en la cama misma de Leonor. La madre sabía o adivinaba, y en una reflexión de domingo dio a entender a los dos cazadores, delante de sus esposas, de la grave falta que sería intentar algo contra la Lili. Sin embargo, la madre nunca imaginó que el verdadero peligro vendría del pobre Fermín, como se le decía usualmente.

Hacia el final, la madre percibió los rayos quemantes de ese amor y se quedó tranquila sabiendo que dejaría a su frágil Fermín entre las buenas y fuertes manos de la Lili. Por ese lado, me puedo ir en paz... Estela intentó hablar del asunto con su marido, pensando en preparar el terreno de ese futuro matrimonio, pero al final le fue imposible decirle nada, estaba tan terriblemente acongojado con su enfermedad y pronta agonía que para qué cargarle más las espaldas. Lo único que le dijo y repitió constantemente fue su misma letanía: La niña tiene que estudiar, la niña debe tener una profesión, puede ser maestra, enfermera o contable como la señorita Rosita, algo tiene que ser. No olvides, esta es mi última voluntad, la única. Pero el marido lloraba tanto y se sonaba tan seguido la nariz con sus pañuelos almidonados que Estela temía que nada de lo que musitaba se le quedara en la cabeza. Tendré que hablar con la Lili directamente… En esta casa ya no hay nadie capaz de mantener la cabeza fría, salvo esta chica. Felizmente que me la traje de las afueras antes de que algún bueno para nada la dejara embarazada y la abandonara. La Lili tiene el sentido común y el instinto de quien siempre se ha visto obligado a sobrevivir. Ella cuidará de los dos, de Leonor y de Fermín.

Por ello y mucho más, Fermín estaba convencido de que el amor de su mujer lo protegía con su armadura invisible, flexible y todopoderosa en el cuartel, en la calle, en cualquier lugar del mundo. Mientras ella lo amase, estaría seguro sobre la tierra y su paso sería firme y su palabra poderosa. Por eso también aquellos que lo conocieron en el cuartel, no lo imaginarían nunca débil ni lo llamarían jamás «pobre Fermín». Cuando nació su hija le dieron permiso y Fermín pudo volver unos días. Fueron los momentos más felices y más tristes porque la señorita Rosita les dio la noticia de la sospechosa desaparición del padre acaecida más o menos al mismo tiempo que el nacimiento de su nieta.

La fuga del padre

Todo se confundía en su mente: desde los últimos días de vida de Estela hasta la llegada a Antofagasta con su vieja maleta arrastrándose por la arena. Un túnel, la mente en blanco, solo recordaba las palabras de consuelo de la señorita Rosita, sus manos en sus hombros tratando de mirarlo a los ojos, sacándolo del letargo, diciéndole que ya no tenía su puesto en la minera pero que tenía una propuesta para él. Acercarse a la costa y ver el mar, aunque se sintiera en el fondo de un pozo, le traía algo de paz. La sola idea de salir de María Elena, por fin, aunque fuera solo y humillado, solo y viudo, era un respiro. Ese lugar maldito se había tragado su vida y sus esperanzas. Casi todos sus hijos se habían ido de allí, como de una trampa, de un pantano seco, apenas pudieron, pero Estela siempre creyó en la posibilidad de hacer de ese lugar, de esa casa, un paraíso en medio de la arena ardiente. Él la escuchó, la siguió hasta allí y para qué. Ahora estaba solo y era incapaz de mirar a la niña a los ojos. Su madre me encargó su educación, repetía sollozando. La señorita Rosita le juró que iba a apoyarlo. Yo no tengo familia y, además, añadió sonrojándose, ahora tengo un buen puesto esperándome en Santiago... usted me enseñó todo lo que sé, es mi turno de ayudarlo. La pensión que la señorita Rosita enviaba para Leonor terminó dándole de comer a Fermín y a su familia, y ellos la cuidaban en la casita que pudo prestarles.

Todo se está yendo a pique, Estela, nuestros hijos son más pobres que nosotros, qué he hecho, es un crimen no poder mantener a tu propia familia... La vergüenza, el dolor y la desesperanza lo acompañaron hasta la costa. La luz del sol parecía otra allá, era más alegre, menos torturadora que en María Elena. El ruido del mar le hablaba en su lengua de vaivén eterno, nada importaba ante el océano, una ola se llevaba diez o más vidas humanas en un solo estertor, el hombre era una pulga, una ameba, un grano de arena frente a la inmensidad. Y esa pequeñez lo ayudó a vivir esos primeros días y a instalarse en el faro. Quién querría vivir en ese lugar exiguo y barrido por los vientos y la luz. Yo soy el único que puede quererlo, yo que vengo a esconder mi vergüenza, la miseria, la caída de tan alto. Antes de irse le dijeron: Un ingeniero como usted, jefe, encontrará más rápido otro trabajo que nosotros, humildes trabajadores de pueblucho. Ahora que se fueron los alemanes y los ingleses, esta fábrica se va a la ruina, no sirve de nada explotar las riquezas naturales, pensaba el padre, es como seguir siempre en el primer peldaño del desarrollo. ¿Pero quién lo habría escuchado en los años de abundancia? ¿Y ahora? Nadie.

En realidad, a pesar del terno y el sombrero, siempre fui un antisocial, un anarquista bien vestido, educado y detenido al borde del precipicio por el que caminaba por ella, por Estela, que además de su amor, era el zócalo donde anclaba su paso. Ahora, sin ella, todo se iba a la deriva. El mar salvaje que golpeaba a su puerta era como esa nada que lo acechaba esperando a que se distrajera para llevárselo de un solo golpe de garfio de espuma y sal.

Era casi como si esperara la muerte cada tarde y como si se sorprendiera cada vez de que no llegara a liberarlo del curso de los días y sus noches de pesadilla. ¿Para cuándo será?, pensaba con una calma escalofriante. Su presencia y su paso por la tierra le parecían tan leves que se sorprendía de haber expandido a su vez su semilla, la herencia de sus virtudes y vicios en sus hijos. ¿Para qué formar parte de esa cadena tan ajena a sus intereses? Cada embarazo de Estela era una angustia de meses, el terror de verla morir en el parto como tantas otras mujeres. Él solo la quiso para sí y no para los hijos que había que educar y llevar a bien, cada uno, como una planta exigente siempre demandante de cuidados, agua, luz, tierra fértil, viento, insectos para polinizar y ¡quién sabe qué más! Toda una organización inmensa que lo dejaba agotado de solo pensar. Pero cuando nacieron las gemelas, tan rubias y chiquitas que parecían gatitos recién nacidos, ciegas y estirando sus manitas hacia sus mejillas o su mentón, allí sí cayó encandilado por ese milagro que las hacía mamar y crecer y hacer ruiditos apenas audibles que hacía necesario pegar la oreja a sus boquitas para oír. Ambas, imbricadas en una sola canastita, dormían como animalitos, en un torpor de a dos que nunca las dejó por completo. Eran tan felices juntas que, después del matrimonio, al verlas irse cada una por un camino separado, la sensación de angustia fue la mayor de sus emociones y no tanto la pena de perderlas. Aunque llenaban cada rincón de la casa con sus risas y sus juegos, cuando nació Leonor, su felicidad fue aún mayor. Era una bebé seria y tranquila, que se podía pasar horas balbuceando en su camita sin molestar. Los dejó dormir casi desde la primera semana y se acomodó siempre a todo lo que se le propuso. Esa niña es una sobreviviente, decía Estela, no hay nada que la desanime o que la asuste, ella avanza tranquila a su ritmo, con esa seguridad pasmosa en su propia fuerza. ¿Por qué será? Una premonición de su propia muerte y de la orfandad de la niña la dejaban meditabunda y se iba al jardín caminando lento, entrecerrando los ojos para gustar mejor de los perfumes, mientras incansable buscaba con su mano el dosel de su *chaise longue* y pedía que le trajeran a la guagua, para verla, beber su presencia de amuleto de la buena suerte. Con ella a mi lado nada de malo me puede pasar.

Estela ya no es, su cuerpo se ha fundido con la tierra, con esta tierra del norte de Chile que nunca pensé que pisaría. Ni ella tampoco. Nos tocó la inmensidad, el desierto y ahora el océano, donde la mirada se pierde, la angustia del infinito. Yo sé que de aquí no me moveré, ya no hay más que decir ni qué hacer, solo contemplar el mar vigilando un horizonte mudo. Se me olvidan las cosas y las palabras. No tener que hablar es un reposo, pero al no usar la lengua, se me van los nombres, y también los recuerdos, algunas imágenes sobreviven al naufragio, la carita de la Leonor, las manos de Estela, la risa de las gemelas, alguna flor del jardín, el Fermín mirando a la Lili por sobre nuestras cabezas, como si nadie se diera cuenta. Fogonazos del pasado, un par de zapatos de cuando era niño que brillaban como un espejo, el nombre de algunos muy viejos amigos perdidos de vista. Todo acabó y comenzó de nuevo con Estela, nuestro mundo fue solo nuestro. El riesgo terrible era perderla y quedarme nuevamente solo y después de haber renunciado a todo. Nunca me satisfizo nada, salvo este amor, una enfermedad que me mataría. Se acerca el día en que ya no habrá palabras ni ningún bastión contra el olvido. Cada ola borra una línea de mi vida… solo llegan de vez en cuando las cartas de la señorita Rosita. Escritas a máquina en homenaje a ese mundo nuevo que surge y nos apabulla, lleno de máquinas y ruido, lejos del árbol y del ave o de la montaña y sus lobos aullantes. Ella me escribe desde su oficina lujosa de Santiago; desde un edificio alto lleno de ventanales, me dice, en secreto, los alemanes están peor que nunca, ávidos de mineral y esperando propiciar un estado autoritario, como el de ellos, donde nadie pueda interrumpir sus negocios ni la extracción de nuestros tesoros. Además, odian a los judíos, quién lo diría, ¿hay judíos en Chile? Nadie se había dado cuenta hasta ahora. La empresa ya no acepta judíos en la nómina, no es una orden expresa ni escrita, pero todo el mundo entendió cómo satisfacerlos. Felizmente no se llevaron a la niña, a Leonor, allá… Sus cartas eran el último lazo con el mundo, su vida se iba destejiendo como quien deshace una prenda mal hecha, la lana guardaba aún la forma del punto, aunque pronto se perdería la memoria de su trama. ¿Que quedará de él? El hijo por nacer de Fermín que no conocería nunca.

Qué fin del mundo este país, alargándose hacia el polo sur, del desierto al hielo; una sola cinta descorriéndose, llevándonos siempre de la nada a la nada. Y ese mar y esta cordillera de los sueños que nadie se detiene a mirar. Leer y releer esas cartas que cuentan el camino de las empresas extranjeras aquí abriéndose paso, siendo festejadas por los propios desposeídos. Era una locura extraña, y él había contribuido en algo, aunque siempre distante, había jugado a ese juego en que cada uno tomaba al otro por el imbécil del cual servirse. ¿Quién era el verdadero imbécil a fin de cuentas? La señorita Rosita sabía cómo mover sus peones sin dejarse engañar. Él se sentía orgulloso de ella, la que había sabido formar y que le era fiel, a pesar de su actual destino de paria, nunca le había reprochado nada. Rosita había entendido que cada vez le era más difícil seguir yendo a la oficina para cumplir su rol de jefe y lo había ayudado a mantener las apariencias. Pero algo se rompió al final con la enfermedad de Estela, era imposible esconderse de la verdad. Su cuerpo no podía más, las horas pasaban sin pasar, y él contemplaba las hojas en las que las líneas bailaban y su lapicero sin tinta apoyado en la mesa se quedaba inmóvil, mirándolo, pidiéndole que escribiese, que firmase. Y él no podía, no podía levantar la cabeza y leer, no podía poner su nombre abajo y a la izquierda como le decía Rosita con su voz más suave y persuasiva. Hasta que ella aprendió a imitar su firma y los papeles ya no se acumulaban en su mesa. Poco a poco desaparecieron los mensajes, las preguntas, las llamadas, su puerta estaba cerrada, pero cumplía con sus visitas a las minas, le gustaba ir a campo traviesa, en medio de los paisajes lunares del desierto, conversar con los trabajadores y compartir una cerveza con ellos. Entonces se sentía con vida y no en el compás de espera de la muerte de su esposa.

Coro de las gemelas

Cuando salimos de María Elena, no sabíamos nada del mundo. Nos fuimos cada una del brazo de nuestro marido a tierras lejanas. Solo conocíamos la arena del desierto y el jardín de nuestra madre. La casa y su patio, el padre y sus idas y venidas, el sombrero en la entrada. Los hermanos bulliciosos, los pequeños, Leonor y Fermín. Nos fuimos con nuestros vestidos de volantes, sin ningún remordimiento, el pueblo era demasiado pequeño para nuestras alas, queríamos volar.

Dieciocho años. Madre nos había dicho: Tengan cuidado en escoger, pronto estarán a solas con ellos. Estar sola sin sentir la mano de la hermana en la oscuridad, sin su respiración en la espalda, sin su cabello que cepillar cada mañana.

Todo empezó mal y continuó peor, tanto para una como para la otra. Él me impidió escribir, llamar. No quería que viese a nadie y, por más que me forzara, no era fértil. No llegó ningún bebé al cuarto de los niños. Mi suegra me miraba siempre mal, como desconfiando de mí. Todo el día me perseguía de estancia en estancia, solo podía estar tranquila en el huerto, era alérgica y no soportaba el sol. Me decía: Eres hermosa como las jóvenes de los cuentos de hadas, pero la vida no es un cuento, la vida es sufrir, parir y sufrir, parir y sufrir. Ella había tenido como diez hijos de los que sobrevivieron solo cuatro. Su marido, mi suegro, ni la miraba, salía en las noches con sus amigos. Mi esposo también empezó a salir. ¿Adónde vas?, ¿por qué te vas?, eran las frases que me salían de la boca, aunque no quisiera humillarme. Voy con los amigos. Pero cuando volvía, olía raro, olía mal, a flores baratas, a humo, a cacería. Ella se volteaba de su lado de la cama y trataba de seguir durmiendo. Mi mano estaba vacía sin la de la hermana.

Ella en Santiago. Y yo, aún más lejos, me fui a Concepción. La ciudad era fea pero próspera, había familias que nos invitaban el domingo y por las noches a recitales y fiestas. Yo lo veía todo como a través de algodones. La gente pensaba: Bella pero boba hasta el aburrimiento. Pobre marido. ¿Pobre? Respondían los hombres en círculo. Es bella como ninguna otra por aquí, su cuerpo es túrgido, sus senos blancos, sus piernas largas y elásticas, su boca parece un botón de rosa, sus manos son la de una pianista que no sabe tocar. Todos los hombres que la ven quedan prendados... Anda vive con ella, te mira sin mirarte, se deja hacer de todo sin cambiar de expresión, es fría como una estatua.

Su cuerpo estaba muy lejos, se había quedado en María Elena, y por las noches, cuando él venía a la habitación, le parecía tal horror estar a solas con él en un espacio tan pequeño, en su propia cama, que se le helaba el alma. Sentía sus manos un poco ásperas y su respiración agitada pegada a la oreja, su piel estaba mojada con su saliva y ella se quería lavar, lavarse durante horas con agua tibia y jabón perfumado para sacarse el olor. Luego la penetraba impulsándose con sus manos aferradas al colchón, se lanzaba una y otra vez contra su vientre, ella lanzaba grititos inaudibles y pensaba en cómo haría su hermana, que además no le contestaba sus cartas. Así, se ponía a redactarlas en su cabeza mientras esperaba que su esposo bostezara por fin y se durmiera. Si supiera en lo que pienso mientras, como él dice, me «posee». ¿Posee? ¡Nada de nada! Estoy a un millar de kilómetros, en medio de mi desierto, de donde no debí irme.

Y cómo estará ella, se preguntaba mientras su vientre seguía inflándose y los senos hinchados le dolían tanto que no podía dormir de barriga. Pronto serás madre, decía él con los ojos en blanco. Y tu hermana, la pobre, nada de nada, por más que su marido me dice que hace todo lo posible, visitándole todos los días. Todos los días, pensaba estupefacta. ¡Mejor es estar embarazada! Pobre mi hermana, suspiraba mientras su marido la miraba con ternura reflexionando en lo hermoso que es el amor de una madre. Ahora querrás a alguien más que a mí, se decía ella en silencio. A él los celos lo atormentaban, cuando adivinaba que ella estaba pensando en su hermana, y no sabía cómo, pero un día impediría que se escriban y que se vean. Algún día se la sacaré de la cabeza, por más gemelas que sean o hayan sido.

Los maridos eran amigos desde la infancia. Ambos siempre desearon una mujer blanca de piel, lo más rubia posible. El problema era que las europeas que llegaban estaban casadas o eran ligeras de cascos. ¿Cómo hacer? Por ello, al llegar a María Elena y ver a las gemelas en su jardín, quedaron prendados. Rubias y chilenas para mejor, pensaron. La pedida fue rápida, pero cómo escoger entre ambas, idénticas. Bueno, dijo uno, a la suerte. No, al color. Prefiero el rosa y tú, el celeste. La que se vista de rosa hoy será para ti, y para mí la otra. Tuvieron que esperar unos días porque ambas jugaban a vestirse iguales y a desorientarlos. Ellas también hablaban en la noche: ¿Cuál de los dos quieres? La más audaz escogería al que tenía un bigote, la otra aceptaba muerta de risa. A la noche siguiente cambiaban de opinión: Mejor tú te quedas con el del bigote, hoy me besó la mano y se me quedó picando. La otra aceptaba. A la noche siguiente, una dijo, mejor que ellos escojan, ¿no? Así no tenemos que preocuparnos por nada. Bueno, respondió la otra, así, fue el azar del color de un vestido que decidió las parejas. Ninguna se quejó, porque ninguna tuvo tiempo de saber quién le tocaría de marido antes de que las separaran.

Tu hermana ya tiene como cinco hijos… en seis años, le dijo un día su suegra. Siéntate por favor y no llores. Todo este tiempo, te he tenido al ojo pensando que eras una pécora, demasiado linda para ser honesta, pero la verdad es que eres una buena chica. Qué mala suerte que te tocara mi hijo. Es igual a su padre, un ser sin honor, un desbocado que anda en parrandas y con las prostitutas blancas. Él dice que, si tuviera hijos, ordenaría su vida, pero han pasado seis años y nada. He consultado a un médico, en secreto, por supuesto. Vamos a ir juntas. Él me dice que es probable que sea un problema del marido, puesto que tu hermana es una gemela perfecta y está llena de hijos, la pobre. Quizá una enfermedad infantil… Pero eso no se le puede decir a un hombre. Es un médico alemán, un especialista.

Nacimiento y muerte en María Elena

El nacimiento de Juan marcó el final de algo. María Elena estaba siendo cada vez más afectada por los despidos masivos en la mina, en la fábrica y en la empresa en general. Lo que Fermín había dicho del pan bajo el brazo, no era verdad. La Lili no podía trabajar dejando al bebé sin leche. Fermín tuvo que volver del cuartel y se quedaron durante un tiempo sin los envíos de la señorita Rosita, que se había ido a Europa para perfeccionarse. Leonor sintió hambre por primera vez. Hasta entonces la pobreza había sido solamente desclasamiento y, como ella no era ninguna orgullosa y no había sido criada como hija de rico, ese cambio de estatuto no la afectó tanto como temían la Lili, el Fermín o la señorita Rosita. Pero el hambre, ir a la cama habiendo tomado un poco de sopa o algo de leche, era una tortura. La falta de comida conllevó también una falta de energía, y la niña pasaba horas mirando por la ventana y meciendo al niño para que se durmiera. La Lili se preocupaba mucho. Decía, está en crecimiento, se nos va a quedar pasmada... ¿y su cerebro? Se queda dormida sola, de puro hambre. Fermín salía todos los días a buscar trabajo y volvía sin nada. Aceptaría cualquier cosa, hasta trabajar para los alemanes. Pronto la Lili quedó nuevamente embarazada. Nadie pudo alegrarse en casa, lamentablemente ese embarazo no hizo más que fragilizar más a la pobre Lili que trabajaba todo el día a pesar de la barrigota. Fermín pidió ayuda a sus hermanos que se ofrecieron a acoger a Leonor sin querer soltar ni un centavo para mantener a esa doméstica, que se había aprovechado de Fermín haciéndole hijo sobre hijo para retenerlo. Así son esas, decían las cuñadas que sufrían de las repetidas infidelidades de sus maridos con mujeres como «esa» Lili.

Leonor no quería, pero tuvo que mudarse donde sus hermanos que se la traspasaban cuando les daba la gana, de una casa a la otra. Tuvo qué comer y volvió a la escuela. Fueron momentos de soledad y aislamiento. Leonor volvió a soñar con su madre y el jardín de la casa; la Lili la había apapachado tanto que no había comprendido en el fondo la dimensión de la pérdida. Y dos años después de la muerte de su madre, Leonor se encontró sollozando bajo las mantas de su cama tratando de no hacer ruido en casa ajena, donde la hacían sentir como una arrimada o la pariente pobre que no se puede mostrar cuando hay visitas.

Recibo a unas amigas hoy, decía su cuñada. No te quiero ver rondando por ahí como un ratón. Te quedarás en el cuarto con los niños o en el patio de atrás, si tienes ganas de tomar aire. Entonces Leonor salía al patio a respirar cuando no soportaba más los gritos de sus malcriados sobrinos o los rumores de conversaciones y risas femeninas que llegaban del salón. A veces, el recuerdo de su padre se le aparecía repentinamente, al atisbar de lejos a alguno de sus hermanos mayores, o al ver un sombrero colgado en la entrada, como puesto allí por las manos de su padre tras llegar del trabajo. Decían que estaba muerto pero que no se había encontrado el cuerpo. Por eso, en sus fantasías, su padre volvía siempre a buscarla, tocando a la puerta de la casa del hermano que la albergaba entonces, reclamándola a gritos, abrazándola. Esas fantasías sobre el padre duraban mucho, eran como si soñara despierta, con muchos detalles y peripecias. El padre la llevaba a la capital y se mudaban a una linda casa con la Lili, el Fermín y los niños, y todos vivían felices nuevamente como en las películas que veía con la Lili cuando pololeaba con el Fermín.

Sus cuñadas la encontraban rara, retraída, poco cariñosa con los sobrinos, la juzgaban ingrata y soberbia. Nos mira como si fuésemos menos, aunque la hayamos sacado de esa casucha, de ese hueco que es María Elena, allá ya no vive nadie decente, salvo nosotras por un tiempo, solo queda la gentuza que no logró irse después de la bancarrota de la minera. Y para qué tiene esos parques, plazas y bibliotecas que aquí no hay, ¿para esa gente que no sabe ni leer? La piscina está vacía... claro, ¿quién podría mantener una piscina ahora que ya no están ni los ingleses ni los alemanes? Felizmente que nuestra pobre suegra no vio esa decadencia y su casa abandonada a la arena y el descuido. ¡Sí, felizmente! ¡Ella, que cuidaba tanto su jardín! Pobre... tanto trabajo para nada. Cuando llegaba Leonor con su maletita, las dos se callaban como ante una presencia hostil, no vaya a ser que se queje o les cuente a nuestros maridos que hablamos mal de ella o de su mamá. No, qué va, ellos están de acuerdo con nosotras. Sí, siempre están de acuerdo hasta que ya no lo están, respondía la otra. Así la niña nunca pudo acercarse a ellas, como quizá hubiera querido, después de tanto tiempo sin la Lili.

Para Leonor fue una época de grandes soledades. Su cuerpo pedía cariño; su inteligencia, conversación y respuestas; sus días, algo más que solo comer y dormir. Extrañaba hasta el hambre. Ahora, siempre con el estómago lleno, se amodorraba para digerir y, apenas estaba más ligera, era otra vez hora de comer. Además, se sentía culpable sabiendo que Lili, los bebés y Fermín pasaban hambre. Así, decidió esconder algo de comida debajo de su cama para llevársela el domingo. Llegaba entonces con las manos llenas y esa felicidad le bastaba para vivir el día a día. Por las noches componía sueños largos y enrevesados, entretejidos de persecuciones, caídas al vacío o búsquedas absurdas de un algo que se perdía, ella nunca lograba saber de qué se trataba. Luego, tras despertar, se levantaba adolorida, con el pecho oprimido. Entonces, se iba a la escuela sin haber desayunado, deseando salir de casa de la cuñada de turno, evitando ver a alguien a quien tuviera que agradecer y teniendo que conformarse con la imagen de pariente pobre que necesita mostrarse útil para los demás. No, Leonor se negaba a ser útil y a ayudar, no levantaba la mesa ni tendía su cama, no jugaba con los niños, era el perfecto revés de la Leonor en casa de la Lili. Y tan solo leía, leía y leía, todo lo que le caía entre las manos. Leía con pasión, con miedo, sin comprender a veces, leía y viajaba a Europa, a Asia, viajaba en barco y en tren, descubría otros paisajes, mujeres absolutamente bellas y perdidas en intrigas que se iban superponiendo unas a otras, como capas de colores, hombres aventureros, bandidos, guerreros, políticos, leyó libros sobre Alemania y las razas, con asco y desdén, acordándose de los socios de la minera que habían echado a su padre después de tantos años de esfuerzo.

En la escuela le iba bien pero no tenía amigos, las chicas la miraban raro, soliviantadas por sus madres que eran, ante todo, amigas de las cuñadas. Ella es la rara, la pobre y además tiene los ojos verdes de la mala suerte, murmuraban a su paso. A Leonor le era indiferente la vida en grupo y la amistad, nunca había tenido amigas y las mujeres en general le parecían harpías soltadas en el mundo para dañar a otras mujeres. Su madre, sus hermanas y la Lili eran las únicas que podía considerar como humanas y amarlas mucho, sobre todo su madre, a la que rendía un culto desmedido, de la que cada mirada, palabra o gesto era esperado con impaciencia y luego sería recordado y acariciado en la memoria por el resto de su infancia. Su madre era la mujer más extraordinaria de María Elena, y donde hubiese vivido, hubiera sido igual, así fuera una ciudad grande como Santiago, decía siempre el padre. Y ella asentía siempre y de corazón. Así es, su madre seguía siendo, a pesar de su muerte, la mujer más extraordinaria del mundo para ella. Y Leonor, que era su hija última, podía soportar el maltrato de la vida sin quejarse mucho. Era, ante todo, la hija de su madre.

El anuncio de la muerte del padre llegó en mal momento. El nacimiento de Juan distrajo a toda la cuadra, y Fermín y la Lili solo atinaron a leer el mensaje una semana después. Además, Leonor se preparaba para ir donde una de las cuñadas y esa mudanza absorbía todas las energías que les quedaban después de cuidar a un bebé que lloraba por las noches. Qué raro, ¿no? La Leonor nunca lloraba de noche, nos dejaba tranquilitas nomás, decía la Lili sin sacarle el pezón de la boca al Juanito. Además, toma mucho, se la pasa mamando, ya pesa como si tuviera seis meses, murmuraba la Lili asombrada. La pena por la muerte del padre fue menor que la sorpresa de saber que no había cuerpo y que la policía se estaba haciendo cargo del caso. ¿El caso? ¿Las investigaciones? Fermín se rascaba la cabeza abriendo sus grandes ojos castaños. ¿Está muerto o no está muerto? Aquí dice «presuntamente», apuntaba Leonor, que leía y releía la carta oficial. Sin estar seguros de nada, el duelo no empezó nunca, y decidieron no comentarlo con las vecinas para no dar aún más que hablar. Una muerte sospechosa o, más bien, una desaparición sospechosa no era muy común en ese vecindario de gente simple y trabajadora.

Para Leonor, influenciada por las novelas de aventuras que leía encarnizadamente, el padre había subido a un barco mercante como marinero para escapar de Chile y su pena tan honda, en busca de nuevas aventuras. Se lo imaginaba sobre el pontón del barco, con un catalejo en la mano, alejándose de la costa. Bajo un cielo siempre estrellado, le decía adiós con un pañuelo. En otra versión, le dejaba una nota sobre la mesa esperando que la leyera, pero se perdía en el camino o se volaba con la brisa del mar por la ventana. Un duelo a la vez, le rogaba su corazón. El hecho de no haber encontrado el cuerpo mantenía al padre en vilo entre los dos mundos. Al llegar a casa de la cuñada, Leonor se sorprendió de verla vestida de luto. Para ella y el resto de la familia esa niña era un monstruo a quien ni la muerte del padre le daba pena y que se negaba a llevar a cabo los rituales normales del duelo. No está muerto, repetía, solo presuntamente muerto, ¿entienden?, les decía a sus primos que la miraban sin entender una palabra. Por eso, poco a poco, Leonor se fue sumiendo en un silencio cada vez mayor que asustaba a los adultos y repugnaba a los sirvientes. A nadie le gustan las niñas así, calladas, serias, sin expresión y además perezosas. Únicamente atina a pasar las páginas de su libro, ¡libros que ni ilustraciones traen!

Esa vida errante, entre casa y casa, más o menos bien recibida, pasando de la miseria a la abundancia, marcó el final de su infancia. Desilusionada, recurría cada vez más a encerrarse en su fuero interno o en las aguas de sus libros, para no saber, para no sentir, para no sufrir, pero al mismo tiempo evitaba pensar, imaginar, construir como antes, cuando de niña sentía físicamente como silbidos en el aire pasar las ideas. Su cuerpo cambiaba, se estiraba, la ropa se le quedaba chica y los zapatos tenían que ser comprados regularmente, lo que molestaba a sus cuñadas. Pronto serás más alta que yo, le decía la Lili, un poco asustada de su cambio de carácter. Está muy seria, le decía a Fermín, ¡no parece una jovencita de quince años sino una solterona de cuarenta! Qué exagerada eres, así es la adolescencia. ¿La qué? La edad ingrata, pues, respondía su marido. En todo caso, no nos podemos quejar de ella, siempre nos viene a ver, podría olvidarse de nosotros ahora que tiene casa y comida. Casa y comida no bastan, Fermín, falta el alimento del alma, el amor y el cariño. Aunque no se deja mucho tocar, yo la abrazo cuando puedo, le doy besos, le digo cosas bonitas porque allá donde las cuñadas, nada de nada. La ven como un peso, como una arrimada, como si fuera una mendiga de amor. Ella no es una pariente lejana, una pobre que se acoge por pena, es la hermana del dueño de casa y la tía de los niños. Pero así son las dos mujeres de tus hermanos, unas brujas que nunca han querido venir hasta aquí o saludarme. Me desprecian porque fui la nana de la niña y la señora me adoraba y me daba sus cosas que no usaba. Sobre todo al final, que estaba tan delgadita que nada le quedaba y se la pasaba en bata sobre su cama. Pobrecita... Lo más importante ahora no es el cariño, respondía Fermín, con ellos puede ir al colegio y estudiar. Recuerda lo que decía mamá, esa niña tiene que estudiar, es mi última voluntad. Al menos eso podrá ser posible.

¿Qué será de las gemelas?, le decía una cuñada a la otra. Leonor, ¿sabes tú algo de tus hermanas? A nosotros no nos escriben nunca. Una está llena de hijos, la de Santiago, la de Concepción, ninguno. O es al revés. Eran muy raras esas gemelas, nunca supe si tenían una inteligencia normal... y tú Leonor, ¿qué piensas? Leonor estaba a veces obligada a pasar la tarde en la sala, tomando té con galletas junto a las amigas de las cuñadas. Ahora está muy bonita. Muchas de mis amigas la quieren presentar a sus hijos. Así Leonor se había vuelto, a pesar de ella, una ventaja social para sus cuñadas que se la peleaban. Esta semana me toca a mí porque está hospedada en mi casa. Y eso qué tiene que ver, hace semanas que estoy organizando ese té en mi casa. Por favor, ven con ella. ¿Pero qué quiere la niña? Leonor no tiene vela en este entierro. La traes y punto. Ya les dije a mis amigas que vendría. Es verdad que Leonor es menos linda y menos rubia que las gemelas, pero es muchísimo más inteligente. Hasta quiere hacer estudios superiores. ¡No lo puedo creer! Decía una de las amigas. ¡Que moderna, por dios! Así tienen que ser las esposas de hoy en día, tienen que saber de todo, aunque se queden en su casa como una mujer decente. Así es, le voy a contar a mi hijo que estudia para ser médico, ella quiere ser enfermera, ¿no? Sí, desde la enfermedad de su madre, pobrecita, siempre ha querido sanar. Uy, pero los hospitales son peligrosos para las jovencitas, con tanto hombre suelto y tanta cama, sobre todo, terminaba riéndose la más liberal de las amigas. Pero qué dices, mi querida, que la niña está aquí escuchándote. Solo dije que los hospitales están llenos de camas, jajajaja...

En Concepción

La visita al doctor fue toda una estratagema. El médico estaba instalado en las afueras de la ciudad y se ocupaba sobre todo de las mujeres más pobres, llenas de hijos a los que no podían sostener, muchas veces abandonadas por el marido. Su suegra le hablaba despacito en el taxi. La gemela nunca había pensado que su horrible suegra fuera una mujer tan abierta e inteligente. Lo que pasa es que usted también ha sufrido de lo mismo, ¿no, suegra? La sonrisa inocente en el rostro angelical de su nuera evitó que ella tomara a mal el comentario. Era *vox populi* que su marido la engañaba y que se había casado por dinero. Es fea, pero tiene plata, había dicho el chico a sus padres hablándoles de ella. Ah, bueno, qué pena por ti. ¿Yo? Yo seguiré mi vida como siempre, había respondido el futuro suegro. Y así fue. Y por eso también su hijo buscó a la mujer más hermosa de la región, no le gustaba el hecho de tener una madre tan fea.

Usted no es fea, respondió la gemela rosa, es una tontería pensar que solo la belleza cuenta. Es lo que buscan los hombres. Su hijo, como quiere hijos, piensa que embutiéndome su semen va a llegar más lejos, lo cual es una reverenda sandez. ¿Quién dijo que las gemelas eran poco inteligentes?, pensó la suegra. Bueno, ahora lo que hay que hacer es encontrar una solución. Tú puedes tener hijos, estoy segura. ¿Pero cómo vamos a hacer? Primero preguntaremos al doctor. Él hizo estudios en Europa, debe saber…

El lugar era pobre y vacío pero limpio. Había instrumentos sofisticados que nunca se habían visto por allí. ¿Cómo hace para traerlos de Europa? ¿Con qué dinero? Es una fundación de allá que ayuda a los pobres de acá, sobre todo a las familias más necesitadas. Yo tengo cita, dijo la suegra a la secretaria al ver las colas de pacientes esperando. Sí, el doctor me avisó. Pasen por aquí. El doctor no era joven, estaba vestido de blanco y las miró como a bichos viniendo de otro mundo. Las invitó a sentarse. Luego escuchó pacientemente a la suegra contar la historia de su matrimonio malogrado desde el comienzo; al oírla se le estrujo el corazón. La gemela rosa había escogido un marido como si se tratara de un juego más con su hermana y por ello estaba pagando amargamente. No lo quería, nunca lo había querido, la gente siempre hablaba de amor, pero ella jamás había sentido nada por nadie, salvo por su gemela sin la que hasta ahora no se sentía vivir. He estado como muerta todos estos años. Y cada vez que su esposo se iba para Santiago y visitaba a su amigo, nunca la llevaba a ella, después de haberle prohibido asistir al entierro de la madre, dejo de viajar con ella. ¿Por qué no puedo ir a visitar a mi hermana? Él siempre tenía una excusa lista. Muy ocupada con los niños, de viaje, enferma, no voy a pasar a verlos esta vez... ¿Por qué? ¿Eran los celos? Tu marido es posesivo y celoso, le decían sus amigas con un tono extraño, como si ellas también desearan tener un marido que las encierre en casa. Encerrar no es la palabra, decía otra, es una forma de querer, te quiere proteger del mundo, de las miradas. Es que tú eres, un poco demasiado, no sé cómo decirte... los hombres que te ven se vuelven locos, yo misma no quisiera que mi esposo te viera seguido, ¿sabes? Pronto la gemela rosa tuvo que sacarse de encima a sus supuestas amigas quedándose aún más sola en su casa sin jardín, pero con patio.

El médico pidió examinarla a solas, haciéndola pasar detrás de un biombo. Póngase esta bata y échese aquí. La cama parecía un extraño escarabajo con patas de metal y correas. Voy a examinar su aparato reproductor. Una cortinilla ligera lo separaba de la vista del médico que solo se ocupaba de abajo. La gemela no era para nada púdica y nunca había entendido tanto remilgo con el cuerpo. Las primeras noches con su marido, este se sorprendió de su simplicidad, en un santiamén estaba desnuda delante de él que no podía más de tanta belleza. A tal punto que las primeras veces no dio pie con bola. ¿Así, doctor?, dijo abriendo las piernas y apoyando los pies en los pedales. El médico solo pudo decir que sí. Casi no sintió la mano del doctor en su útero, aunque este reaccionara favorablemente a sus empeños. Con la otra, le apoyaba en el vientre como buscando algo, bultos o anormalidades. Cuando sacó la mano, la gemela rosa se quedó sorprendida de sentirse vacía tan de repente. Voy a hacer algunas pruebas, pero por el momento todo me parece normal. Si como dijo su suegra tiene una gemela idéntica que es madre y ambas tienen los mismos genes, no hay razón por la cual usted no sea fértil. Y con voz muy baja y jalando la cortinilla, le dijo: Habiendo conocido a su marido en el colegio y con la vida que lleva, que nunca haya tenido un hijo bastardo… la cosa me parece bastante obvia. Él es infértil, musitó mientras con uno de sus dedos ya sin guante rozaba el tetón sonrosado que había quedado expuesto fuera de la bata. Un shock eléctrico la recorrió de arriba a abajo.

Creo que me ha llevado al lugar indicado, dijo la gemela a la suegra en el taxi de vuelta. Estoy segura de que podré ser madre pronto. ¿Cómo? El doctor aún no ha hablado de tratamiento. Siempre hay manera, ¿no? Lo más natural será lo mejor, afirmó la suegra mirando el perfil de su nuera, apoyado en la ventana del auto. Quién podría negársele, pensó. Lo mejor será lo más pronto. La próxima vez irás sola, yo le explicaré a mi hijo la situación, no te preocupes.

Tu marido es un pobre imbécil. Y lo sabe, y lo sabes, dijo el doctor. Por eso te encerró como a una cosa, un objeto valioso, un tesoro inestimable que temía que le roben. Sabe que no merece a alguien así… Dime, ¿qué hace una mujer como tú en este pueblucho? Y se echaba a reír como un loco. Ella respondía de frente, con la desfachatez y la espontaneidad que la caracterizaba: ¿Y tú? ¿Qué haces tú en este hueco? ¿Tú, con todos tus saberes y todas tus máquinas? ¿Y por qué no te has casado? Sabes lo que puede suceder y no será jamás tuyo, este hijo es para él, y sobre todo para mi suegra que es un ángel… Lo que pasa es que tú no sabes todavía lo que es tener un hijo adentro y dar a luz. Conozco a muchas mujeres que piensan que podrán dar el hijo a una familia que los pueda criar mejor. Cuántas veces he sido el intermediario y al final, después del parto, la madre es incapaz de soltar al hijo. Es la carne de tu carne. Yo al menos podré ver crecer a mis hijos de lejos, porque en este país de mierda no aceptan el divorcio. Qué cretinismo. ¿Por qué volviste de Europa? ¡Allá lo tenías todo! Tenía a mi maestro, pero están en una muy mala racha los europeos. Creen en la fuerza y el nacionalismo, se van para la guerra. Yo no quería quedarme en la nueva Alemania racista. Me hubieran terminado botando por ser de raza inferior. Y eso que nunca me sentí más orgulloso de ser chileno en medio de esos locos. Volviendo al aquí y al ahora, no creo que estés todavía embarazada. A pesar de mis esfuerzos… mira ese vientre tan plano y terso, decía acariciándola. Intentémoslo de nuevo, dijo ella. Tenemos diez minutos, luego me visto, el taxi llega a la hora. Maldito taxi, espero que el chofer sea de fiar.

Una vez a la semana se encontraban, con el beneplácito de su suegra, en el cuarto de una casa abandonada que tenía la ventaja de tener dos entradas. ¿Qué cómo se llegó a este arreglo? Fue tan natural. A la segunda cita, el doctor fue tan explícito en su examen que terminaron arrancando la cortinita y tapándose la boca para no hacer ruido. Yo te lo haré ese hijo, no te preocupes, yo te lo haré antes de que te des cuenta. Yo no quería hijos, pero por ti soy capaz de todo, mi princesa rosa… ¿Por qué siempre te vistes de color rosa?, le preguntó la primera vez. Porque siempre ha sido así, desde niña. Yo de rosa y mi hermana de celeste. Al principio, para diferenciarnos y después las cosas se quedaron así. Y la gemela celeste, ¿cuántos hijos tiene? Creo que cinco. Cinco en seis años. ¡Cómo estará su pobre útero! El marido es otro imbécil, me imagino. Sí, es otro imbécil, amigo de infancia de mi esposo. Su problema es que es violento. Y eso me asusta. A veces sueño con ella, me está llamando, grita. Pero mi esposo dice que está muy bien y ocupada por su prole. ¿Y es verdad que son tan idénticas?, ¡yo podría distinguirlas! ¿Cómo así? Después de cinco embarazos un cuerpo ya no es el mismo, ni menos el aparato genital. Uy, qué fea palabra… estoy segura de que mi hermana sigue tan bella como antes. Estoy completamente segura.

La tercera semana, de regreso de su cita, el chofer se desvió de la ruta acostumbrada. La gemela rosa perdida en sus pensamientos no se dio cuenta hasta que el automóvil empezó a sacudirse con los baches. Dónde estamos, señor, dijo como despertándose. Sé exactamente lo que hace y con quién, y si no quiere que la denuncie se va a bajar un ratito del coche conmigo, yo valgo tanto como el doctorcito ese. En realidad, nunca se había fijado bien en él, era simplemente alguien que conducía en silencio y que recibía el pago de su suegra directamente. No era joven ni viejo, tenía una barba espesa, no era alto, pero era fornido, le llegaba a los hombros y tenía los ojos achinados y de color impreciso. A ella no se le ocurrió nada que decir. El tipo la empujó sobre el carro, no había nadie en el terreno baldío. Le dijo, no voy a maltratar su ropa tan fina con mis manos sucias de aceite de motor, no vaya a ser que se arrugue, así que, por favor, desvístase. La gemela rosa se desvistió un poco temblorosa por el airecito frío del lugar. ¿No podemos entrar al carro? No, se puede manchar y no es mío. El tipo la miró largamente, de frente y de espaldas con el aire alucinado de un fervoroso santo en éxtasis. La tocó apenas, rozando con la yema de sus dedos callosos, los pechos y largamente las piernas y las nalgas. Luego la penetró alzándola por los aires. Ella gimió, gimió y gimió. Luego se vistió. A cada visita al doctor se repitió la escena. La gemela rosa se preguntaba ¿quién ganará la carrera? ¿El bebé saldrá blanco o morochito? ¿Se la creerá mi marido? Felizmente está mi suegra para defenderme.

Cuando salió embarazada, todo el mundo se dio cuenta. Vomitaba regularmente todo lo que comía, inclusive el agua, y se la pasaba en cama, descansando, mirando el techo, a la espera de una visita que la sacara del aburrimiento total de su estado y la hiciera olvidarse del malestar. Su marido la trataba como a una porcelana fina y su suegra le cocinaba. Todos esperaron aguantando la respiración hasta que el médico que la había «curado» de la infertilidad diera el visto bueno y el bebé estuviera seguro en su líquido amniótico. Su embarazo fue como un largo sopor, comió y engordó, y las amigas que la visitaban se alegraban de verla un poquito menos bella que de costumbre. Vas a ver, se le van a caer los senos cuando tenga que dar el pecho, y la panza le va a quedar toda floja y colgada como a mí... pero fueron en vano todos esos malos pensamientos. Después de que naciera la niña, la gemela no la amamantó y recuperó maravillosamente su figura de antes del embarazo.

Retorno de las gemelas

La noticia del nacimiento dio la vuelta a toda la familia y reanimó la comunicación entre Santiago, Concepción y María Elena. El marido de la gemela rosa, ahora padre, pareció calmarse de pronto hallando en su hogar satisfacción y cariño. Adoraba a su hija y como todos decían, era igualita a él. Pero si es el vivo retrato de su mamá, felizmente, respondía él, halagado a pesar de todo. La gemela celeste reapareció insistiendo en ir a visitar y ayudar a su hermana. El reencuentro fue extremadamente emotivo, las dos se abrazaron largo rato sin pronunciar palabras, como reconectando sus cuerpos, unidos a pesar de la distancia. La gemela celeste miró largamente a la beba en su cunita, pensando en algo que no llegó a decir. Las amigas comentaron felices que se parecía más a la suegra que a la mamá. Pobrecita, dijeron, así es la herencia, una ruleta. Quizá es mejor así, la excesiva belleza trae consigo la mala suerte a las mujeres. A los hombres les encanta destruir sus juguetes preferidos, dijo otra. Sí... deseémosle lo mejor a la Flora.

Las gemelas insistieron en llevar a la Flora a conocer María Elena y a sus tíos y tías. El marido no pudo más que aceptar. Fueron las cuatro, la bebé, las gemelas y la suegra de la gemela rosa, encargada de vigilar a las díscolas hermanas. Leonor fue la más feliz al enterarse de que vendrían. Será la ocasión de fiestas y comidas, van a tener que invitar a Fermín, con la Lili y los niños. Ellos también forman parte de la familia. Cuando llegaron las gemelas fue como si el tiempo hubiera dado un salto atrás. A Leonor, los ojos se le llenaron de lágrimas, su coraza no resistió verlas tan rubias y con sus vestidos de volantes, aún más hermosas que a los quince años. La Flora siempre estaba en brazos de la abuela, cuyo rostro adusto y feo se endulzaba al mirarla, haciéndola aún más simpática ante los ojos de Leonor. Las gemelas le dijeron que estaba muy grande y muy linda, y se quedaron admiradas de ver tantos libros en su habitación y tan pocos zapatos, sombreros o vestidos. No es para nada coqueta, comentó la esposa del hermano que tenía por el momento la custodia de Leonor. Es muy rara en verdad, ¿por qué no hablan con ella para saber qué piensa? Nosotros no tenemos ni idea, es como tener un fantasma vagando por la casa. Los hijos de nuestras amigas, que son de lo mejor que hay por aquí, la invitan a fiestas y salidas, pero nada. Prefiere quedarse metida en su habitación con sus aburridos libros. Una de las gemelas respondió seca y cortante: Eso deseaba mamá, que estudiase, que tuviera una profesión. No necesita de pololos todavía. Ay, los maridos, para lo que nos sirven, pensaban ambas al unísono, yo hubiera preferido quedarme en la casa de mamá contigo, yo también, hablaban las dos de cama a cama dándose la mano como en la infancia. En María Elena se abandonaron al delirio de ser nuevamente niñas, libres, sin obligaciones y sobre todo ensimismadas en su mundo, sin necesidad de nada exterior. A veces admitían a Leonor que se les quedaba mirando, boca abierta, como cuando era pequeña. Escuchaba inmóvil a las dos hablar lo más crudamente posible de sus maridos, de sus relaciones, y descubrió que el marido de la celeste era un bruto, que la forzaba y hasta a veces le pegaba solo para ver cómo enrojecía su piel y ser el único que supiera, cuando estaban en público, por qué su esposa llevaba mangas largas o pantalones. Nunca me toca la cara ni los pechos ni las nalgas. Solo las piernas o los brazos o la espada. ¡Te pega, no es posible!, decía la rosa. Sí es posible, ¿es muy común, sabes? Los hombres se desquitan de todo lo que los humilla en el trabajo o con los amigotes. Una vez, borracho, me hizo venir al salón y desvestirme delante de tu esposo. Imagínate. A mí no me hizo ni chus ni mus, no sé por qué hacen tanto escándalo con la desnudez. Nosotras no tenemos pudor, como decía mamá, respondió la gemela rosa riéndose. ¿Y que hizo mi marido? Nada, repetía solamente: Es igualita, es idéntica, no me la muestres, tengo la impresión de que es la mía y la quiero tocar. Casi se vuelve loco. Y mi marido siempre tan brutal me tiro sobre el sofá, queriendo mostrar a tu esposo cómo se hace para tener hijos de una vez por todas. El pobre terminó yéndose de la casa espantado, no volvió en años... jajajaja... y tú, ¿qué paso con tu famoso médico, el alemán? No es alemán, estudió allá. Nada, no pienso hacer nada. Ya cumplió su objetivo, no lo necesito para más. Pero y él, ¿qué piensa de todo esto? No sé, no lo volví a ver después del parto. Me imagino que mi suegra arregló el problema. ¡Uy, querida, no tienes corazón!, rio la celeste. Tú tampoco, rio la rosa. Pero quiero a mi hija, ¿ves?, no pensaba que la querría tanto.

Confusión de Leonor

Leonor se quedaba largas horas contemplando a la guagüita dormir. A pesar de sus esperanzas, la Lili no había sido invitada a la casa grande, solo Fermín y los niños. La Lili convenció a Fermín de ir cuando este, de rabia, ya estaba por mandarlos a todos a la porra. No es culpa de tus hermanas, y no quisiera tener que recibirlas aquí, me daría vergüenza. No tenemos con qué agasajarlas. Mejor anda tú y presenta los niños a sus primos. Es importante la familia, sea como sea. Fermín fue con su mejor terno y con sus hijos de la mano. Las gemelas los abrazaron muy fuerte y les dieron regalos. Le preguntaron por la Lili y Fermín les dijo que estaba enferma. Al parecer le creyeron. Leonor no dijo una palabra en toda la reunión y no aceptó tocar el piano; al final se llevó a su cuarto a Juanito para jugar con él. Y allí se quedó toda la tarde. Leonor tiene buenas notas en el colegio. ¿Qué estudios puede hacer en este lugar olvidado por Dios? Quizá debamos llevárnosla. ¿A Concepción o Santiago? Tú tienes demasiados hijos; mejor me la llevo yo. Así podrá completar la secundaria y pensar en su futuro. Es lo mejor para ella, musitó Fermín, sintiendo que se le cerraba el pecho. Ella tiene que estudiar, fue el último deseo de nuestra madre.

Leonor nunca había salido de María Elena, aunque siempre había jugado con la idea, como con una mariposa que se escapaba cada vez de sus manos. Los libros la llevaban a lugares remotos y exóticos o a ciudades inmensas llenas de torres altas, los libros la llevaban a imaginar una vida aventurera, entre malandrines y héroes capaces de todo por amor. El matrimonio nunca había sido una opción para ella. Lo que había visto de las parejas la había curado de espanto. Donde hay amor no hay plata y donde hay plata no hay amor, se decía. Y ahora, oyendo a las gemelas, se daba cuenta de que ya no eran las niñas que se cepillaban el cabello dorado en el jardín. Jardín donde sus admiradores entraban de noche a escondidas a recoger entre la hierba alguno de los hilos de oro que había escapado a sus cepillos de plata, para atesorarlo.

No es que los hombres sean malos, decía la celeste a su hermanita. Es que son así, brutales en el fondo, y tienen que aguantarse y disimular todo el día, en el trabajo, con los amigos con los que se reúnen a jugar. Y hay unos a los que les va bien y lo muestran, otros a los que les va mal y lo esconden. Algunos, tienen esposas feas o gordas; otros, lindas. Y las comparan y se tienen que callar la humillación. O en el trabajo... Algunos jefes tratan bien, otros mal. Y los hombres tienen que bajar la cabeza. Y eso lo van acumulando como una tinta negra en sus corazones. Y cuando llegan a la casa tienen ganas de ser unos tiranos; obedecidos ciegamente, quieren ser atendidos como pachás, y comer rico y poder disponer del cuerpo de su esposa como quieran y cuando quieran. Y el de las sirvientas también, cabe subrayar. En mi casa, ahorita, sé que mi esposo está durmiendo con la nana de los niños, que es joven y apetecible. Antes de viajar se lo encargué encarecidamente, le dije, por favor, encárgate del señor, haz lo que te diga, no quiero que se sienta perdido mientras no estoy. La pobre temblaba como una hoja. Prefiero que sea así que de otra manera y nos traiga enfermedades a las sirvientas y a mí. No deberías hablarle así, es todavía una niña, decía la gemela rosa tratando de controlar la situación. Justamente tiene que saber antes, tiene que saber para que no le pase, o si le pasa, sea su responsabilidad. Además, quiere ser enfermera, ¡o sea, que le van a decir pronto todo lo que hay que saber y más! ¡Y tú también deberías tener cuidado, el tuyo acostumbra a ir «ya tú sabes dónde» todas las semanas... y con su papá!

El mundo allá afuera es así, prosiguió la gemela celeste. No como en los libros, hermanita. Bueno, tú nunca has leído un libro en tu vida, hermanita, interrumpió la gemela rosa. Bueno, pero los libros ¿quién los ha escrito? ¡¡Los hombres!! Por eso lo digo, ellos dan su versión de las cosas, que no son la nuestra. ¿Estás de acuerdo? ¿O no? Sí, estoy de acuerdo. Bueno, Leonor, creo que lo mejor para ti es que vengas con una de nosotras, necesitas ver más el mundo antes de escoger qué hacer con tu vida. Lo cual es ya bastante. La mayoría de nosotras no escogimos ni a nuestro marido. Pero ustedes quisieron casarse, yo recuerdo… ¡Quisimos salir de María Elena, querrás decir! ¡Antes de que alguno de los peones de aquí nos violara en un rincón oscuro! Pero no le hables así a la niña, pobre Leonor, la vas a espantar. Sí le hablo así, crudamente, es para que se cuide. La Lili, tan linda tu nana, se salvó con las justas de nuestros hermanos mayores que andaban siguiéndole el rastro como lobos. Pero mientras mamá estaba viva, los tenía a todos a raya. Felizmente que conoció a Fermín que es un buen chico, un ángel de Dios. Sí, felizmente. Bueno, Leonor, tienes que decidirte. No podemos esperarte tanto…

Una vez hablaron del padre en la sobremesa. Fue un momento difícil para todos los hermanos vagamente culpables de aceptar la muerte sin haber enterrado el cuerpo. La Policía no ha declarado legalmente el fallecimiento porque hasta ahora no han logrado, no se ha podido, no han encontrado… Presuntamente muerto no significa muerto, repetía como siempre Leonor a todo quien quisiera escucharla. Entonces no hay duelo, no hay entierro, no hay misa, no hay nada. Es terrible. Yo quisiera que reposara al lado de nuestra madre, sería lo más feliz para él. La amaba más que a su vida. Leonor no se atrevió a darles su versión de los hechos, lo del barco mercante y la huida a los siete mares. Se habrían reído de ella. Leía demasiadas novelas, habrían dicho, y era lo que se decía de Alonso Quijano. Y a mucha honra, pensaba Leonor. Así su padre la seguía acompañando en sus sueños y durante sus lecturas más audaces. Pero ahora, tener que partir, seguir errando de una casa a la otra. Al menos estar con las gemelas le era infinitamente más natural que con sus hermanos y sus horribles mujeres. Ella era de su sangre, y como decía la gemela celeste, era su oportunidad de elegir su vida lejos de María Elena.

La Lili se quedó pensativa un largo rato apoyada en su cocina nueva. Mmm... Fermín la miraba adivinando sus reacciones. ¿La niña se va con las gemelas entonces... a Santiago o a Concepción? No sé exactamente. Para que pueda proseguir sus estudios. Y sobre todo salir de esta ratonera, dijo la Lili con un tono que no le conocía. También, es verdad, aquí no tiene futuro, no hay universidad siquiera. Sí, además aquí le puede pasar cualquier cosa y malograrle la vida. Fermín pensó en cosas horribles y cerró los ojos. Pero no le pasará nada, tiene buena estrella, terminó de decir la Lili como para borrar las amenazas. Está muy bien, pero la vamos a extrañar mucho, ¿no? Ella es un poco nuestra hija también, nuestra hija mayor, ¿no Fermín? Sí, Lili, sí. Ella siempre se preocupa por nosotros, aunque esté allá y tenga casa y comida, no nos olvida. Ni a los niños. ¿Recuerdas esa época en que cuidaba a los bebés chiquitos? Tú no estabas y yo tenía que trabajar en el huerto. Al parecer Leonor acostumbraba a pasear con ellos por la estación y los pasajeros le daban limosna, al verla tan pequeña con sus «hermanitos». Nunca me lo dijo, pero las vecinas vinieron con el chisme, escandalizadas. ¿Limosna, ella? Sí, así podrían comer en el día. Nunca se lo mencioné ni le agradecí. Ella no hubiera querido que lo menciones... estará bien con sus hermanas, son mujeres y sabrán guiarla en esta edad un poco delicada. Fermín no dijo nada más, los niños se entristecieron de golpe, pero pronto salieron a jugar al patio y se olvidaron de su tía Leonor por unos momentos.

Después de una noche en blanco, Leonor había decidido su partida. Le daba mucha pena alejarse de Fermín y de la Lili, que había sido su tierra donde enraizarse, la conocía desde que nació y no era su madre, pero si era la carne de su carne, conocía su olor y el calor de su cuerpo, la fuerza de sus brazos, su sudor y cada gesto de su carita de ángel bondadoso. Leonor entendía por qué Fermín la adoraba, en la Lili la vida mostraba lo mejor de su ropaje, la perpetua lucha por sobrevivir se volvía poema a su lado, no había drama que no transformase la Lili con su risa y su fiereza, seguir adelante, Dios proveerá. Pero Leonor se sentía ahogar donde sus cuñadas, y cada vez que iba de una casa a la otra perdía plumas y se sentía más miserable y abandonada. Sabía perfectamente que no la querían, que era una obligación moral recibirla y que ella no podía tampoco, como agradecimiento, jugar el papel que le reservaban, de joven de buena familia en busca de un marido conveniente. No. No había marido aún en su horizonte, Leonor quería seguir estudiando. En su equipaje, lo más pesado eran los libros. Las gemelas se extrañaron: ¡Para qué llevar tanto papel viejo, allá podrás comprar otros libros! Pero hay libros que son irremplazables, contestó. Son las ediciones de papá. Al oír el nombre del padre mencionado a través de los libros de su biblioteca, se quedaron calladas, en una especie de recogimiento, sintiendo latir el corazón y llenarse de nostalgia el alma. Su padre había sido una figura como de fondo en sus vidas de chiquillas, para ellas solo contaba la madre. Pero iba y venía del trabajo, y ver su sombrero colgado en la entrada de la casa era siempre reconfortante. Significaba, papá ya volvió del trabajo, está con mamá en el cuarto, conversando. Ya se puede cerrar el portón, la familia está completa y segura en la casa. La madre las llamaría a cenar, harían un paseo por el jardín para estirar las piernas y digerir, las luces se prenderían haciendo más feliz y acogedora esa casa que era realmente un oasis en medio del Atacama, un farol en la tiniebla de María Elena.

III

Concepción, Santiago y Antofagasta

(..)
Como el barco que se hunde apagando sus luces
Todo se acabó
El mar antropófago golpea la puerta de las rocas despiadadas
Los perros ladran a las horas que se mueren
Y el cielo escucha el paso de las estrellas que se alejan
Estás solo
Y vas a la muerte derecho como un iceberg que se desprende del polo
Cae la noche buscando su corazón en el océano
La mirada se agranda como los torrentes.

Altazor, Vicente Huidobro

Concepción

A Leonor le parecía que el tiempo pasaba más rápido allí, en esa ciudad que era la más elegante que había visto en su vida. Las clases eran el hilo conductor de su existencia. Ayudaba a criar a Flora, que miraba con sus ojos achinaditos a su tía Leonor sin una sonrisa, pero agarrándole fuerte con su manito regordeta el dedo pulgar que luego se llevaba a la boca. Se la pasa chupándose el dedo, se va a deformar el paladar, decía su padre preocupado. La gemela rosa se mataba de la risa, no se daba cuenta de nada. Para ella criar a un hijo era como ver una planta crecer, no había que intervenir, los propios impulsos de la niña, unidos a sus genes o a su instinto, la guiarían. Había que darle de comer, ver que estuviera limpia, y amarla. Eso bastaba. Eso pudo bastar para ti que eres medio salvaje, respondía el marido, ahora tan completamente domesticado que ya no salía a jaranearse con su padre. ¡Felizmente su abuela se preocupa de su educación!, terminaba antes de salir al trabajo dando un portazo. Uf, felizmente se fue, decía la gemela rosa para sí. Ahí empezaba realmente su vida, el té de la media mañana, las indicaciones a las empleadas, las llamadas telefónicas, escribir una carta a la gemela celeste, recibir a la suegra que siempre llegaba a las 10.

Leonor se iba a clase tempranito, tomaba un tranvía, caminaba, a veces se paseaba un poco por las calles, pero la ciudad siempre le fue extranjera e indiferente. Al menos aquí hay un hospital y no solo una posta médica, pensaba. Escribía regularmente cartas a la Lili y le mandaba las fotos que se tomaba de vez en cuando, con una dedicatoria. Los meses pasaban rápido. La señorita Rosita también le escribía el día de su santo, para Navidad, y siempre le mandaba una platita. Para tus cosas, decía. Leonor se lo gastaba en libros. Su apetito de ficción no se calmaba con los años. Muy por el contrario, cuando no estudiaba ni estaba con su hermana, se lanzaba sobre los libros como para escapar de sus interrogantes y encontrar un refugio en esas otras vidas plenas y apasionadas, tan lejanas como los países en los que sucedían las peripecias. Lees demasiado, no es normal ni sano, le decía su hermana. A tu edad… ¿no quieres ir a los bailes, al cine?, ¿qué sé yo? ¿Ver chicos, pololear un poco? No entiendo de qué madera estás hecha, hermanita. No vayas a terminar monja o solterona, como la señorita Rosita. Esa, estoy segura, estaba enamorada de papá; lo miraba con ojos de carnero degollado. Por él se ha quedado soltera, estoy segura. Es capaz de sacrificios, esa…, decía la gemela rosa escandalizando a Leonor a quien le parecía injusto hablar así de su benefactora. ¿Tú crees? Por supuesto que sí, un amor imposible como debe haber un montón en tus novelitas rosa. Yo no leo novelitas rosa. Prefiero los libros de aventuras, de viajes, los grandes navegantes… ¡Los grandes navegantes! A tu edad se leen las novelas de amor, o no te has enterado. Los hombres, mija, los hombres son necesarios para la reproducción de la especie. Recuerdas tus clases de anatomía. Los hombres escriben poemas de amor, rimas como las de Bécquer. Bécquer me parece de lo más cursi, prefiero a Neruda… Uy, Neruda es un erotómano, Leonor, ten cuidado con esas lecturas. ¡Pero tú misma me aconsejas leer novelitas de amor! ¡Sí, pero las novelitas rosas, no los poemas eróticos de Pablo Neruda! ¡Además, es comunista! ¡Imagínate si se entera tu cuñado que tiene a una comunista en su casa, se muere! La gemela rosa empezó a reír con su risa cristalina, sacudiendo su cabello dorado. Leonor la miraba con admiración. Te estás burlando de mí, ¿no? ¡Sí! Un poquito. Pronto irás a pasar unos días a Santiago. Vas a ver que es muy grande e impresionante, no como acá que es tan aburrido y pueblerino. Espero que con mi gemela te despercudas un poco. ¡Tienes dieciséis abriles, por Dios! ¡¡¡Qué desperdicio!!!

Y tú, ¿lo quieres a tu esposo?, un día se había atrevido a preguntarle a su hermana, en medio de la confusión en que vivía. Yo no, pero él sí. Y es lo que importa. Ahhh… puedes preguntar a tu otra hermana a ver qué te dice esa mentirosa. Ella siempre mintió mucho mejor que yo. Eso es lo que nos distingue, así como nuestros maridos. Ella sabe manejar al suyo, pero qué bruto es. A veces me asusta que le pase algo, que a él se le vaya la mano, ¿sabes? Cuando llegues allá, me escribes, abre bien los ojos. Si hay peligro, tendré que ir allá más seguido con la guagua. Conmigo en la casa no se atreverá. ¿Pero por qué no lo deja?, preguntó Leonor. ¿Dejarlo? ¡Estás loca! Él tiene que criar a su retahíla de hijos, son de él. Si lo deja se queda sin nada. No, no se hace. Al menos en este país del fin del mundo, no se hace. Por eso hay que escoger bien. Nosotras nos alocamos pensando que nos íbamos a quedar a ahuesarnos en María Elena, ¿ves? Tú nos tienes a nosotras. Entonces escogerás mejor. Además, tendrás un salario, ¡imagínate! ¡Tendrás tu propio dinero, es una cosa increíble! Ah, también podrás visitar a la señorita Rosita. Es una alta ejecutiva de la sede de la minera de papá en Santiago. Malditos alemanes, malditos ingleses, terminó diciendo, arrugando su nariz con un asco inmenso. ¡Ya! ¡Anda! Vuelve a tus libros, tengo que hacer.

La perspectiva de volver a ver a la señorita Rosita le alegraba desde ya el corazón. Como a todos los que habían conocido a su madre, a su padre, la casa, el jardín de María Elena, Leonor los quería ver, pero en especial a la señorita Rosita, quien tanto los había ayudado cuando falleció la madre. Sin ella no sé qué hubiéramos hecho, decía siempre la Lili. No solo por las remesas, ella se ocupó de tu papá y le consiguió el trabajo de guardián en el faro. Sí, ya sé que para un ingeniero no estaba a su altura, pero bueno, él quería ver el mar. Quién diría que se lo terminaría llevando. No sabemos, respondía Leonor, terca como siempre. Él ha desaparecido, presuntamente muerto, pero nada es seguro. Por supuesto, mija, tienes razón, no sabemos. Quién sabe un día lo vemos aparecer acá, pasando esta puerta, como si nada hubiera sucedido. Leonor a veces soñaba con la vuelta de su padre, pero siempre se le aparecía muy descolorido, como muy muy lejano, a veces acompañado de la madre, entonces sí, ella se decía en su sueño que estaban juntos por fin y que sí estaba muerto. A veces se le presentaba cubierto de sangre y entonces era una pesadilla, ella se le acercaba para ayudarlo, limpiar la herida, pero él se alejaba, tristemente, como llevando el mundo entero sobre sus espaldas.

Oh sentina de escombros, feroz cueva de náufragos

Leer poesía de noche, noches en blanco. Las novelas de aventuras se quedaron en la mesa de noche esperando mejores momentos. Los poemarios se sucedían al lado de su almohada creando emociones nuevas en el corazón de Leonor, un impulso ciego hacia aquellos brazos que se abrían ante ella en su imaginación. Cuando caminaba por las calles de Santiago, se fijaba por fin en las vitrinas de moda, levantaba la vista del suelo por primera vez y miraba el cielo tan azul, tan liso, como una piedra preciosa a la que se podría acariciar con la mano. La ciudad parecía vibrar bajo sus pasos, latir bajo sus yemas. Era «la» ciudad, por fin, donde todo era posible, la aventura, los encuentros, y sobre todo la libertad de vagar por donde quisiera. Las calles arboladas la recibían con beneplácito bajo su sombra y, al ver a los transeúntes pasar, estaba menos sola, compartiendo con ellos ese aire y siguiendo las mismas reglas de la convivencia social. Por primera vez se sintió fraternal y unida a los demás humanos. Captaba la mirada de los hombres que a veces la seguían cuando ya había pasado y ella se alejaba intuyendo tras de ella esos ojos, como si la quemaran.

Bueno, esta es tu habitación, pero no quiero que te quedes encerrada como una monja allí. Estás en la capital, ¡aprovecha! Evidentemente las gemelas se habían puesto de acuerdo para obligarla a hacer vida social. Me preocupa, había dicho la gemela rosa, no le interesa nada del mundo exterior. Pero qué puedes esperar, la pobre está en Concepción… qué va a hacer allá, en esa ciudad chica y provinciana. ¡Mándamela acá a Santiago! Bueno, pero tampoco quiero que le pase nada por allá, ya sabes cómo son los santiaguinos. No, no sé, ¿tú sabes? No… es la fama que tienen. Ay, por favor, años que vivo aquí y no veo que tengan nada de especial. ¿Y tu marido, cómo está? Tranquilo, ocupado, quizá tenga una amante porque ya no me visita ni me exhibe ni me pega… es un lago plácido, casi ni me ve cuando paso a su lado. Ah… debe tener a otra. No es normal eso. Bueno nunca ha sido normal. Así me deja en paz. Mi último hijo tiene solo dos años y medio… y ustedes, ¿no van a encargar un segundo, el varoncito? Mi médico se fue de la ciudad, respondió de inmediato la gemela rosa, sonrojándose. ¡Estaba segura de que él era el padre!, respondió la gemela celeste, ¡pero no se parece en nada a la Flora!, jajajaja, no se parece tampoco a tu esposo, la verdad, no sé a quién habrá salido esa niña, a algún ancestro autóctono…

La gemela rosa colgó el teléfono con el corazón en la boca. No le gustaban esas conversaciones sobre el parecido de los niños. Ellas mismas eran rubias, las únicas en la familia. Y nadie se preguntaba por qué… o sí. En todo caso, nunca nadie hizo algún comentario delante de ella. Por eso tampoco le gustaba mucho sacar a la Flora de paseo a la calle o donde las amigas. Siempre estaba atenta a las miradas de extrañeza o asombro, pero nadie se atrevía a comentar, solo decían ¡qué rica es! ¡Qué graciosita! Y el chofer, nunca supo qué le dijo la suegra, pero al tercer mes desapareció como una sombra. Habría cumplido con su deber o con su sueño. La gemela rosa nunca supo de manera inequívoca si su suegra lo sabía o no. Nunca se mencionó, y tanto ella como su hijo adoraban a la Flora locamente y sin medida. La única que mantenía la cabeza fría era Leonor, que no quería que fuera una niña consentida y horrible que nadie soportara, como decía alto y claro a su suegra y a su esposo. Se le extrañaba a la Leonor en la casa, a pesar de sus rarezas, era buena compañía.

Un día, un tipo la siguió casi hasta la puerta de la casa. Leonor no se asustó como hubiera imaginado en esas circunstancias.

Entró a varias tiendas para estar segura. Y cuando volvía a salir, seguía allí, haciéndose el distraído. Era joven y estaba bien vestido, pero nada era claro a esa distancia. Parecía tener unos bigotitos finos y un paraguas. Al llegar a la casa miro por la ventana por detrás del visillo. La calle estaba vacía. ¿Qué hacer? ¿Contárselo a la celeste? Era demasiado prematuro a su parecer. Si la situación continuaba, se lo contaría. Lo más probable es que se riera y le dijera ¿porque no lo encaras y le preguntas sus intenciones? La calle es de todos y nadie tiene el derecho de molestar a nadie. Es la ventaja de la ciudad grande, aquí la gente se tiene que mostrar civilizada, cumplir las reglas y no molestar, sobre todo a las mujeres. Nosotras debemos poder caminar tranquilas por la calle, como cualquier ciudadano. ¿Entiendes?

El tipo no apareció más, pero hubo otros que la siguieron, siempre de día, siempre de lejos. Finalmente se acostumbró un poco a ese extraño fenómeno. Nunca temió que la agredieran en plena calle y de día. Y de manera extraña y sorprendente, ese tipo de experiencias la hicieron salir un poco de su caparazón, sentirse mirada le daba una impresión de existencia en la retina del otro, en su deseo. Cómo ver algo tan íntimo, el deseo del otro, si no es por la mirada. Mientras duraba el trayecto, se sentía ligada a ellos. Seguía deteniéndose en las tiendas a comprar un carrete de hilo o botones o pan, sabiendo que el sabueso estaba allí, esperando fiel, olfateando a su paso las huellas que dejaba. Y por la noche en su cama, cuando leía los poemas de Neruda, existía ya alguien en su mente, aunque fuera un desconocido, un interlocutor amoroso, otro cuerpo que la deseaba y del que ella se sentía la musa, la boina gris y el corazón en calma. Los *Veinte poemas* pasan en una pecera, pensaba, todo allí es húmedo, sopla el viento, la sal se deposita sobre los labios de la amada, corre el frío húmedo y los amantes se refugian en casuchas que parecen grutas marinas. Así se los imaginaba, tiritando, pero enlazados lamiéndose la sal el uno al otro.

Le gustaba ese aire exótico en los poemas, una prueba de que lo salvaje podía existir en medio de la civilización, en una ciudad tan digna como Santiago, tan lejos de María Elena y su constante arenilla en los ojos. Leonor sabía que su madre y su padre se habían conocido allí, en un lugar tan común y banal como una librería, un porche de iglesia o un café, a través de amigos o en una fiesta… en realidad no sabía cómo. Tampoco tenía ganas de averiguar los detalles. Prefería imaginárselos, muy jóvenes y hermosos, caminando por las calles, sentándose en un banco de parque, planificando sus vidas por venir. Para ellos, Santiago había sido la ciudad del amor, y siempre hablaban de la capital con veneración, los ojos velados por los recuerdos que no contarían a sus hijos. Allí deberías estudiar, hija, tú tienes la capacidad, estoy segura, le decía siempre. Y por ello, para Leonor, estudiar era estar en armonía con su madre, en conformidad con sus planes para ella, planes forjados con amor y solo por amor, en total desinterés.

La gemela celeste, por más ocupada que estuviese, le echaba un ojo siempre y parecía adivinarlo todo con una sola mirada. Eres como mamá, medio bruja, medio vidente, ¿no?, le decía Leonor. Tengo la impresión de que lo sabes todo. Todo sí, pero únicamente de los que habitan esta casa, este lugar es mi territorio, soy como una loba, huelo a la gente y sé de dónde viene y con quien ha estado y si se siente bien o mal, o culpable, o si oculta algo. Pero fuera de la casa mis poderes disminuyen, caigo en la banalidad. Sin embargo, te vas a reír, en casa de mi gemela, en Concepción, siento también que estoy en mi territorio, estoy también en mi guarida, porque ella y yo somos como una. No nos hemos separado nunca completamente. Es extraño, ¿no? Y ella debe sentir lo mismo aquí, no le he preguntado, pero estoy segura de que sí. Y tú, ¿cómo te va en la escuela?, puras mujeres, ¿no? ¡Qué horrible! ¿Por qué las clases no son mixtas?, las chicas serían menos presas fáciles de los jóvenes cazadores que andan por las calles. ¿No te parece que los hombres siguen a las mujeres como predadores a su presa?

La señorita Rosita

Desde que Leonor llegó a Santiago las cuñadas no dejaban de escribirle. Era como si hubiera subido de categoría y ahora sí les interesara intercambiar noticias con ella. Qué extraño, decía la gemela celeste, ¿qué querrán? Algo estarán tramando. La capital siempre atrae la curiosidad de los provincianos, ¿no? Las pobres, me dan un poco de pena, casadas con los aburridos de mis hermanos mayores. Ellas pensarán lo mismo de mí, con la fama de pegalón que tiene mi marido. Todo el mundo piensa mal del otro, pero nadie dice nada. De la Lili sí, siempre le dicen cosas feas a la cara. Ay, Leonor, sí, tienes razón. Que fea es la gente, la Lili es mejor que todos nosotros juntos. Es puro esnobismo, clasismo, no sé cómo decirlo. La Lili me llevó a vivir con ella cuando la madre murió. Ella se ocupó de mí, con mucho cariño. Nos ayudamos mucho las dos cuando Fermín estuvo en el cuartel. Si no fuera por ella… no sería yo, no estaría aquí, de seguro, dijo con voz temblorosa la Leonor. Su hermana se quedó callada, no había más que añadir. Solo le tomó la mano y se la apretó fuerte. Ni las gemelas ni los hermanos mayores estuvieron allí para protegerla después de la muerte de la madre, solo la Lili y la señorita Rosita.

Ah, te vas a alegrar hermanita. ¡Esta mañana llamó la señorita Rosita para verte! No sabía si decirle que viniera aquí a buscarte o que se dieran cita en el centro, así que va a volver a llamar. ¿Estás contenta? Sonríeme, no me gusta verte triste, ya es bastante con esta vida de separaciones y de decepciones para encima estar triste. ¡A lo hecho, pecho y p'adelante, mija! Cuando Leonor habló con la señorita Rosita, recordó mucho a su papá. Para ella, ambos ocupaban el mismo estrato en la memoria. La salitrera, el calor, la polvareda, el ruido de las máquinas de escribir, el paso discreto de los oficinistas, el ruido de los ventiladores. La oficina de su padre que se le hacía inmensa, donde tronaba un imponente escritorio de caoba que relumbraba en la luz tamizada, las cortinas filtrando el sol del desierto. Y la voz de la señorita Rosita contándole un cuento, prestándole sus lápices de colores bien tajados para que dibujara, y su padre que tardaba en volver. Está en la planta, Leonor, no se preocupe, le decía la señorita con su dulce voz. A Leonor le gustaban sus bracitos rechonchos y blancos que se le adivinaban debajo de la blusa, que explotaba un busto redondo de paloma. Olía a jabón y a limpio, su cabello bien amarrado en la nuca brillaba y sus orejas eran redonditas y sonrosadas. Cuando llegaba el padre, la señorita Rosita parecía disolverse en el aire; discreta y grave, escuchaba las instrucciones, mientras el padre tomaba de la mano a la niña y se la llevaba por los corredores, y Leonor, muy airosa, caminaba como diciendo: Él es mi papá, el director, es muy importante, pero me trae al trabajo de vez en cuando porque soy grande y me porto bien.

La señorita Rosita me invita a tomar el té en un hotel muy bello y lujoso del centro de Santiago, el hotel Carrera. ¡Oh, qué lindo!, es una excelente idea, es bueno que salgas, a tu edad yo estaba casada ya, me parece… ¿o no? ¿Tienes 17 años? ¿O menos? ¿O más? Ay, hermana, ¿no recuerdas la fecha de mi cumpleaños? Bueno, bueno, arréglate para salir, ponte tus mejores galas, nunca se sabe, ¡quizá encuentres allí al hombre de tu vida! Eres muy linda, Leonor, tienes unos ojos hermosos y aunque eres flacucha, tienes porte. Tú camina derechita nomás y todo irá a pedir de boca. Y llega puntual, que ella te ha citado a esa hora porque es la única en la que puede, debe trabajar mucho. Tiene un muy buen puesto en la empresa de los alemanes, antiguos dueños de la salitrera, aunque ahora se dediquen a otra cosa, el cobre, quizá, no lo sé, pero sí me han dicho que si ella, la Rosita, fuese varón ¡ya dirigiría la filial chilena! ¡Imagínate! Cuando pienso en que papá la formó… ella le debe mucho, pero él también, ella lo salvó de la pena cuando murió mamá. Sin ella se dejaba morir. Con Leonor, la gemela celeste no se atrevía a hablar de su padre en tiempo pasado. Todos sabían la importancia que la palabra «presunto» tenía para ella y cómo se aferraba desesperadamente a la esperanza de que estuviera vivo, embarcado en un buque, un viaje del que volvería un día.

Leonor se arregló lo mejor que pudo, se puso tacones, una falda y un saco que le quedaba muy bien y sin ser vistoso era elegante. Su hermana le prestó una piel para llevarla sobre los hombros y un sombrerito pequeño, coqueto, con un velito que le cubría la frente y daba a sus ojos profundidad y misterio. Los guantes y la cartera del mismo color se los prestó también su hermana, y salió a la calle con aires de condesa italiana. Alguien esperaba desde su esquina habitual, escondiendo el bigote fino detrás del ala del sombrero. Al principio no la reconoció en la figura elegante y sofisticada que salió de la casa. ¿Adónde irá tan bien vestida?

El reencuentro fue emotivo, aunque cada una de ellas callaría la nostalgia y el duelo del hombre que las unía para siempre. ¡Qué linda estás! ¡Qué grande estás!, ya me pasaste de varios centímetros. La señorita Rosita le pareció igualita, aunque mucho más menuda y regordeta que en su memoria. Estaban las dos en el vestíbulo del hotel y se dirigieron al hermoso salón de té, debajo de una cúpula inmensa hecha de vitrales, que representaban flores y hojas entrelazadas. Leonor levantó la cabeza fascinada por la luz de colores delicados que en cascadas llenaba el aire como una vibración de belleza. Su cuerpo se estremeció de placer, sus ojos se abrieron sorprendidos y con una sonrisa agradeció a Rosita la invitación. Qué lugar tan hermoso, parece una iglesia, pero aún más bonita. Nunca había estado en un lugar así. Un mozo las llevó hasta su mesa en una esquina, cerca de una consola de mármol cargada de ramos de rosas, de los mismos colores de los vitrales. No te dejes impresionar, Leonor, siempre hay lugares más bellos y elegantes. Nunca hay que mostrar asombro, sino la gente te toma por una provinciana. Pero tú, mi niña, no tienes nada de eso, eres una santiaguina perfecta. Y eso que hace poco que estás acá. El sombrero, el cuello de piel y la cartera me los prestó mi hermana. ¡Ah sí, ella es una mujer muy elegante! ¡Felizmente te dejó ponerte tu propia ropa, sino habrías parecido disfrazada!

Leonor la escuchaba desconcertada. La señorita Rosita hablaba con mucho aplomo y daba órdenes al mozo, como alguien acostumbrada a mandar, a tomar decisiones, al poder. Leonor no se sentía corta en lugares como ese, siempre guardaba una actitud natural, la misma en todas ocasiones. No le gustaba dar órdenes ni imponerse, prefería observar y refugiarse bajo el ala protectora de alguien. Siempre surgía alguna persona queriendo ayudarla, guiarla o simplemente tomarla en cuenta, aunque ella no lo pidiera de manera explícita. Dadas sus relaciones de larga data, la señorita Rosita tomó la batuta y empezó a contarle su vida con puntos y señales. En realidad, toda su vida era el trabajo al que se entregaba en cuerpo y alma, aunque guardando, en el fondo… lo que me había enseñado su señor padre: nunca creerse del todo la importancia del asunto. Así decía él: Señorita Rosita, no se crea, por favor, la importancia del asunto. La empresa, el título en su puerta, los documentos membretados y confidenciales, nada de eso es verdad ni importa. Pero nadie debe darse cuenta, sobre todo sus subordinados. Ante sus jefes, sea eficaz, útil, pero no atraiga demasiado la luz, abra su camino, poco a poco, con metodología. Un día no podrán vivir sin usted, y en ese momento, accederá a altas funciones, estoy seguro de eso. Así me decía él… me asustaba un poco, estaba tan seguro de mí, de mi carrera, yo, que acababa de llegar a la salitrera de mi pueblo y no tenía a nadie que me apoyara. Mejor, decía él, la familia es un problema para quien quiere hacer carrera. Míreme a mí, sin mi mujer que ama su jardín y su casa y mi retahíla de hijos, estaría en Santiago dirigiendo una filial. Me lo han propuesto, pero yo prefiero quedarme donde mi familia es feliz. Antes de conocer a Estela quería devorar el mundo y ahora solo temo perderla.

Hoy estoy cerca de la cúspide en la empresa, así que voy a poder ayudarte a ti también, Leonor, cuando termines tus estudios. Quizá puedas ir hasta Europa, quién sabe… yo quiero ayudarte, tu madre deseaba tanto que estudiaras, que fueras una mujer formada, que tuvieras una profesión. El matrimonio no es una solución para ti, no es tu camino… no sé cómo decirte… En mi caso, la gente murmura: Es una solterona empedernida, no quiere hacerse problemas con nada y un marido es una carga para una mujer de poder como ella. Eso dicen a mis espaldas, y muchos hombres han intentado seducirme porque tengo posición. Pero yo, nada. No me interesa. Es un poco chocante decirlo así, de frente a una jovencita como tú. Pero te puede servir después. Leonor la miraba apenas, fascinada con el helado con crema chantilly y frutillas que había pedido y que le adormecía la lengua, era tal el deleite que su cerebro registraba lo que decía la señorita Rosita para reflexionar sus palabras después. Por el momento, esa construcción delicada y sonrosada de fruta y de leche y azúcar en una alta copa de cristal llenaban todo su horizonte, concentrando su atención y su voluntad.

El matrimonio es una forma de ayuda mutua y legal entre dos personas, mi Leonor querida; se supone que juntos los esposos crearán riqueza bajo la forma de hijos, propiedades, valores, educación, trabajo… El problema es que la mayor parte del tiempo la gente se pierde en conjeturas amorosas y de tratamiento. El punto débil es que, en general, una de las partes aprecia el intercambio carnal y la otra prefiere algo más elevado, como la conversación. O bien, una parte está más en el mundo exterior y la otra en el espacio doméstico, y no ven el mundo de la misma manera. Una de las partes asume la crianza de los hijos y la otra su manutención, pero no siempre es el caso y las cosas empeoran. Yo creo que una mujer que puede usar su cerebro está menos obligada a someter su cuerpo a otro, para goce amoroso o reproductivo. No sé cómo decirlo… es más rentable, más cómodo y más fácil. Cuando tu mamita nos decía que deseaba que siguieras tus estudios, pensaba quizá en ello, ¿sabes? Ella tuvo muchos embarazos y su salud se resintió y quizá temía, al final de sus días, que tú pasaras por lo mismo. Aunque ella y tu padre fueron la más hermosa y mejor pareja que yo haya visto nunca en mi vida. La señorita Rosita terminó dificultosamente su discurso y decidió concentrarse un momento en su chocolate caliente.

Leonor aprovecho para mirarla con cariño por encima de su copa de helado que derritiéndose había perdido su porte. Ella me quiere de verdad, pensó. El matrimonio no es algo que me interese por ahora, señorita Rosita. Yo tampoco creo haber visto ejemplos de parejas suficientemente felices. Leonor no sabía cómo decirle que los matrimonios de sus hermanas le parecían bastante imperfectos, aunque el de Fermín y la Lili sí, y eso a pesar de los problemas y su pobreza. Me gustaría saber, señorita Rosita, si usted tuvo alguna noticia más de la presunta desaparición de mi papá, puesto que usted era su albacea, la persona que lo representa jurídicamente, al parecer… y la policía se dirige a usted para todo. La señorita Rosita se puso pálida de repente y hundió su naricita de conejito en la taza. Luego levantó su mirada franca y la miró con infinita tristeza. Tú sabes cuánto estimé a tu papá, era un caballero y además de eso era inteligente y muy sensible. Él me enseñó cómo salir adelante en el mundo y lamento que no esté aquí ahora para ti. A la edad que tienes, él hubiera sido tu aliado ideal. Leonor, no he tenido confirmación de nada, la investigación y el caso han sido cerrados por los servicios *ad hoc* por cuestiones de plazo. Han pasado años y ya no se puede contar con pruebas. Tu padre puede haber partido en un barco mercante o puede haber intentado una solución desesperada. Todas sus pertenencias estaban perfectamente ordenadas en su alojamiento, no había rastro de violencia, pero tampoco de preparativos de viaje. Es un misterio muy grande. Yo quiero creer todavía que está vivo y regresará, pero tus hermanos mayores piensan que acabó con su vida por desesperación. Tú puedes escoger también tu versión, no sé si la que te haga sufrir menos o la que te deje seguir con tu vida con la mayor esperanza. Eres una niña que recién empieza a vivir, trata de no arrastrar penas desmesuradas, tu padre no lo hubiera querido. Ni tu madre…

Desde una mesa situada del otro lado del gran salón, un hombre joven las observaba, era la misión que le había sido confiada. Estaba sentado solo y jugaba con su cucharita de plata mientras su taza de té humeaba en la porcelana china. Él mismo se repetía, una y otra vez, lo absurdo que era su comportamiento. Además, si ella se enterara, lo único que va a pensar es que soy un criminal obseso y no me va a querer ni hablar. Pero era más fuerte que él, y su instinto de sabueso se mantenía a nivel máximo y era vital seguirla, saber todo de ella, esa niña que parecía tan seria y serena y que había transformado todo en su vida de soltero pretencioso. Cada día pensaba cómo iba a presentarse y cada día terminaba sin que se hubiera atrevido a cruzarla en la calle. Iba encapotado con su sombrero, chorreando por las esquinas como una sombra, sintiéndose un personaje de novelita barata. ¿Y sus amigos? ¡Ah, sus amigos se reían de él, se burlaban de su estado febril y de su imaginación enceguecida! Has leído demasiado a Dumas, le repetían. ¿Qué significa esta intriga barata? ¿A la niña esa la persigues desde Concepción? No lo puedo creer, tú que eras el donjuán más conocido del barrio… Además, es una niña, es como si recién hubiese salido del convento, ¿no? ¡Qué fantasioso, querido Antonio, qué pretendiente fantasma… Y encima, pensaba el pobre, ¡aquí la taza de té me va a costar la paga de la semana!

Secretos y vericuetos

En María Elena todo parecía igual, pero la ciudad seguía agonizando. La Lili y Fermín habían intentado de todo para sobrevivir en medio de las ruinas. Siguiendo el consejo de las gemelas, la Lili fue a ver a un doctor especializado y no había tenido más hijos por el momento. Pero sentían que cada día la arena penetraba más fuerte en el corazón de la ciudad, hiriéndola de inexistencia. Los espacios desiertos, los niños ausentes, los parques y colegios cerraban y los comercios le seguían el paso. La Lili decidió escribir a la Leonor para pedirle consejo, esperando secretamente que todos pudieran por fin salir de allí. Ya no quedaba mucho del esplendor pasado de la salitrera que daba de comer a tantas familias y activaba una amplia red de empresas y servicios, como el tren que iba y venía, trayendo gente del mundo entero, sorprendiendo a los paseantes con sus colores y atuendos. Ahora solo quedaba el recuerdo de esas grandezas en algunas fachadas, aunque la piscina vacía y el teatro clausurado decretaban la muerte de la urbe surgida del desierto.

Sea lo que fuere que diga la Leonor, aquí ya no podemos seguir viviendo, Lili. No hay futuro para nuestros hijos, un día cercano la arena lo cubrirá todo y nadie se acordará de María Elena. Mis hermanos ya me lo habían advertido, pero yo quería creer que todavía era posible hacer algo aquí. No hay trabajo y tú te rompes los riñones en la chacra, para tener solamente algo que comer. Felizmente la señorita Rosita nos sigue mandando las remesas, aunque Leonor ya no esté con nosotros, qué vergüenza. No es vergüenza, Fermín, yo le escribí para que pare y ella insistió diciendo que nos ayudaba también en nombre de la familia, que ella se sentía parte de ella, habiendo sido tan bien acogida por nosotros... o algo así. Ay, Lili, es limosna lo que nos da, con cariño y humanidad, pero es limosna. Es culpa mía, debí hacer estudios como mis hermanos. No estaríamos como estamos. Si hubieras hecho estudios nunca te habrías casado conmigo, Fermín. Es mi culpa, yo te jalé hacia abajo. Lo sé. Y si tu madre hubiera vivido, no lo habría permitido jamás, yo lo leí en sus ojos poco antes de su muerte. Estaba con pena por nosotros, sabía que seríamos pobres para siempre. Por ello nos confió a la niña, para ayudarnos pensando que los hermanos nos mantendrían. ¡Qué ilusa!

No digas esas cosas, Lili, tú siempre has sido cabal, íntegra y trabajadora. Además, mamá te adoraba, te tenía absoluta fe y confianza. En el fondo sabía que yo era un bueno para nada y que ninguna mujer de nuestra clase querría a un hombre como yo. No digas eso, Fermín. ¡Yo no soy plato de segunda mesa tampoco, jajajaja! Abrázame, Lili, abrázame fuerte. Yo sé que tú mereces otra vida y yo te condeno a la pobreza. Y nuestros hijos, ¿qué será de ellos... podremos sacarlos adelante? Quizá debamos ir a la capital. Debe haber más trabajo que aquí... le voy a escribir a mi hermana, o quizá a Concepción... le voy a escribir a la otra gemela. Hay que salir de María Elena antes de que se la lleve el viento y el arenal. Ya no hay nada que hacer aquí. Ayer pasé frente a la casa de mis padres, me asomé para ver el patio. Todo está abandonado.

El jardín ya no existe, todo se cae a pedazos… ¡una casa tan hermosa! Felizmente la Leonor no está aquí para ver la decadencia de la ciudad. Ella sueña aún con volver… Volver adónde, dime tú, adónde. Esto ya no es un lugar, ni siquiera el fin del mundo, solo quedan restos, briznas de los sueños de quienes vivieron aquí. Sueños rotos.

La persecución

Leonor nunca supo cómo había empezado la persecución. Fue un extraño cambio de atmósfera en la casa de la gemela celeste. Un día, el esposo de la gemela se quedó en la casa con ellas y los niños en vez de salir con sus amigos a quién sabe dónde. Venía a cenar y a veces hasta a almorzar, se mostraba cortés con todos y considerado con su esposa. La gemela se reía con Leonor perdiéndose en conjeturas. Qué le habrá picado a este, por Dios. Vivo como en los primeros años de mi matrimonio, con un esposo normal y cariñoso. No entiendo. No es normal. ¿Será que su amante, la del servicio, lo habrá dejado, o estará enfermo, o le ha venido la culpabilidad de golpe? ¿O será la edad? ¿La crisis de los 40? No lo sé… ¿Tú qué piensas, Leonor, que te quedas allí mirándome como si estuviera loca? ¡Habla, mujer! Por una vez di lo que piensas… Es que no pienso nada, para mí es un completo extraño. Al menos pasa más tiempo con sus hijos, en el cuarto de juegos. Lo oigo caminar delante de mi puerta cuando va a verlos. La gemela le lanzó una mirada de refilón y se sobresaltó como si una aguja le hubiera picado el flanco. Ah sí, el cuarto de juegos…

Leonor seguía su rutina habitual. Iba a sus clases y a veces miraba hacia atrás, sobre todo en las calles vacías y si la hora era temprana o tardía. Cuídate en la calle, Leonor, le habían dicho las gemelas antes de trasladarse a Santiago, lo peor te puede pasar allí. Si sientes que alguien te sigue, entra a una tienda o un restaurante y espera allí un momento, mézclate con un grupo. También puedes hablar a una señora que esté por ahí, le das el brazo y la acompañas. O sube al bus o al tranvía. Bueno, bueno, me van a asustar. Lo que pasa es que a pesar de las apariencias eres una provinciana recién llegada a la capital, como se dice. Eres una niña ingenua. Al menos no es tonta la niña, completó Leonor misma... Sí, no es ninguna tonta la niña, ¿viste sus notas de clase? Ser buena alumna en el colegio no significa saber moverse en la ciudad, apuntó la gemela rosa. Bueno, te prometo que las primeras semanas estaré bien atenta, concluyó la gemela celeste. Estoy segura de que Santiago le va a encantar.

Sí, me encanta esta ciudad porque es grande y nadie me conoce, hubiera podido decir Leonor, pero seguía manteniendo la boca cerrada y guardándose la mayoría de sus opiniones. Desde que había salido de casa de su madre, por las patas de los caballos, con el duelo terrible y la partida de su padre a Antofagasta, pegándose al cuerpo de Lili, a su calor, a su olor que le recordaba sus primeros años de vida, había comprendido que no debía explayarse demasiado, tampoco abrir las puertas de su interioridad, había mucho que sufrir. Era preferible mantenerse en vilo, entre las personas, tratando de no acercarse mucho a nadie, no querer demasiado a nadie, solo a sus hermanas, Lili y Fermín y los niños... y la señorita Rosita. Nadie más. Las chicas del colegio habían intentado acercarse, pero nunca les dio pie a ninguna intimidad.

La Lili le había dicho antes de su partida a Concepción: Ten mucho cuidado con los esposos de tus hermanas que no son ningunos angelitos. Tú pronto serás una señorita y sería terriblemente feo que tus hermanas tengan problemas de pareja por tu causa. Aunque seas inocente, mija. Escúchame que sé de lo que te hablo. La gente dice que la calle es peligrosa pero el mayor peligro viene de la casa. Cuídate y escríbeme, por favor.

A veces se lo encontraba en la cocina, a veces en la biblioteca, donde le gustaba pasar horas leyendo en el viejo sillón del padre recuperado de milagro por la gemela celeste. A veces en los pasillos y corredores, y una vez en la calle, a su regreso de clases. Él siempre hallaba un pretexto, y nunca la miraba a los ojos, hacía como si fuera de lo más indiferente. Pronto fue como un juego y Leonor se lanzaba retos a sí misma. Si voy a la librería y vuelvo, ¿me lo encontraré en camino? Si salgo media hora más tarde, ¿lo encontraré en la cocina? Si me quedo encerrada en mi cuarto, ¿vendrá a ver a los niños solo para pasar ante mi puerta? Un juego del gato y del ratón. ¿Quién era el ratón?, se preguntaba Leonor. Si juegas con fuego terminas quemado… se dice por ahí. Pero Leonor, tan seria, tan impertérrita, quería saber, saber hasta dónde llegaría él con sus audacias. Para qué, no lo sabía. Era un juego cruel que le hacía daño, que la aislaba de la vida de la casa donde se sentía una intrusa cada día más, mirando a la gemela de muy lejos, como se observa a través de un catalejo las estrellas. ¿Seré una mala persona en el fondo? ¿Por qué le sigo el amén?

Era el poder, estaba convencida de ello. La sensación de poder le daba alas. Ella siempre había sido la recogida, la arrimada, la huérfana, la que nada tiene, la que iba de casa en casa tratando de ayudar en algo para justificar lo que comía, sobre todo en casa de las cuñadas, pero en realidad siempre estaba en un nivel diferente. Por eso recordaba tanto a su madre, era ella quien le había dado la vida y la conciencia de su importancia. El padre también, cuando la llevaba de la mano a su oficina, mostrándole las grandes máquinas de la salitrera, los inmensos camiones y comprándole una golosina para ella sola, un dulce que degustaba con deleite haciéndolo durar horas y horas, con la mano toda melosa, temiendo el momento del fin. Y ahora sentía que su cuerpo o algo en ella, quizá esos senos redondos y blancos que trataba de ocultar con una banda elástica, o su manera de caminar o su aire angélico, con sus grandes ojos verdes y el cabello espeso y castaño. Era más grande y musculosa que su hermana la gemela, de huesos más frágiles, de manos y pies menudos. No, ella era una deportista y caminaba con paso seguro, alargando las piernas que tenía bien torneadas. Sabía que la miraban en la calle cuando pasaba y eso le empezaba a gustar. Con la mirada de reojo buscaba al chico del bigotito que la seguía religiosamente sin atreverse nunca a acercarse y hablarle. Pero lo de su cuñado, nunca se le había pasado por la cabeza hasta que en la noche empezó a oír a alguien tras de la puerta, una respiración pausada y luego agitada. Leonor no podía conciliar el sueño si no lo oía con su paso lento acompañado de un ligero ruido de llaves frente a su puerta. Al día siguiente, lo veía muy calmado pero pálido y ojeroso, con la mala cara de aquel que no duerme bien. Ella se sentía, por el contrario, cada día mejor, como si una energía corriera en su sangre. Las mejillas sonrosadas y los ojos brillantes, caminaba por la vereda sintiendo como rayos que venían del centro de su cuerpo, de su vientre, que latían suavemente entre sus piernas.

Eran días extraños y ajenos que al pasar rápidamente por la conciencia de Leonor la hundían en aguas pantanosas. Hubiera preferido que el joven del bigotito adivinara cómo se sentía y la abordara por fin. Pero no se decidía, y en casa ella sentía subir la presión. Pronto explotaría la cosa y entonces, ¿qué sería de ella? ¿La iban a botar de la casa? ¿O la gemela aprovecharía para botarlo a él? Leonor percibía su violencia, hasta cuando fumaba inmóvil. Era inminente. Cualquier cambio en el viento podría hacerlo gritar y golpear, pero solo a las mujeres. Su deseo de destruir se volcaba únicamente hacia esos seres que lo provocaban con su exceso de blanduras y dulzuras. Perdía todo raciocinio que para él era lo propio del hombre y detestaba ser el perrito faldero de su esposa tan admirada por todos. Pero la chiquilla se le había metido en la retina, poco a poco, con sus aires de gatita perdida, con sus dientes de perlitas, saliendo de su casa emperifollada, dando de qué hablar por la calle, era como una espina que se le encarnaba cada vez más hasta hacerle insoportable mirar otro rostro, otro cuerpo.

Leonor oyó la puerta abrirse. La dejaba siempre abierta, porque él nunca se había atrevido a entrar y no era tarde. Acababa de apagar su luz. Entró sin hacer ruido, pero se olía el resto de tabaco que acababa de fumar en el salón. Su respiración estaba tranquila, Leonor cerró los ojos y espero. Él jaló una silla y se sentó al lado de su cama. No te muevas ni hables. Esto es una confesión. Mañana encuentra la manera de irte de la casa, a María Elena a ver a tu hermano que no deja de escribirnos. Tienes que salir de aquí y pronto. Si no, no respondo de mí. Tu hermana no me quiere, no es por eso por lo que esto es imposible… Nunca había pensado llegar a este extremo, vivir solo por y para alguien.

Me paso los días esperando verte llegar, desplazar el aire que se me hace espeso e irrespirable si no estás cerca. Pero no eres para mí, no soy nada para ti, ni siquiera me ves cuando me miras. Has entendido todo de mi enfermedad, ¿no? Te ríes de mí en secreto. ¿Su descripción debe figurar en alguno de tus libros de medicina? Debe estar compilado… de seguro. No prenderé la luz y tú no dirás una sola palabra. Solo pasaré la mano sobre ti y me iré. Hoy es tu última noche en Santiago. Pon la almohada sobre tu cara, no quiero ver tu expresión. Leonor obedeció. Cuando se fue y se cerró la puerta, sin ruido, ya no era la misma persona. Los ojos se le llenaron de lágrimas al pensar en su infancia terminada hoy que su cuerpo se le había ido de las manos. Él no la había golpeado, pero sí molido, amasado, mordido, sorbido, acariciado, haciendo correr su sangre a mil por hora, pero su corazón inerte, viejo de siglos, no le había dicho nada. No era un hombre que la había visitado, era como una fantasía despierta, como cuando soñaba que su padre bajaba del barco y la llamaba, de lejos, y luego se iban caminando juntos por el borde del mar. Se durmió de golpe, como si una ola se la hubiera llevado hacia espacios aún más infinitos.

Al día siguiente, le fue fácil convencer a su hermana que extrañaba a la Lili y a su hermano, que por favor la dejara ir unos días. Leonor pensaba encontrar trabajo en María Elena, en la posta quizás. La ciudad no podía estar tan colapsada como decía Fermín en sus cartas.

La huida

La ciudad le pareció aún más chata y descolorida que antes. Había pasado el tiempo, pero en su cabeza, de vuelta en María Elena, ella seguía siendo la niña que era cuando su madre murió. El tiempo se había quedado atascado en alguna parte de su alma. Los muros y techos estaban más cerca del nivel de sus ojos que en su memoria, el calor se le abalanzó sobre los hombros de golpe y la arena la hizo carraspear nuevamente como cuando iba a la primaria. La sed le quemaba la garganta y tenía la boca seca por culpa de la aridez del Atacama. Caminaba sola por las calles vacías a esa hora de gran calor. No le había avisado a Fermín para no alocarlos con los preparativos. No quiero tratamientos especiales, le dijo a la gemela celeste que la miraba con cara de preocupación. Qué vas a ir a hacer a ese hueco, ya no tiene salvación María Elena, mejor quédate con los recuerdos de antes, de cuando era la bonanza y vivíamos en una ciudad moderna con todos los servicios, a la europea, pues, preparada para recibirlos a ellos, para que pudieran trabajar bien, a pesar del calor. No me quedaré toda la vida, le contestó Leonor. Me preocupan la Lili y el Fermín, se quieren mudar y buscarse la vida en otro lugar. Quizá pueda ayudarlos en algo… Bueno, a mí ese regreso me parece una locura, sobre todo porque aún no obtienes tu diploma. Pero no te voy a retener, ya eres toda una mujer, ¿o no, Leonorcita? ¿Y le vas a avisar a las cuñadas?, te van a odiar si no pasas a verlas. Por favor, anda al menos una vez a visitar a cada una. Sí, claro…

La gemela celeste sintió el vacío de la partida de Leonor. A pesar de ser tan discreta, ella ocupaba un lugar especial en la casa; era agradable hablarle, siempre escuchaba con paciencia y dulzor.

¿Es dulce ella, porque será? ¿A quién se parece? Los recuerdos que la gemela celeste guardaba de su madre no eran particularmente cariñosos. La madre siempre distante con ellas, las gemelas, dejándolas vivir como quisieran en su mundillo un poco salvaje. Hablaron como a los cuatro años y fueron también al colegio tardíamente, aprendieron a leer, a contar y nada más. Nadie tuvo ninguna ambición para ellas. Son demasiado hermosas para este pueblo, decía la madre con tono de conmiseración, encontrarán con quién casarse, espero que bien y que sean felices. Pero Leonor leía y leía todo lo que le caía en las manos, sabía mucho de matemáticas y de biología, tenía método para aprender, como decía ella misma a sus sobrinos: Hay que tener método, es lo más importante, la forma antes que el fondo. Los chicos no entendían ni michi de lo que les decía la tía Leonor, pero aceptaban su juicio con mucho respeto, bajando la cabeza y la voz.

¿Que se fue a María Elena, dices? Gritaba la gemela rosa por el teléfono. ¿Cómo la dejaste ir? Allá es el Far West, no hay nada de nada. El pobre Fermín no sabe cómo hacer para salir de ese atolladero y salvar a su familia… y no deja de escribir una carta tras otra. ¿Para qué fue? Es muy extraña esa historia, suena a pretexto. ¿No tendrá algo que ver tu marido, el pegalón, en esa partida precipitada? Yo estaba convencida de que un día le pondría la mano encima y llegado ese día la situación sería muy complicada de resolver para ti, entre tu hermana y el padre de tus hijos… ¿Que por qué la dejé irse a Santiago? Por sus estudios. Recuerda la última voluntad de nuestra madre. Sí, lo sé, y a nosotras nos dejó crecer como animalitos… sí, lo sé. Bueno, así fue, no hay más que hablar. ¿Le mencionaste algo a tu esposo? ¿Te dijo algo? ¿Nada? Qué extraño. ¿Se sorprendió al menos? ¿No? Bueno, espero que no se le haya metido en la cama y después tengamos un sobrino que hacer pasar por nuestro. Está muy mansito tu marido, dices, desde hace semanas, dices, y ahora esto. Mmmm... mejor dejémoslo ahí nomás. Espero que le hayas dicho a Leonor que visite a las cuñadas, si no, se van a poner pesadas las dos... ah, ya, y te dijo que sí. Bueno. Ya se verá... No vale la pena preocuparse de antemano. Ya se verá, pero es que ese marido tuyo es un consabido ya tú sabes qué... bueno. Ya hablamos, querida.

Las casas chatas y polvorientas, las calles medio vacías, muchos perros errando, gatos techeros, pocas tiendas abiertas. Al parecer la situación era realmente desesperada por aquí. Y mientras más se acercaba al barrio de Fermín, las calles se hacían más estrechas y las casas más pobres, a medio hacer o mal hechas. La tristeza y la desazón reinaban, no había solución para esa gente sin trabajo, ya sin el aliciente de la salitrera. Cuando se mudó allí con la Lili y el Fermín, la gente era pobre pero decente, tenía un salario y ambiciones para sus hijos, las señoras barrían la puerta de sus casas y los niños iban a la escuela, a la piscina, a la biblioteca o a jugar a la plaza, cuando no en los jardines. Ahora parecía que había pasado una tormenta dejando solo a los desesperados sin trabajo ni futuro, vagando sin rumbo por el desierto.

Cuando llegó frente a la casa, ante esa puerta verde con la pintura descollada, Leonor se detuvo un instante, dudosa, ¿habría algo humillante en presentarse así donde su hermano y la Lili? El tiempo había pasado y aunque ella se negara a decirlo así, existía la pobreza, la falta de trabajo, de oportunidades para los niños, de comida para el cuerpo y para el alma. Y ahora ella se les presentaba así, de golpe, sin avisar, midiendo la distancia que los separaba, manifestando esa distancia y sacándoselas en cara. ¿Qué hacer? ¿Dar la vuelta y volver a Santiago o a Concepción?

Pero la puerta se abrió de pronto, la Lili apareció y, sin siquiera mirarla de cuerpo entero, la tomó entre sus brazos, los ojos llenos de lágrimas. Qué bueno que hayas venido, qué bueno que estés aquí mi niña. No sabes cuánto te hemos extrañado... déjame que te mire un ratito, oh, qué hermosa estás, pareces una actriz de cine... con ese saquito tan bonito, con ese sombrero tan elegante y esos guantes color perla. ¡Oh! Fermín, ven, la niña está aquí, Juan, Carmencita, vengan a saludar a la tía Leonor. Hoy es día de fiesta, hoy no se hablará de problemas, solo estar juntos y ser felices vale la pena...

Leonor estaba sentada en el salón con los dos niños en las rodillas, tratando de atraer su atención, mientras la Lili hablaba y hablaba, preguntaba, contaba, describía, reía. Fermín iba y venía trayendo cosas, jalando el mantel, sirviendo una copa de vino, siendo útil sin perder una sola palabra de la que proferían su mujer y su hermana. ¿Y los estudios? ¿Tus notas? ¡Uy, qué bien! ¡Felicitaciones, siempre se supo que en esa linda cabecita había un cerebro! Ya lo decía tu mami, que en paz descanse... y Concepción, ¿cómo es? ¿Y la casa de tu hermana, tiene un jardín? Dicen que su esposo es muy pudiente. Y la bebe, la Rosa, ¿a quién se parece? No hemos visto fotos. Ya está grandecita, sí... y Santiago, debe ser muy grande. Ah, desigual, hay casas todavía, también edificios, y grandes jardines, y bulevares. ¿Muchos comercios?, ¿y la gente cómo es? Ah, no muy amical. Sí, pues, así son los capitalinos. Claro, como nadie conoce a nadie, nadie se saluda, nadie se quiere mezclar. ¿Y amiguitas? No tienes amiguitas. Pero qué rara eres, mi Leonor. Todas las chicas de tu edad tienen amigas, aunque sea para ponerse en valor saliendo con las feas. Jajaja. Una amiga te acompaña a hacer tus compras, al cine. ¿Nada de cine tampoco? Oh no, tú solo la familia y de la puerta pa'dentro. Tú, con tus libros, eres feliz… no necesitas nada más.

¿Y el marido de la gemela celeste?, se dice tanto de él. ¿Es tan malo, bruto e indiferente como dicen las cuñadas? ¿De verdad le… mmm… le levanta la mano a tu hermana? Ah, tú nunca has notado nada. Se la pasa en la calle, con amigos, no se le ve mucho, murmuró Leonor. Al final de mi estancia lo veía más seguido. Ah, pero al parecer se ha vuelto más casero, de golpe, ¿no? ¿Y tú, por qué decidiste irte así, tan de repente? La Lili se puso a mirarla raro, primero a los ojos, la boca, luego el rostro, las manos, las piernas que tenía cruzadas, como midiendo su madurez, su estado actual de fruta jugosa y fresca. Leonor, hijita, estás hecha un bomboncito de fresa… ¿Tienes cuidado en la calle? No deberías haber venido sola hasta aquí. Este barrio ya no es lo que era cuando vivías con nosotros. El Juan ya no sale a jugar, le robarían la pelota. Bueno, no hablemos de cosas tristes hoy. ¿Viste a la señorita Rosita? En un hotel de lujo. Uy, qué bueno, le va bien, aunque se haya quedado a vestir santos, la pobre. Te habló de eso. Ah, la libertad de la mujer, claro, sin marido ni hijos y con un buen trabajo, una mujer puede vivir como hombre. Pero si todas hacemos eso, ¿qué será de la humanidad?

El tiempo pasaba a una velocidad increíble para Leonor. Desde que había empacado y partido de la capital no había parado un segundo, queriendo no pensar para no sentirse culpable. ¿Culpable de qué? Quién lo podría saber. Leonor no había hecho nada, pero se había dejado hacer. Por curiosidad, por vicio, por miedo, ¿por dejadez moral? Ni siquiera ella misma lo sabía y por eso evitaba pensar. Estar en acción, ayudar a la Lili con la casa y los niños, repasar para sus exámenes, conversar con Fermín en las nochecitas fumando ambos un cigarrillo inglés, de los que Leonor le había traído de regalo de la capital. Hablando de planes futuros, de la familia, de los padres desaparecidos repentinamente en menos de un año, dejándolos con la palabra en la boca, sin explicaciones, en perdición. La señorita Rosita tampoco sabe nada de lo que realmente pasó en Antofagasta. Han declarado el caso cerrado, tan pronto. Qué falta de determinación… deben estar ocupados por otros crímenes y robos, o por cuestiones políticas. Son épocas difíciles… Sí, es posible que la señorita Rosita no te haya dicho todo para no apenarte, para ella eres todavía una niñita. Sí, tienes razón, Leonor, tenemos que ir nosotros mismos allá a averiguar, si no, lo vamos a seguir esperando y esperando, es como una herida abierta que se desangra. Yo no puedo ir por el trabajo… ¿tú irías? ¿Sola?

Al regresar al norte de Chile, Leonor había empezado a entender mejor sus intenciones. No se trataba tan solo de visitar a la Lili y poner un punto final a la infancia, esa época hermosa y terrible que aún seguía arrastrando a pesar de sus formas femeninas y el avance de sus estudios. Tampoco era solamente una huida ante el embate erótico de su cuñado que aún le daba escalofríos. No. Había algo más. La señorita Rosita era un ángel, pero había suplantado a los hermanos mayores, que así no cumplieron con sus obligaciones familiares. Aquí ya no hay jefe o jefa de familia, había dicho tristemente Fermín, sabiendo que en el fondo él era incapaz de asumir esa responsabilidad. Por eso la familia se está hundiendo como un barco sin capitán. Aquí cada uno hace como quiere y las cuñadas tienen el mando. Yo antes no me daba cuenta, Leonor, pero los hermanos mayores dejan a sus esposas decidirlo todo, hablar con las gemelas, la venta de la casa, ocuparse de ti, si en verdad alguna vez se ocuparon... Todo ha sido mal hecho y con precipitación. Aunque el mayor culpable, y discúlpame por decírtelo así, es nuestro padre que se fue a Antofagasta dejándolo todo hecho un caos y sin preocuparse por ti, que eras la menor. Se apoyó en la señorita Rosita que era la única persona en la que confiaba y ya. Bueno. Ya te dije lo que pienso.

Visita a las cuñadas

La Lili, por supuesto, no estaba de acuerdo con ese viaje. ¿Vas a ir sola? Tú no sabes lo que te van a decir ni cómo vas a afrontarlo. ¿Y qué dicen tus hermanos mayores? ¿No lo saben? Pero tú y Fermín están loquitos de verdad. Vas, pero les avisas a tus hermanos y así pasas a saludar a las cuñadas que están que se quejan de ti, ¡dicen que eres una ingrata! ¿Yo, una ingrata, y ellas qué son? Se creen las más buenas del mundo y les dicen a sus amigas que te quieren como a una hija. ¡Imagínate! ¿Y a ti nadie te menciona, no, Lili? Tú eres la única que de verdad me acogió. Ay, mi Leonor, cuando te miro no lo creo que estés aquí con nosotros de nuevo... y ahora te quieres ir... y a Antofagasta a descubrir qué pasó con tu padre. ¡Si ya parece radionovela!

Regresar donde las cuñadas, le costó mucho. Cada paso le pesaba como plomo. Una y otra vez las sensaciones del pasado le volvían al cuerpo: el miedo, la soledad, el llanto por las noches, sus pesadillas. Las dos casas eran como castillos oscuros llenos de recovecos donde perderse, los sirvientes eran los más malos, como suele ser cuando se sirve a alguien que no merece la pena. Y por qué la voy a servir yo a esa pobretona, decían delante de ella. Leonor se acordaba de cada humillación y de cada momento de soledad en el salón con sus cuñadas, que en realidad no la soportaban, la toleraban en sus vidas ideales de recién casadas. Ahora, con el tiempo, la presencia de Leonor les recordaba su juventud y sus buenas acciones, así que la querían invitar. En realidad, se decía Leonor aterrada, no recuerdan nada de nada, para ellas todo fue maravilloso y me trataron como a una hija. Así es como se lo cuentan a sus amigas. Presentarla ahora que viene de la capital tan bonita y bien vestida es bueno para nuestra fama en la ciudad, se decían entre ellas. Sí, hay que hacerla venir. Los hermanos siempre indiferentes la saludaron de paso al trabajo, diciéndole que se parecía cada vez más a la madre. Lo que era un gran cumplido, la madre seguía siendo, a pesar de la belleza rubia de las gemelas, el prototipo de la hermosa mujer bien y bien chilena.

¿Y no tienes novio o algún amigo especial? Qué extraño. Yo a tu edad estaba ya casada, decían las cuñadas repitiendo, sin sospecharlo, a las gemelas. Además, en Santiago, ¡cuánto buen partido debe haber!, exclamaban las dos relamiéndose los bigotes como gatos satisfechos. Estoy segura de que algún pretendiente te debe haber seguido por la calle o esperado a la salida del instituto. Leonor, llevada por un extraño impulso, les habló del joven del bigotito. ¡Uy, debe estar sufriendo el pobre con tu desaparición tan súbita! Desde que había llegado a María Elena no había pensado en él, llevada por tantos acontecimientos interiores y exteriores. Debe preguntarse dónde estoy, en efecto… bueno, si en verdad me quiere, averiguará y me encontrará, pensó con bastante incredulidad. A cuántas perseguirán por la calle esos jóvenes santiaguinos elegantes. Nunca se atrevió a abordarme. Imagínense que me siguió hasta el hotel de lujo donde me invitó la señorita Rosita a tomar helados… ¡No lo creo! ¿Viste a Rosita? Se quedó solterona, ¿no? Sí, solterona pero contenta, respondió Leonor dándose el gusto de chocarlas. Uy, qué feo ser solterona, se te debe atrofiar todo, ¿no? En todo caso el cerebro no se le ha atrofiado, tiene un puesto de responsabilidad en la sede de la ex salitrera… hasta viaja a Europa. ¿A Europa?, no lo puedo creer. Ella que es hija de un simple leguleyo de pueblo… debe ser muy entregada a su trabajo. Las dos se miraban sorprendidas, como transformando a la velocidad de la luz el esbozo de personalidad y de vida que le habían adjudicado a la Rosita, tan abnegada, tan buena empleada del suegro, tan regordeta y risueña. Sí, Rosita dirige todo un equipo de ingenieros y arquitectos, al parecer tiene mucha autoridad. Pero extraña María Elena, me dijo con voz ensoñada. La ciudad era tan bonita en esa época de bonanza, musito una de ellas. La otra respondiendo, sí pues, no como ahora que hasta el teatro de tan hermosa fachada está cerrado… toda la gente bien se ha ido, solo quedamos algunas familias.

¿Cómo te fue donde tu hermana la gemela celeste? Debes saber que nos preocupamos mucho por ella. Dado lo que se sabe por aquí de su marido. ¡Tiene una fama! Yo se lo había desaconsejado poco antes de su matrimonio, pero ni me escuchó, solo se puso a reír como una loquita, y la gemela rosa con ella… siempre han sido unas niñas. Cuando supimos que, ejem, ibas a Santiago, nos preocupamos también por ti. Ahora eres toda una mujercita y los hombres a veces se comportan como animales, no saben controlar sus instintos y atacan a la presa más débil. ¿Entiendes? Por eso nosotras nos preocupamos, y al parecer estás bien. Sí, estás muy bien. ¿Nunca lo veías, nunca estaba en casa, solo al final? Bueno mejor así, ojos que no ven, corazón que no siente. Tú sabes, todas tratamos de llevar nuestro hogar del mejor modo posible como gente decente, pero todo no se puede controlar. Somos mujeres, nada más. Eso sí, la ropa sucia se lava en casa. Es el principio mayor que nos inculcaron nuestras madres: salvar el honor y la honra, no dejar que nada salga de casa. Estás de acuerdo, ¿no, Leonor…?

El anuncio de su partida a Antofagasta no tuvo en la mente de sus cuñadas ningún efecto mayor, ni de sorpresa ni de represión. Solo dijeron, ah, ¿y vas solita hasta allá? Leonor mintió con mucho aplomo: No, con mi hermano Fermín, queremos saber si ha habido avances en las investigaciones de la presunta muerte de papá. Han pasado años y no nos han comunicado nada. Así conoceremos de manera directa los elementos de la investigación. Uy, hablas como en una novela policial de las que te gustan, ¿lees todavía a Agatha Christie como cuando vivías aquí?, preguntó una de las dos, feliz de acordarse del nombre de la autora. Sí, sigo leyendo a Agatha Christie, me fascina Roger Ackroyd, ¿a ustedes no? Sí, sí, claro que sí, nos fascina mucho ese autor también… ay, esos ingleses. Son superiores, por eso nos vinieron a hacer una ciudad tan bonita como María Elena. Como te deben haber enseñado en la escuela, esa oficina fue fundada en 1926 por la Compañía Salitrera Anglo Chilena con un trazado que iguala las líneas de la bandera del Reino Unido. ¡Imagínate tú! Qué idea tan rara… ¿odias a los ingleses? ¿Y a los alemanes? ¿Se roban la riqueza nacional? Uy, no nos vayas a haber salido comunista,

Leonorcita... nosotros somos y seremos una familia decente, como ya te hemos dicho y repetido.

Salió de casa de sus cuñadas con la cabeza zumbando por todo lo que le habían dicho y contado. Cómo pueden hablar tanto. Tres horas, dos teteras de té inglés de ese ahumado que no me gusta nada, galletitas, mermelada... Te han querido agasajar, Leonor, así no nos reciben a nosotros... No puedo más, me explota la cabeza. Lo único que les interesaba en realidad era saber si tenía novio, cuando les dije que no, se desinflaron un poco pero luego encontraron otros temas de conversación y bla bla bla y bla bla bla. Ninguna se opuso a mi viaje a Antofagasta, sabes, Lili... creo que con el tiempo se han vuelto menos feroces. Sí, el tiempo lima los caninos de todos, ¿no? Y como ya no eres una niña y puedes defenderte, son buenas contigo. Les aportas, qué sé yo, prestigio. En realidad, no me conocen, Lili, pocas personas nos conocen tal como somos, ¿no? Sí, así es. Yo tengo a mi Fermín, felizmente. Y a ti. Y a los niños. Pero no puedo contar con nadie más. Mañana salgo temprano, por favor besa fuerte a los niños por mí. Diles que vuelvo pronto.

Antofagasta, el hostal, el faro, el mar

Es solo a 200 kilómetros, se decía Leonor mirando pasar el paisaje, que en su imaginación era como ir a otro planeta, el mismo paisaje que, desesperanzado, su padre había ido a buscar. Hacia el mar. ¿Por qué esa atracción por el océano? Leonor nunca había visto el mar, y esperaba entender mejor a su padre y su desaparición misteriosa mirándolo por primera vez. Alguien le había dicho que su padre pasó una época feliz de su infancia, o de su juventud, en Valparaíso. Valparaíso suena mejor que Antofagasta. Debe ser un paraíso como se ve en las postales, con sus callejuelas irregulares y sus fachadas de colores, enhiestas frente al mar. Allí se tiene que ser feliz, no queda otra opción. De ahí le habrá quedado la nostalgia del mar, del horizonte, como en los poemas de Neruda… *abandonado como los muelles en el alba.* ¿Qué habrá ido a buscar su padre a un faro aislado del mundo? *Oh abandonado…* Tú no puedes entender lo que es mar si no lo has visto, le había dicho Fermín, hay que vivirlo. Es tan inmenso, tan increíble, tan vivo, tan eterno. No hay palabras… Probablemente papá buscó en su inmensidad el olvido, o hundirse en el mar, o subirse a un barco hacia el Callao, como en la época colonial. No lo sé. Nadie sabe cuán poderosa puede ser la desesperación.

El paisaje desfilaba por la ventanilla y Leonor imaginaba a su padre haciendo el mismo trayecto, pero acompañado por la señorita Rosita. En cambio, ella estaba sola. Quizá debí viajar con Fermín, he pecado de impulsiva. ¿Los carabineros me irán a tomar en serio? ¿Me dirán la verdad? Al llegar al hotel llamaré a la señorita Rosita, ella sabrá aconsejarme y guiarme en la ciudad. Toda la seguridad en sí misma se le estaba yendo del cuerpo. Lo primero que haré es ir al famoso faro y mirar el mar desde allí.

La ciudad no le inspiró nada especial. Leonor no era sensible a la arquitectura ni al orden de las ciudades. Todas le daban una vaga sensación de desasosiego, con tanta construcción que parecía esconder defectos y soledades. La única ciudad que le gustó un poquito fue Santiago, se sintió libre en sus calles, sin nadie que la conociera ni la controlara, acompañada de lejos por el joven de bigotitos, que en su imaginación se confundía con algún cantante de tangos que había visto en fotos. En el hotel, una pensión barata que parecía una casa de familia, extendida y descuidada, al menos estaba al abrigo del mundo. De inmediato cerró su puerta con llave y se sacó los zapatos. Al sentarse en la cama sintió los resortes del colchón, que estaba limpio, menos mal.

Fue amor a primera vista. La brisa del mar despeinaba sus cabellos y la impregnaba de sal. Estaba en medio de un torbellino que la levantaba en vilo, ola tras ola, las capas de antiguos barnices se iban diluyendo de su rostro y su cuerpo, lavándola de penas, temores y culpas. Quiso gritarle al mar el nombre de su padre, preguntarle, saber si por fin se lo había llevado a su regazo o navegaba como Ulises intentando regresar a Ítaca, la barba emblanquecida por las penas y las luchas, esperando la intervención sobrenatural de alguna diosa precolombina para volver a poner el pie en Chile. Leonor no sabía si lloraba o eran las olas poderosas del mar gris plata que le enviaban besos volados y húmedos a las mejillas. Estaba sola como nunca en esa ciudad desconocida, Pero qué más humano que voltear la mirada hacia el mar para buscar una salida o formular un deseo o una promesa. El mar era, junto con las montañas, uno de los dioses tutelares de esta América del Sur que se estiraba hacia la Patagonia, ceñida por ambas potencias. Leonor respiró a fondo, intentando absorber todo el yodo posible, regenerarse, por fin regenerarse. Pero temblaba también, sacudida por ese horizonte que no le devolvería nada. El chofer del taxi empezó a impacientarse y tocó su bocina como resonando con los barcos y buques que abandonaban el puerto a esa hora.

Vamos al faro, ordenó Leonor. El taxista no se inmuto, acostumbrado a los pedidos más raros en esa su profesión de barquero terrestre.

El faro era mucho más pequeño que en sus sueños de niña, con aires de abandono, sin ese misterio romántico de las novelas góticas inglesas. Por más que Leonor llamó a la puerta, nadie apareció en la ventana ni abrió. El chofer se impacientaba cada vez más, diciéndole, no hay nadie, señorita, no lo ve… está abandonado hace años. Leonor intentaba ver a través de la ventana sucia, algo, algún objeto que le permitiera decir: aquí estuvo, aquí vivió. ¿No hay otro faro? No, señorita, este es el único, respondió el chofer con tono aburrido. Bueno, déjeme aquí, voy a caminar un rato. Pero señorita, no la puedo dejar, puede ser peligroso, aquí ronda gente extraña, ya sabe cómo son los puertos y sus alrededores… Además, hay bares de mala muerte y, bueno, usted ya sabe, mujeres de mal vivir y… Lléveme a algún bar entonces, uno cercano al faro. El que esté más cerca.

Cerca encontraron un barcito restaurante llamado «Al faro». Leonor se puso a conversar con el dueño quien le señaló a alguien en una de las mesas del fondo. Él debe saber, señorita, usted háblele fuerte nomas, es un poco sordo, pero tiene una excelente memoria. Uy, señorita… sí, sé de quién me habla. Fue hace no mucho. Me acuerdo como si fuera ayer mismo. Leonor le invitó una cerveza fresca que el señor agradeció muy educadamente. Usted sí es una señorita como debe ser, no como esas mujeres de pescadores, o las otras que andan por aquí para que les invite a ellas, ¡imagínese usted! Bueno, él llegó para tomar posesión del faro, acompañado de una señorita bajita. Tengo entendido que ella tenía algo que ver con su nombramiento. El hombre era alto, desgarbado, no parecía guardián de faro ni especialmente borracho, parecía más bien un director de empresa que había quebrado. Se le veía tan triste, sus hombros se le hundían en la ropa que le quedaba grande. Arrastraba los pies... la sombra de la muerte parecía perseguirlo. Yo lo vi llegar e instalarse, no tenía casi nada en la maleta. A mí me llamaron para ayudar y pasar la escoba. Él me dijo, yo lo puedo hacer, no se preocupe. No deseaba la presencia de nadie. Pasó el tiempo y yo me lo cruzaba a veces por aquí mismo a la hora del almuerzo. Nunca me contó nada de su pasado, no sabía que tenía una hija tan bonita. En esa época usted era todavía una guagua, ¿no? Bueno, escribía cartas y de vez en cuando recibía llamadas. Se quedaba muchas horas contemplando el mar con su pitillo en la boca. Ensimismado, es malo eso de mirar mucho el mar, da malas ideas. A mí también se me vienen, por eso prefiero no mirar mucho esa agua que va y viene queriendo llevarnos a todos.

¿Qué paso al final? No lo sé. Desapareció un día, la puerta se quedó cerrada, las cortinas corridas, la luz apagada... A los dos días, más o menos, me acerqué a mirar por la ventana. Nada. Luego avisé a las autoridades del puerto. Entonces vinieron unos oficiales a ver, abrieron la puerta con sus llaves. Y nada. ¿Nada? No había nada, se había llevado sus cosas, por eso presumieron que se había largado enrolándose en algún barco mercante. Siempre hay locos que quieren ver el mundo, como si el mundo fuera no sé qué... bueno, hubo que encontrar otro guardián. ¿Los carabineros vinieron también? Sí, no sé si por rutina o porque alguien los llamó... la señorita bajita, quizá. No sé... Vinieron a ver de cerca todo. Y decidieron abrir un caso. No sé por qué, algo raro habrán encontrado allí adentro, quién sabe qué, porque todo estaba vacío. No estaba ni su maleta ni su ropa ni ninguno de sus libros, solo los cuatro muebles miserables que tiene adentro ese faro desde el siglo pasado. La llegada de los carabineros dio mucho que hablar en el barrio, aquí a nadie le gusta que vengan a investigar, como dicen. Nadie quiso entonces responder a sus preguntas, todos callaron, yo también. Al final creo que cerraron el caso. Mi opinión, señorita, ¿quiere mi opinión? ¡Usted es la primera persona que me pregunta cuál es mi opinión sobre algo! A ver... qué le puedo decir que no le dé pena... Ah, quiere que le diga las cosas de frente y como son. Bueno.

Era un hombre que ya estaba muerto. Estaba muerto por dentro, sus ojos no brillaban nunca, no miraba las caras, tan solo las espaldas de la gente. No quería matarse, porque sería demasiado «querer», ¿entiende? No tenía voluntad, pero sí era inteligente y pudo imaginar una manera de desaparecer sin dejar rastro, no quería dejar ninguna huella de su paso por la tierra. Aparte de sus hijos, ¿no? Mis hijos están bien donde están, me dijo una vez que le pregunté por qué no tenía visitas. No quería pasarles la mala suerte, quizá. Es una pena, ¿no? Un hombre tan educado, tan sabio, hubiera podido hacer algo por este país abandonado del mundo. Una sola vez mencionó un lugar y fue Valparaíso. Yo creo que él hubiera querido terminar sus días allá, en ese puerto feliz donde todos son un poco locos, ¿no? ¿Es posible entonces que se haya ido para allá, en barco? Es posible también. Quizá esté todavía vivo allá, quizá no... No sé qué más le puedo decir, señorita. Su señor padre siempre fue un caballero para conmigo, me dejó uno de sus libros. ¿Cuál? Uno de ese poeta, pues, el de Altazor. Ah, Huidobro. Mi hijo se llamará Vicente, pensó. Mañana iré a la comisaría.

Contra el ángel

Durmió de golpe toda la noche sin ser visitada por sueño alguno. La cama del hostal no era la mejor del mundo, pero ni siquiera sintió los resortes que se clavaban en sus costillas. Cuando despertó apenas rayó el día, le dolían los músculos del cuerpo como si hubiese luchado contra el ángel toda la noche.

Leonor le había pedido al mismo chofer que la llevara. Mejor malo conocido que bueno por conocer, se dijo queriendo convencerse. Es increíble la costumbre, se subió al coche como si lo conociera de siempre, el olor del habitáculo a tabaco frío, a jabón y café con leche, el aire enrarecido que había registrado una multitud de olores de los diferentes pasajeros que pasaron por ahí durante las últimas horas.

No, señorita, no tenemos ninguna información. Usted es la hija del presunto… solo teníamos el contacto de la señorita Rosita Quiñones, residente en Santiago de Chile. ¿Ella no es su hija, entonces? ¿Su abogada? Su albacea. Muy bien. El carabinero la miraba muy serio como sospechando de esa jovencita bien vestida e hija de un guardia de faro desaparecido que antes dirigía la salitrera en María Elena. Bueno, señorita, ¿no se tratará de una desaparición orquestada por el mismo individuo? ¿Por qué cree que deseaba desaparecer? ¿Por la bancarrota, a causa de la muerte de su madre, o es que estaba enfermo? Las preguntas le caían encima como latigazos. Ver el caso de su padre a través de la mirada fría del agente, le hacía daño. Era toda una intimidad familiar desvelada ante un extraño. ¿Para qué se me ocurrió venir a remover toda esta ceniza ya fría y encender nuevamente el fuego destructor? Es por mí que he venido, por mí y no por él. Bueno, señorita, pienso que es necesario dejar descansar a su padre. Podemos declararlo fallecido y así usted podrá arreglar los papeles necesarios. Por el momento todo está en vilo. La entiendo, señorita, querer saber es natural, sobre todo si se trata de un padre.

Leonor no mencionó la idea de la huida a Valparaíso. Su búsqueda era algo personal. Había sido un gran error acudir a los carabineros que, con tanto caso sórdido, al posar sus ojos en ella o en su padre lograban empaparlos de ese caldo social de sufrimiento, de vicio, de mortíferos instintos que hay en todo ser humano encastrado en la sociedad. ¿Injusta la sociedad? Nunca se lo había planteado. Ella solo había escogido un oficio para hacer el bien, para sanar, ahí se había detenido su razonamiento. Pero frente al carabinero que la miraba con sospecha, se daba cuenta de que sí había una enfermedad moral en la sociedad. No se puede vivir así, tanta gente con objetivos disímiles en la misma esfera sin llegar a la violencia, a la venganza, a la envidia, al crimen.

De pronto el faro plantado en la desnudez de la costa se le presentó como un refugio. El padre habría querido apartarse del ruido, pensar, reconstruirse o destruirse, en plena conciencia. No era un hombre perseguido, al borde del suicidio, desesperado. Era alguien que estaba buscando sus respuestas, después de haberse entregado en cuerpo y en alma a una empresa que él mismo consideraba negativa para su país. Pero ¿cómo impedir que siguieran abriendo las carnes de la tierra para extraer el cobre? A cielo abierto, ante los ojos de Dios, se pillaba las entrañas del desierto. Él había sufrido y había soportado, soñando con un hogar feliz para Estela. Tras su muerte, todo perdió sentido. Sus hijos estaban repartidos por el mundo con esposas y esposos, solo ella, Leonor, era la pieza que no encajaba. ¿Su padre se habría sentido culpable por ello? Leonor era la espina dolorosa hundiéndose en su carne. Habría querido tenerlo al frente y decirle que no, que ella también encontraría su lugar en el mundo. Cualquier cosa que él hubiera hecho con su vida, ella se la perdonaba de antemano.

Leonor parecía escuchar al carabinero, firmaba papeles, recibía sus documentos. Se portaba con mucha educación y mesura con el representante de la autoridad, pero su mente estaba tan lejos de ahí, afincada en el faro frente al mar donde todo se había decidido, la fuga, la muerte o simplemente la continuidad de una vida fuera de los márgenes de la sociedad, en soledad y en silencio, lejos de las preocupaciones mundanas, de las conversaciones ociosas y del vicio. ¿Era posible vivir así, sin ser tocado por el mal, pero sabiéndolo todo? Yo no quisiera esa vida. Lo más cercano al mal para ella había sido dejarse tocar por el marido de su hermana, desesperado, llamándola su único amor, llorando al lado de su cama mientras ella cerraba los ojos y dejaba las ondas del placer invadirla. Eso estuvo mal, fue traición, pero a final de cuentas la culpabilidad no la había torturado. El hombre había buscado, por una única y sola vez, descargar su alma sobre ella. Dejarlo había sido su combate con el ángel, su primera lucha real con el otro humano, allí, frente a ella, con su pequeñez y su orgullo desmesurado.

Volvió al faro para decirle adiós a su niñez y a su orfandad. Ante sus ojos, ese lugar se había vuelto un emblema del orgullo del hombre frente al poder de la naturaleza. El faro le pareció tan insignificante, de pie ante el fragor de las olas que desde la eternidad rompían por allí cerca. Es una lección de humildad, había dicho el chofer, con la sabiduría de un Confucio. Sí... humildad ante la derrota y ante la pasajera victoria. Se le venían a la mente los versos de Altazor en su caída perpetua desde los astros, su supremo orgullo deleznable, su lengua delirante y moderna, un texto lleno de la embriaguez de la juventud de su padre. Lo había releído allí mismo, pensando en su zozobra. *Como un barco se hunde apagando sus luces (...) en el mar antropófago*. Así se vería él, entregado al delirio de desaparecer, planificando su partida para no dejar huella alguna, para no ser encontrado por nadie, nunca. O más bien se metió al mar, dejándose llevar por él hacia la muerte. El faro había sido su hogar y no lo había repudiado. Leonor miró a través de los vidrios sucios de la ventanilla única, buscando un signo a pesar de todo. En esa estancia monacal tan lejos del lujo de su gran escritorio de madera perfumada, quizá quedaría algún marcapáginas olvidado o una foto o una carta. Nunca lo sabría. Era mejor dejar las cosas como estaban y volver a la vida, al trabajo, a la lucha.

Del hostal, Leonor se fue de frente a la estación. Nada podía ya obtener de ese lugar, las certezas y las respuestas tendría que encontrarlas sola y frente a su propio destino.

¿Tocopilla?

¡Volviste, mija! ¡Qué bueno! El Fermín no tuvo que ir a buscarte. Aquí las cosas cambian rápido. Tus hermanos mayores se van de la ciudad. Han encontrado trabajo cerca de la capital. Y ahora Fermín quiere irse a Tocopilla a vivir, dice que allá hay más trabajo que aquí... Ah, y hay un hospital, el Juan Salvador de

Dios. ¡Y están empezando a construir uno nuevecito! Eso puede ser útil para ti, Leonor. Si te quieres quedar por aquí, si no planeas regresar a Santiago, o a Concepción. Ah, sabes que la gemela rosa está nuevamente embarazada. No sé cómo habrá hecho esta vez. ¡Todo el mundo sabe —menos el interesado— que su marido es estéril desde que le dio paperas de chiquito! ¡Jajajaja! Ay, qué deslenguada eres, Lili, le respondió Leonor, riéndose a pesar de ella.

Muchos cambios, cuántos cambios y todavía más cambios. Leonor hubiera querido volver al faro y reflexionar un poco frente a la soledad contrariada del mar. ¿Te gustó ver el océano por primera vez?, le preguntó Fermín apenas la vio. Era lo que más le interesaba. Para él la muerte del padre era un hecho y había que pasar a otra cosa, la vida no espera, decía. ¿El mar? Me pareció triste. Siempre dándole y dándole a la costa, infinito y eterno. Me dio pena el faro ahí paradito frente a las olas que se repiten, me imaginé al padre sentado en su silla contemplando esa inmensidad, quizá pensando en nosotros o quizá olvidándonos. Tú eras muy chiquita para decírtelo, pero el padre se fue a Antofagasta para morir, no a buscar una nueva vida. El cierre de la empresa, todos esos trabajadores sin empleo, pidiendo limosna, eran cuchilladas en su corazón. Se sentía responsable de un fenómeno que nos venía de Europa, no era culpa suya que hubiesen descubierto una manera más barata de fabricar el salitre. Pero fue la muerte de la madre la que le dio la estocada final. Su mente buscaba cómo escapar de la vida sin molestar a nadie. Desaparecer.

¿Tú no crees en la posibilidad de que se haya ido a Valparaíso? Al parecer le contó eso a algunas personas en Antofagasta. Leonor no mencionó que había ido a un bar de mala muerte para hablar con esa persona. Sí, es verdad que adoraba Valparaíso con sus colores y agitación, allí estaban sus recuerdos de antes de mamá. No lo sé, pero bueno, ¿por qué entonces no haberse ido de frente para allá? Porque la señorita Rosita le llevó de la mano al faro pensando que allí se calmaría un poco, en la soledad y con el mar que tanto añoraba. Uy, no, vivir solo en un faro debe ser lo más difícil del mundo, respondió Leonor. Si tú vieras… es como estar frente a un espejo inmenso, al mirar el océano ves agrandado tu corazón, tu entraña, tus pensamientos desnudos. Es como hacer examen de conciencia todo el día. No creo que le haya hecho bien estar allá. No. Ese océano no era como lo había imaginado en mis lecturas, era demasiado, me sentí como perdida. Será que has nacido en María Elena, en medio del desierto… No, para mí ese océano se llevó al padre, tiene un gusto de muerte, de inhumanidad. No has debido ir sola a afrontar esa delicada situación, hablar con los carabineros, mucho para una niña como tú. Pero eres valiente y, aunque no lo creas, has salido airosa de la prueba. Deja descansar al padre, su memoria será rescatada un día u otro, o quizá nunca, pero todos lo llevamos en el corazón, no le tenemos rabia por habernos dejado… cada uno siguió su camino. Tú eres la que nos reúne a todos, Leonor, tú que has vivido con cada uno de los hermanos.

¿Mudarse a Tocopilla? ¿Cómo se te ocurrió esa idea, Fermín?, preguntó Leonor tratando de cambiar de tema. Fermín se encontraba tranquilamente en la salita con su hija en brazos y hablaba con toda franqueza y simplicidad. Leonor temía cuando sus hermanos evocaban el abandono del padre, sabiendo que era la explicación más común, vista desde fuera. Sin embargo, para ella, esa misteriosa desaparición era el fruto de un enorme sufrimiento y no de la irresponsabilidad paterna. Además, todos eran adultos, salvo ella. La menor, la más adorada, la consentida, pero también aquella que, con su nacimiento, marcó el comienzo del final de la vida feliz en María Elena. ¿Sus hermanos habrán pensado alguna vez que, si ella no hubiese nacido, la madre estaría aún viva? Era posible, pero hasta ahora nadie lo había dicho de frente. Los años habían pasado y las cosas se habían calmado. Los hermanos separados en ciudades alejadas se reunían pocas veces, casi nunca, y era Leonor quien de una casa a otra llevaba las noticias y las anécdotas. Ella era el vínculo más fuerte en esa familia que había explosionado cuando la muerte de la madre. La Lili, callada por una vez, iba y venía por la casa, haciendo sus labores sin dejar de observar a su marido, a la niña, escuchándolo todo, aprobando o desaprobando con un movimiento de cabeza o de hombros.

Tocopilla es una ciudad pequeña, pero tiene de todo. No es como María Elena, un espejismo del desierto o el fruto de la avaricia del inglés. Fermín, Tocopilla la fundó un francés a mediados del siglo diecinueve, no pudo evitar decir Leonor, siempre sabionda. En ese caso, prefiero a los franceses que a los ingleses que nos llevaron a la Guerra del Pacífico… Además, tiene un nombre de acá, de origen aymara, creo, y no el de la esposa de ese tipo de la Anglo Chilean Consolidated. En resumidas cuentas, pienso que necesitamos un cambio. He conversado bien con mis hermanos mayores —le invitaron un whisky y se puso todo alegre este Fermín, jajajaja, apuntó la Lili— y a ellos también les parece una buena idea, además hay un hospital nuevo que está siendo construido. Allá podrás encontrar trabajo, ya falta poco para que termines tus estudios… y así podrías vivir con nosotros de nuevo. Si lo deseas.

Leonor sonrió sintiendo que las angustias de estos últimos días y sus preguntas sobre el porvenir encontraban respuestas inesperadas. Pero tengo que volver a Santiago a pasar los exámenes, Fermín. Bueno la gemela celeste estará encantada, ha escrito a las cuñadas diciendo que se te extraña por allá. Mmm, no me gusta mucho que viva bajo el mismo techo que su marido el pegalón, debe estar rondando a la niña, con el instinto de sabueso que tiene. Lo mejor es que te encuentres un pololo en Santiago, mija, al menos para pasar el tiempo e impedir a otros moscardones acercarse. Ay, Lili, qué hablas, por favor, ese hombre podría ser su padre… Ay, Fermín, tú eres un alma de dios, nunca piensas mal, pero ese hombre es un peligro para cualquier mujer que ronde por ahí, y la niña está tan linda, parece una actriz de cine.

Esa noche, Leonor se acostó entre el Juan y la Carmencita. Oyendo su respirar rítmico y tranquilo, durmiendo a pierna suelta, con tanta gracia como solo los niños pequeños pueden, sintió su pecho soltar el peso grande que había arrastrado esos días en Antofagasta, como si ella misma hubiera cargado las penas de su padre antes de tirarlas al mar. Penas hechas de remordimientos y amores contrariados, de la inutilidad del hombre que es solo un peón en el juego de los ricos y de los intereses mercantiles, viudo incapaz de ver la vida sin su esposa a la que había dado sepultura enterrando todo sueño de felicidad. ¿Era hora de abandonar María Elena? Leonor siempre había imaginado que un día volvería a esa ciudad ingrata a cultivar el jardín de su madre, retomando su ambición y sus esfuerzos, como una doble de ella. Sin embargo, esa era una ilusión infantil, querer ser su madre nuevamente joven y llena de proyectos. María Elena se estaba yendo a pique como Pedro de Valdivia, su ciudad gemela construida en

1931, las dos más grandes oficinas salitreras, con una producción conjunta que sobrepasaba el millón de toneladas por año. Ambas eran experimentos salidos del desierto, campos de trabajo con apariencia de urbanidad que las arenas atacaban una y otra vez. En el fondo nadie creía que María Elena vería el año 2000. A no ser que pase algo. Todo es tan difícil de prever en este mundo. Y por fin se durmió con el sueño de los justos, absorbiendo la inocencia de sus sobrinos por la piel, lavada de sus propios defectos, liberada de sus propias ambiciones.

La casa muerta

La casa de la gemela estaba en ebullición. Cuando Leonor llegó con su maleta temblando de solo pensar cómo sería recibida, encontró todo de cabeza. Esa casa que ella había conocido tan ordenada a pesar de tanto sobrino estaba hecha un caos. ¿Qué había pasado? Nadie le daba razón, los niños estaban aún en pijama, las sirvientas corrían despavoridas, al parecer la gemela celeste se había ido a Concepción, y al marido hacía tres días que no se le veía. Leonor se sintió como en los días de agonía de su madre. Dejó las maletas en la entrada y se ocupó en primer lugar de los niños que necesitaban asearse y una voz con autoridad para calmarse. Luego, las empleadas, dar órdenes, poniendo en movimiento la vasta sociedad en miniatura que es toda casa. Desempacó en su habitación y fue a ver las tareas de los niños. Tomaron después las once, y luego vinieron los juegos y las lecciones de música y la cena y acostarlos. Por fin Leonor se sentó sola en el salón, recordando el perfil puro de su hermana en su sillón favorito con el cigarrillo humeándole en la mano adornada de anillos de colores, un perfil en medio de esa penumbra aureolada por sus cabellos rubios, como una santa del Renacimiento. ¿Santa yo, Leonorcita?, es solo una apariencia, habría dicho con su voz cascada, y todas las apariencias son y serán engañosas. Había vuelto a Santiago sintiéndose nuevamente una huérfana refugiada en casa ajena, y ahora se encontraba a cargo de la casa de la gemela. Otra desaparición, otras desapariciones, más bien. Nadie supo darle razón de lo que había pasado. No se sabía si la madre se fue primero o fue el padre. En todo caso, ninguno había dado noticias. La gemela celeste, que se pensaba en Concepción, no estaba allá, y a la gemela rosa, embarazada hasta el cuello, nadie le quiso decir la verdad para que no se preocupara. ¿Qué hacer? Por el momento, asumir el mando de la casa y esperar noticias con la esperanza de que fueran buenas.

Al día siguiente, los niños en el colegio con la barriga llena y las tareas hechas, Leonor consiguió el número del trabajo del marido de la gemela rosa. Es su amigo, debe saber algo y en su oficina tendrá la libertad de hablar que no tiene en casa. Estaba helada, en Santiago el invierno era cruel para quien venía inocentemente del norte chico con ropa ligera. Leonor se puso ropa de invierno de su hermana, un chal de lana sobre los hombros, y se dispuso a resolver el problema antes de que sus sobrinos se asusten. Ella sabía mejor que nadie cómo puede zozobrar el mundito de un niño y, en instantes, bascular en el miedo y la soledad más profundas.

Leonor, qué bueno que estés allí, llegas a tiempo para tomar la casa en manos. No sé cómo han podido llegar a este nivel de incomprensión entre los dos, ya ni les importan los niños, cada cual quiere hacer su vida egoístamente, y nada más. Ninguno quiere quedarse en casa para criarlos. ¿Te puedes imaginar qué monstruosidad? He hablado solo con él, tu hermana celeste debe estar en un hotel o ya yéndose más lejos. No quiere que él sepa dónde, teme que la... mate. Hace años que tememos que termine matándola. Leonor, sé que eres muy joven todavía, pero tengo que decir la verdad para que puedas ayudar. Lo más importante son los niños, que no sufran, que sufran lo menos posible.

El marido de la gemela rosa se había vuelto un padre ejemplar con el nacimiento de la Flora. Ser padre había sido la mayor experiencia de su vida, a partir de ese momento, su ser se había elevado moral e intelectualmente. Ya no quedaba rastro del novio patán y mujeriego que había sido. Como sabes, la ley chilena no permite el divorcio, la gemela está entrampada con él para siempre, él la tortura psicológicamente. Creo que esa situación la llevó a una solución desesperada. Ella lo amenazó con contárselo todo a los carabineros o a un médico... no lo sé bien, él es muy incoherente. La gemela celeste se lo contó a alguien importante. Tú sabes, es una mujer muy hermosa, quizá aún más que mi esposa por lo inquietante, siempre al borde. Además, fuma mucho, mientras que la otra gemela no. Bueno. Esa persona importante la va a defender, está loco por ella y la convenció de que abandonara el hogar. ¿Te imaginas? La locura total. Ella se fue con la ropa puesta y desde entonces su marido anda por la ciudad como un loco. No sé dónde duerme por ahora, pero es mejor que no vuelva al hogar mientras no esté calmado. Esto no se debe saber. Di a las empleadas que la gemela está en Concepción y vela por los niños. ¿Y si vuelve? ¿Qué hago? Estoy sola y... Apenas nazca la guagua iré a ayudarte a Santiago. Yo lo voy a llamar para decirle que estás en casa ocupándote de los niños, que por ahora no vuelva.

Leonor paso el día vagando por la casa como un fantasma, calmada por fuera, helada por dentro. Una familia que se va a pique, no hay cosa más atroz, pero ella también estaba en peligro. Si él volvía a la casa, ella no tendría defensa alguna. Y no se atrevió a decírselo a su cuñado por cobarde. ¿Por qué no le pedí que no mencionara que estoy aquí? Dio la orden de que le prepararan una cama en el dormitorio de los niños menores, con la excusa de los terrores nocturnos y las pesadillas. Así al menos estaría segura por la noche, porque cerrar las puertas no era suficiente, él era dueño de la casa y tenía su juego de llaves. Los días se sucedían lentos y temibles, Leonor sentía la espada de Damocles silbando sobre su cabeza. A pesar de oír a sus sobrinos respirando a su alrededor como un cerco de protección, dormía sobresaltada. En los días que tenía clase, iba caminando rápido y salía del brazo de una amiga sorprendida por su súbita atención, temiendo que él la siguiera. Estaba tan asustada que no se dio cuenta de que el joven del bigotito había reaparecido y andaba por ahí, tratando de entender sus súbitas apariciones y desapariciones, que tanto lo hacían sufrir. La gemela rosa dio a luz a un varón, rubio como ella, esta vez. Es como si solo fuera hijo tuyo, es tu retrato, había dicho el padre orgullosísimo. Sí, una vez te toca a ti y otra a mí. ¿Y mi hermana no me ha llamado?, preguntó la gemela rosa sorprendida. Ya llamará, respondió la suegra con la guagua en brazos, ahora mi felicidad es tal que me puedo morir.

El joven del bigotito no podía creer su felicidad, estaba a punto de partir al norte para buscarla y por fin hablarle, cuando reapareció. Pero lo hizo aún más misteriosa que antes y tan indiferente que ni se había fijado en él a pesar de que apenas se escondía. Si me mira, me acerco y le hablo. De noche siempre daba una vuelta por la casa, sonriendo al verse así, tan decimonónico, tan becqueriano paseando bajo el balcón de la amada, viendo las ventanas prenderse y apagarse una tras otra como en un lenguaje codificado que solamente él podía descifrar. Pero la Leonor estaba tan pálida y caminaba tan rápido que él se preguntaba si no se le quería escapar de las manos, o a algún otro que la podría estar siguiendo. Una de esas noches vio una sombra entrar en la casa oscura. Era alguien de la familia, tenía su llave, un hombre alto y fornido. El joven de los bigotitos se sobresaltó, presintiendo algo. El hombre desapareció tan rápido que se preguntó si no se trataba de una alucinación suya, de tanto fijar un punto en la penumbra de la calle. Leonor había oído los pasos subiendo la escalera que crujía apenas, pero sus sentidos, todos, estaban tan agudizados por el terror y la expectativa de la vuelta del dueño de casa que de inmediato abrió los ojos. Era seguro, la estaba buscando. Sabría que estaba allí, habría hablado con su amigo, el marido de la gemela rosa, entretanto. El tiempo pasó lento, lentísimo esa noche, y terminó durmiéndose de agotamiento. Al día siguiente, de regreso de sus cursos, los niños alegremente le contaron que papá había vuelto a la casa, pero había salido temprano a su trabajo. Es lo normal, ha vuelto a su casa. ¿Habrá encontrado a la gemela celeste? ¿Qué habrá pasado? En algún momento tendría que hablar con él y más valía que fuera lo antes posible.

Las gemelas rosa y celeste

¡Por fin llamó la gemela celeste!, exclamó la suegra… Ya era hora, hace tres días que nació la criatura. Estuvieron conversando largo tiempo las dos, pero tu esposa cerró la puerta y no pude oír nada. El esposo no se sorprendió ante la súbita discreción de las gemelas.

Una niña, qué suerte tienes, hermana. ¡Me dicen que es igualita a ti… o a mí! Jajaja. Sí, no pude llamarte antes; sí, las cosas han cambiado para mí y no sé aún qué voy a hacer. Estoy escondida, sí, bien escondida, felizmente él tiene muchas conocencias en los medios políticos y militares, estamos siendo protegidos por unos agentes de no sé qué. Como en las películas. Sí, pero de verdad. ¿Tú crees que él podría… matarme? Ya lo ha intentado… era un infierno esa vida con él. A veces lloraba y me abrazaba y me pedía perdón y luego, todo comenzaba de nuevo. Al final tuviste más suerte que yo en la repartición de los novios, mi querida. Yo pensaba que mi humor y el no haberlo amado nunca me protegerían, pero él sabía que yo no lo quería y me forzaba, sobre todo al comienzo, a decirle cosas. Y se molestaba porque a mí me aburría tanto su conversación; y luego intentaba dañarme, hacerme sufrir. Pero mi cuerpo y yo somos dos entidades muy distintas, las humillaciones no me afectaban, eran como un juego, un juego que terminó mal. Un día me llevó con él a una oficina y allí estaba, del otro lado del inmenso escritorio de caoba: el General. Es muy cercano al presidente Alessandri, había susurrado mi marido antes de entrar. Y ahí lo vi, como inmerso en su poder, giró en su sillón y se me quedó mirando. Yo sentí, te lo juro, que el piso se me movía. Mi marido hablaba de no sé qué… yo trataba de mantenerme digna, bien sentada con las piernas cruzadas, pero sentía las ondas que iban de ese hombre a mí y de mí a él. No sé cómo describirlo. Luego se enteró de cómo se comportaba mi marido conmigo. Creo que mandó a unos espías, o les pagó a las sirvientas, no lo sé. Estaba como loco pensando que mi marido me mataría y me hablaba de su amor, de escaparme con él, de su poder en todo el país. Y mis hijos, no me los dará jamás. Tus hijos, me dijo, ah, por ellos no puedo hacer nada. O él te los cede voluntariamente y acepta la separación, o no los volverás a ver jamás.

Ante ese dilema, dejé pasar el tiempo, empecé nuevamente a conformarme con mi suerte de mal casada. Tú te lo buscaste, me decía. Pero luego Leonor decidió irse de la casa, bruscamente, no sé con qué pretexto. Y entonces, se hizo la luz en mí. Últimamente, mi marido estaba super casero y tranquilo, iba a jugar con los niños arriba, como nunca. Leonor me dijo que lo había escuchado pasar delante de su puerta. Entonces pensé que, si era capaz de eso, era capaz de todo. Me dije, con una rabia tal que nunca había sentido, que ya no se trataba de mí, de mi cuerpo martirizado, era mi Leonor que estaba amenazada. Una niña, nuestra hermanita. ¿Querría meterse a su cuarto subrepticiamente? Creo que perdí la razón por unas horas y me fui con lo puesto a la oficina de él en el Ministerio. De inmediato organizaron algo, me llevaron a un departamento muy bonito en el centro y desde allí te llamo. No sé muy bien qué hacer ahora. Nos han informado que ha vuelto a la casa ayer, donde está también Leonor. Voy a tener que volver yo a afrontar todo esto… además, creo que estoy embarazada de nuevo. No sé bien de quién es, no…

¿Tú sabías lo que estaba pasando en Santiago y decidiste no decirme nada? Se trata de mi gemela, es mi otro yo. Lo sé, estaba por dar a luz, pero no soy una muñeca, mi parto fue de lo más natural y todo andaba bien. Bueno… ¿Que qué podemos hacer para ayudar en este embrollo? ¡Es obvio! La Leonor tiene que volver aquí, a Concepción y lo antes posible. No puede estar allá interponiéndose entre los dos, es una situación horrible para la pobre. Ellos son adultos y encontraran un acuerdo, estoy segura. Él sabe perfectamente que el General es un hombre poderoso y no se atreverá a atacarla. Ahora ella tiene que negociar con él por el bien de los niños, ¿cuántos son…? ¿cinco? No, seis, pronto siete. ¿Pronto siete? Sí, al parecer la gemela celeste está embarazada. ¿De quién? Y yo qué sé. Ella tampoco sabe, no importa quién sea el padre, lo que importa es quién cría a la guagua. Tú lo sabes mejor que nadie… mira nomás a tu hija, ¿no es la bebita más linda del mundo? Es el retrato vivo de su mamá, respondió su marido, acariciando la cabeza de la recién nacida. Es un ángel caído del cielo. ¡Ella sí! Yo no, se rio la gemela rosa, ¡ni yo ni mi gemela!

Esa noche

La casa ya estaba a oscuras cuando llegó. Leonor oyó la llave dar la vuelta a la cerradura como un golpe de martillo o el silbido de la hoja de la guillotina al caer. Empezó a bajar las escaleras hasta que lo vio en el salón a oscuras, con un punto brillante en la boca. El humo que expiraba se iba por la ventana entreabierta. Estaba tan ensimismado que no la oyó y siguió inmóvil, en silencio. Cuando notó su presencia, no se volteó a mirarla y solo dijo: Leonor, no tengas miedo de mí, no te voy a tocar… gracias por cuidar de los niños, los hemos dejado abandonados su madre y yo. Vivimos una época de locura. He caminado por las calles toda la noche pensando desesperadamente en los actos de mi vida, en mi vida miserable, en cosas que he hecho que me horrorizan, pero que los hombres hacen aquí y ahora, en esta ciudad y quizá en todas partes. Vivimos con la rabia de estar vivos, de estar incompletos, de que nadie nos haya amado nunca de verdad. Tu hermana no me ama y nunca me ha amado. Yo solo quería que mi mujer fuera bella y lo más rubia y diferente posible a nuestra raza chilena. Quería llevarla del brazo como a una reina, como a un trofeo, una cosa que encarnara mi éxito, mi lugar en la sociedad. Mi madre siempre fue una mujer sumisa. Que yo recuerde, mi padre siempre la maltrató. Se iba de la casa y regresaba al cabo de unos días, con la cola entre las patas. La quería a su manera, pero tenía vergüenza de ella, tan obediente pero tan insulsa. Decía que no la podía «sacar» a la calle o a las fiestas, que no era del tipo de mujer que un hombre como él o yo muestra a sus amigos. A los siete años me mandaron de interno donde los jesuitas para que me hiciera de un medio social. Felizmente naciste varón, me decía. De mi hermana, nunca se preocupó. La pobre se terminó casando con cualquiera para escaparse de la casa, un tipo que le levantaba la mano, también. Yo no sé cómo empecé a hacer eso. A abusar de mi fuerza. Ella me miraba con los ojos abiertos de temor, su pupila desmesurada, y yo no podía contenerme. Era eso, era así como ella me podía al menos sentir, al menos saber que yo existía. Tu hermana no necesita de nadie para ser feliz. Es simple y positivamente feliz. Su cuerpo me lo daba sin reticencias, pero no le significaba nada. No tiene pudor alguno, su cuerpo no forma parte de su ser moral. No sé cómo decirlo. La gemela rosa es igual, las dos son autónomas, no sé, seres de la luna. Yo sé que tú no eres así, eres de su sangre, pero no eres así. Te vi con los niños, tu cariño, te vi estudiar horas y esforzarte, te vi afrontar tu vida de huérfana con una dignidad tal que nunca nadie te tuvo pena.

Extraordinario. Poco a poco, me fui diciendo, ¿y si hubiera sido ella?, se le parece, pero no es de hielo como la gemela, siempre perfecta, irónica, inaccesible. Y ahora, para colmo, se enamora del tipo más poderoso del país. Ahora ella está a resguardo de mí, ya no puedo ni hacerle daño ni hacerle bien.

¿Y los niños? Ah… se van a quedar aquí contigo, por ahora. ¿Tú los puedes cuidar? Yo regresaré a la casa mientras ella no se decida a volver. Volverá, por los hijos y porque no le gusta dejar las cosas a medias. Va a afrontar la situación, estoy seguro. Además, ya no corre ningún riesgo. He renunciado a ella. He entendido que no me quiere y que todo fue un error, error que a lo mejor viene de mi padre, y quizá de mi abuelo, de un linaje de hombres cobardes, superficiales y vanidosos que no han sabido luchar por su patria como sí lo hizo tu padre, yéndose al norte en vez de seguir una carrera de éxito en la capital. Hombres como él hacen patria, construyen caminos, explotan las riquezas ocultas. Y mueren en el intento, al parecer…, dijo Leonor con una voz de hilo. ¿Eso averiguaste en Antofagasta? No, los carabineros han cerrado el caso. No se sabe nada, no hay huellas ni pistas, salvo… ¿Salvo? Salvo que se haya ido a Valparaíso… el lugar de su infancia. Siempre dijo que deseaba morir allí, frente al mar, pero no al mar del norte, sino al de Valparaíso, el puerto más hermoso del mundo, adonde llegaban todos los tesoros y partían las riquezas. Ah… y por qué no ir allá, no está lejos de Santiago. Deberías ir. Si no, se te va a quedar en la cabeza, dando vueltas para siempre… yo te puedo ayudar. Leonor se fue a dormir con menos preocupaciones, miedos, represalias, proyectos y misterios. Durmió a pierna suelta en su habitación sin oír a sus sobrinos agitarse o hablar en su media lengua.

IV

Entre Valparaíso, Santiago y Concepción

Hacia Valparaíso

Leonor no volvió a Concepción ni al norte, decidió ella sola y sin consultar a nadie quedarse en Santiago para obtener su diploma lo antes posible. Sin embargo, también decidió un viaje a Valparaíso con su hermana la gemela celeste para visitar y cambiar de aire. La Lili no estaba de acuerdo, la Leonor puede volver con nosotros y encontrar trabajo en Tocopilla. La gemela rosa tampoco estaba de acuerdo: La Leonor puede volver a Concepción, ¡todavía no ha conocido a su sobrina! Hasta las cuñadas metieron la cuchara, preocupándose por el futuro de la niña como si todavía tuviese doce años. Vamos en busca de papá, había dicho la gemela con aire decidido. Aún no me pesa la barriga, es el momento. La idea de viajar con su hermanita le encantaba y esperaba mucho de ese viaje, una tregua para con su marido y la situación de vida en común con él de vuelta en la casa. Una excitación propia de una niña en vacaciones le enrojecía las mejillas, haciéndola mucho más joven. ¡Parecemos dos colegialas de excursión!, decía la gemela celeste mientras subían al ferrocarril.

Al comienzo del viaje, la gemela hablaba mucho, contándole sus aventuras con la gemela rosa en María Elena. A pesar de que la casa no era inmensa, para nosotras era un mundo y una gran aventura ir del portal al jardín del fondo, sobre todo cuando caía la tarde y nos daban miedo los monstruos que surgían de los muros. ¿Los monstruos que surgían de los muros? Sí, estábamos convencidas de que salían voces de los muros y se reflejaban sombras extrañas. Por culpa de ellas no nos atrevíamos a ir a jugar a los depósitos como nos pedían los otros niños, o nuestros hermanos. En realidad, no nos gustaba estar encerradas o que se cerraran las puertas. Decíamos que teníamos calor para que nos dejaran una ventana abierta, rápidamente nos daba la impresión de asfixia, de estar encerradas. Quizá somos un poco claustrofóbicas. ¿Y aquí, en el vagón, no sientes angustia? No, mirar el paisaje y su inmensidad por la ventanilla ¡me abre los pulmones! Ay, hermanita, qué buena idea la tuya ir de paseo a Valparaíso, me va a hacer bien tomar el aire del mar luego de días tan… agitados. ¿Sabes? Nunca pudimos hablar a solas… quizá esta sea la oportunidad de explicarte algunas cosas. Voy a tratar de hacerte entender mi posición. Sé que tú ya lo sabes por otras personas y también por lo que has visto en la casa, y lo que te ha podido explicar él. El otro día, antes de que volviera a casa, hablaste con él, y te pidió que te quedaras con los niños mientras yo estuviera ausente. Tú aceptaste. Te quiero agradecer, es un gesto que nunca olvidaré. Yo estaba como loca y actué de manera impulsiva… Creo que por primera vez quiero a alguien, creo que en toda mi vida solo he querido a mi gemela, las dos nos hemos bastado siempre, ¿sabes? Es muy extraño. Es algo biológico. Hablo con ella por teléfono, o estamos así las dos como tú y yo y no hablamos, calladas nos miramos y sonreímos. Cuando nos casamos, la separación fue horrible, yo lloraba en las noches cuando podía estar sola. La extrañaba tanto. No extrañaba ni a la madre ni al padre, ni la casa ni el jardín. Extrañaba a mi gemela. No quería vivir sin ella. Él lo sentía y lo sabía. Me imagino ahora que sufrió. Debe haber sufrido mucho, dijo Leonor con los ojos fijos en el paisaje. Cuando uno no ama no sufre, es bien sabido, respondió la gemela celeste. Es la ley humana.

Nos casamos para salir del encierro de María Elena. Nos casamos para ver cómo era, para no obedecer a los padres, para no sufrir las miradas lujuriosas de los hombres del pueblo. Una tarde, nos rodearon un grupo de tipos, de los que trabajaban en las minas, los peones de más bajo nivel. Nos rodearon y empezaron a acercarse con sus manos mugrientas de uñas negras que ya no parecían humanas. Empezamos a gritar, pero no había nadie cerca, nos querían arrancar la ropa y tocarnos. Decían: Qué blancas son, qué suaves deben ser y esos cabellos que parecen de oro, que me maten después, no importa, y un montón de sandeces. Entonces la gemela rosa les dijo, con una calma que me heló los huesos: Si no nos tocan, solo si no nos tocan, nos podrán mirar en pelotas, pero la regla del juego es esa, se mira, pero no se toca. Y aceptaron. Se pusieron en ronda alrededor y empezamos a desvestirnos. Primero arriba, las tetas al aire. No era desagradable, hacía un sol suave y el viento estaba apaciguado. Suelten el cabello, dijo uno. Soltamos el cabello que nos llegaba hasta debajo de la cintura. Abajo, abajo, gritaban. Eran como animales, la saliva les chorreaba de la boca y se agarraban las manos unos a otros para que ninguno rompiera las reglas. Felizmente, y digo bien, felizmente, porque ya no aguantaban más, se iban a abalanzar sobre nosotras, violarnos y matarnos, nos salvó un grupo de amigos de los hermanos que aprovecharon, eso sí, para mirarnos por todos lados y tocarnos los pechos. ¡Como recompensa a su proeza!

Después de este incidente bochornoso, mamá decidió casarnos lo más rápidamente posible. Nuestras hijas son una invitación a los desmanes, a la lujuria. Estoy cansada de que vivamos siempre encerrados y con miedo de que les pase algo. Es injusto, pero es así.

De casualidad, ese año, los futuros novios vinieron a pasar las vacaciones con sus familias, familias bien, respetadas, de notables de provincia que desean que sus hijos triunfen en la capital. Cuando nos dimos cuenta, estábamos casadas las dos, el mismo día, frente al mismo cura. Mira tú cómo es la vida… pensábamos que viviríamos las dos en la capital, pero al tonto del esposo de la gemela rosa le ofrecieron un buen puesto en Concepción. Y nuestro plan se fue a la porra… Espero que no te cases como lo hicimos nosotras, por otras razones, para escapar del encierro, para no ser violentadas a dos cuadras de tu casa. Nosotras no tenemos pudor, ya lo decía mamá, estas se calatean delante de cualquiera, siempre han sido así, muy naturales… pero el mundo no está hecho para ellas. No todavía, decía también. Bueno, cásate por las buenas razones, las que deben ser. No sé, como dicen en las novelas. Porque la pasión te desborda, porque amas a ese hombre más que a ti misma. La gemela no podía impedir que sus carcajadas le ahogaran la voz. No sé, para tener hijos. Esas razones, las que todo el mundo considera válidas e innegables, y que tienen fuerza de ley. ¿Cómo me miras, hermanita, te escandalizo? Este mundo está hecho para dar lugar primordial y satisfacer al hombre. Nada más, las mujeres tenemos que colmar brechas y, de manera muy sutil y discreta, lograr hacer lo que nos da la gana. ¿Entiendes? Y tampoco esperes demasiado, son humanos como nosotras y están llenos de defectos y de virtudes. Fíjate en mi esposo, exesposo. Nunca pensé que reaccionaría así, tan bien, tan calmadamente.

Me dijo: Lo que tú quieras mientras los niños estén bien. Él, que nunca les daba más de dos miradas seguidas... También ha cambiado. Me dijo que ya no me ama. Increíble. Estaba segura de que me amaría siempre, torturada, dolorosamente, como era su manera. Pero no, ya no me ama, me dijo marcando las palabras. Porque no puede seguir amando en vano a quien nunca lo ha amado. Pero lo dijo con tal calma y elegancia que casi lo abrazo: Mi cuerpo está enfermo, acepto tratar mi enfermedad antes de poner la mano sobre cualquier otra mujer.

Qué lindo está el paisaje... Nos acercamos al mar. Lo siento en el aire, me pica la nariz. La gemela celeste bostezó como un gato, estirándose cuan larga era. Se quitó los zapatos de taco, se miró en un espejito minúsculo que llevaba en la cartera, también minúscula, se retocó los labios y pensó: El embarazo me va muy bien, mira cómo tengo la piel, ¡parezco de quince años! Ah, también le dije, le anuncié, más bien, el embarazo. Me miró largamente, fumando un enésimo cigarrillo. Sé que no es mío, pero si no estás en contra, lo reconoceré, así podrá crecer tranquilamente junto a sus hermanos. Ser bastardo en Chile es una maldición. Qué sociedad hipócrita. No pude dejar de darle las gracias... ¡imagínate la escena! ¡La mujer adúltera hablando con el esposo cornudo como con una buena amiga! Jajaja... Cornudo, sí, dijo Leonor, pero no hay que olvidar que era un marido violento. Todo lo que te ha hecho. No te olvides por qué razón lo engañaste, ¿no? Ay, Leonor, las cosas son siempre más complicadas de lo que parecen. Yo a él nunca lo amé, era solo el tipo que mantenía la casa, y cuando llegaba, nos sentíamos cohibidos todos, hasta las sirvientas. ¡Eso no era vida! Y sí, me pegó y trató, de todas las maneras posibles, de humillarme. Pero yo soy inmune a las humillaciones masculinas, tan de grupito, tan de amigotes. Para mí, humillante es otra cosa, es estar sin salida, pensando y pensando sin llegar a una solución. El General me dio la solución y la protección, rompió el círculo de mi propia autosatisfacción, me fue verdaderamente útil. Por ello sentí que entablaba una alianza con él, que espero termine en enlace. No quiero vivir entre dos casas para siempre. Pero tú, Leonorcita, tienes un verdadero futuro por delante. Y después de este viaje, en memoria de papá, tienes que tomar las riendas de tu vida.

Leonor se quedó pensativa viendo pasar túneles y montañas, cielo y nubes, rayos de sol potente, aves cruzando de un lado a otro de la ventana, algunas casas, caballos, vacas, un par de novios, como en los cuadros de Chagall. Los campesinos que levantaban la cabeza para ver impresionados pasar a la máquina moderna que avasalla todo a su paso, transformando las aldeas en pueblos y los pueblos en ciudades, moviendo mercancías y riquezas, así como libros, objetos de lujo y viajeros de todo tipo. El mundo se abría y se achicaba gracias al ferrocarril. Pensó en el destino trágico de Ana Karenina, personificado en el ferrocarril, y tuvo miedo por la gemela celeste que se había quedado dormida con las manos sobre el regazo, como protegiendo esa nueva vida por venir a este mundo de locos. Yo misma aún no sé quién soy ni qué quiero. De pronto, le pareció ver al joven del bigote fino reflejado en el vidrio y se le aceleró el corazón. Estoy desvariando o qué, se preguntó, enjugándose la frente. Es el colmo que lo vea así, por todas partes, sin saber ni quién es. Creo que ya no me sigue, o será que no he prestado atención con tanta preocupación por el hogar de mi hermana. Por ella y por su marido, que ya no lo es. No te tocaría ni con el pétalo de una rosa, había dicho, expulsando el humo al mismo tiempo por entre los labios. Sé que estoy enfermo, tengo que curarme. No volveré a alzar la mano sobre ninguna mujer nunca más, para mí todo está anudado, el amor, el terror, mi amor está contagiado de muerte, es casi un culto a lo que se puede destruir en un ser humano para poseerlo, para ingerirlo casi. ¿Tú que eres enfermera, podrás ayudarme? Tomar un caso, un problema entre manos y tratar de resolverlo. Oír a un ser humano gemir y gritar, pero luego, calmarlo y escuchar su verdadera voz, venida de lo más profundo. Ese camino es el que debe seguir quien desea sanar. La Leonor averiguó entre sus profesores y pudo darle la recomendación de un médico a su cuñado. Es un discípulo de Freud, le había dicho una de sus compañeras. ¿Quién? Freud, el famoso psicoanalista de Viena. Ah. Entonces Leonor había decidido leer sus libros y sobre todo dedicarse a curar las mentes más que los cuerpos. ¿Qué especialidad escogerás, Leonor?, le habían preguntado: Psiquiatría.

Paseo por el puerto

¡Qué diferencia con la impresión que le había dado el océano en Antofagasta! Aquí en Valparaíso el mar era como un collar de luz que rodeaba a la ciudad, colorida y agitada, la cual recibía los dones del puerto y los repartía al país como en una eterna fiesta. La ciudad agarrada de la pendiente era una multitud de fachadas de colores que de lejos parecían un decorado liso alzándose hacia el cielo. ¡Cuánta gente, cuánto barullo!, decía la gemela celeste, sonriendo como una niña. No me sorprende que papá haya extrañado su vida aquí, tan alegre, tan costera, cuando vivíamos en medio de la nada en María Elena. Vamos a dejar las maletas y salir a pasear. Quiero respirar esta ciudad increíble. Leonor se dejaba llevar por la mano de su hermana, observando a los paseantes con la ilusión de ver la silueta de su padre deslizarse en medio del gentío. Pero nada, muchas familias, niños, parejas, marineros, comerciantes, perros, y ninguno tenía el aire ensimismado del padre cuando caminaba con las manos tras la espalda, lanzando hacia adelante el busto y las largas piernas. ¿Cómo lo vamos a buscar?, no tenemos por dónde empezar. Es que el viaje se decidió de repente. Para todos sus hermanos ir a Valparaíso era el último capricho de la hermana menor antes de que empezase su verdadera vida como enfermera diplomada. Pero, para Leonor, era el último de sus intentos para encontrar la pista del padre o al menos estar allí y ver ese lugar que, desde su infancia, tanto le había fascinado.

Cuando llegaron al hotel, en el *lobby*, Leonor se encontró cara a cara con el joven del bigotito. Lo reconoció enseguida, y se detuvo sorprendida delante de él. Su hermana lo miró a su vez. ¿Quién es Leonor? Déjeme presentarme, señora, soy Antonio Vega, periodista radial y, a mis horas, administrador de una compañía de teatro itinerante. Estoy aquí en calidad de acompañante y guía, su señor esposo me indicó en qué hotel se estaban quedando… o puedo ayudarlas en su búsqueda, como periodista conozco mucha gente aquí, tengo contactos y relaciones con la policía y el puerto. Puedo serles útil. Debe ser el General que nos ha mandado a esta persona, el servicio secreto o algo así, le susurró a Leonor la gemela celeste. Ella asintió. Las espero aquí mientras se acomodan. Uy, yo que no le había dicho que viajaba contigo aquí, ¿cómo se habrá enterado? El General es una de las cabezas de la PDI[1], sabe todo de todo el mundo en Chile, qué nervios, ¿no? Pero nos puede ayudar a averiguar si papá estuvo o pasó por aquí en su huida. Nuestro papá no huyó, respondió Leonor con tono serio, solo tomó las riendas de su vida. Sin pensar en nosotros. Sí, solo pensó en él, en cómo volver, quizá. Pero nunca volvió. Algo debe haber pasado. Estoy segura de que vamos a entender algo aquí en Valparaíso.

¿Pero de dónde sale ese tal Antonio Vega, o el del bigotito? ¿O me habré equivocado? Las ideas en su cabeza daban vueltas tratando de encontrar una explicación racional y plausible para esa aparición. Lo más lógico era pensar que no se trataba del mismo hombre del bigotito, pero era idéntico y además se notaba que estaba allí por ella. ¿Habrá sido el esposo de la gemela celeste quien le habrá dicho dónde encontrarnos? Todo parecía irreal en esta ciudad como de cuento o de película norteamericana. Leonor se sentía ligera en su vestido de volantes, como su hermana, y con sus tan cómodas sandalias de cuero sin tacos. En su cuarto, separado del de su hermana —cosas de ricos—, había una bañera inmensa de mármol, un salón más grande que el de la Lili y un pequeño balcón con vista al mar. ¿No se habrán equivocado de cuarto? Este debe ser el de mi hermana... Leonor atinó únicamente a lavarse los dientes con mucha convicción, sacar su pijama de la maleta y pasar un cepillo por su cabello. Su hermana le tocó la puerta. Vamos, me muero por ver la ciudad. El chico del bigotito nos está esperando, el pobre... Bajaron en un ascensor lleno de espejos, escoltadas por un ascensorista que les abrió la puerta corrediza que protegía a los pasajeros. Salieron del hotel y, caminando de la mano con su hermana que todos miraban al

1 PDI: Policía de Investigaciones de Chile.

pasar, Leonor se sintió una princesa de cuento: acariciada por la dulce luz de la notoriedad, del reconocimiento social por primera vez. Aunque le tocase el lugar de la luna, astro que recibe la luminosidad del sol, que era su hermana, no le importaba. La luna es más misteriosa que el sol, más secreta y más hechizadora. A Leonor no le gustaba ser el centro, prefería observar desde una posición estratégica. Pero esa tarde viendo a Antonio voltear a mirarla con una expresión de adoración y de miedo, se encontró en el punto de mira por primera vez y sin ninguna aprehensión...

Empezaron yendo al puerto. Los chillidos de las gaviotas les explotaban los tímpanos, mientras una brisa suave y cálida les acariciaba las piernas desnudas, haciendo danzar sus faldas amplias de volantes. Las dos hermanas reían con cualquier comentario serio del joven guía que se sonrojaba como un adolescente. ¡Quién me viera y quién me ve!, pensaba. Yo que era un galán, el del corazón inaccesible, frío y seductor, ¡parezco un jovencito enamorado por primera vez! Como pueden ver, señora y señorita, esta es una ciudad floreciente, uno de los principales puertos del mundo, muy conocido por sus fachadas de colores y la alegría de su gente. Todo aquí es empinado y las callejuelas las pueden llevar al abismo, al peligro de ciertos barrios de mala fama o a plazas y puntos de vista encantadores. Arriba, muy arriba, está la cárcel. Se dice que de allí se tiene la más bella vista de la ciudad y del mar. Y la casa de Sebastián Collado, ¿dónde queda?, preguntó de inmediato Leonor, atenta de golpe, como un galgo que ha olido a su presa. ¡Ah, la señorita sabe mucho! Se trata de la casa con la vista más bella de Valparaíso. Es un español, todavía la está construyendo con sus manos. Una casa empinada sobre la pendiente pequeñita y con una terraza que es como estar a un pie del acantilado, con el mar al alcance de la mano. Sí, en la poesía de Neruda hay muchas imágenes ligadas al mar, *mar boca lluviosa de la costa fría*... Como nació en Temuco, cerca de un océano muy salvaje, este mar casi mediterráneo le ha de seducir. En efecto, señorita, los poemas de amor de Neruda gustan mucho a las damas y a los enamorados en general. Mmm..., dijo Leonor, a mí gusta leer su poesía por ser poesía, no veo porque se deba leer poesía solo cuando se está enamorado... Claro, señorita, tiene usted razón, es un poco simplista de mi parte reducir...

El ruido del viento y de las olas, la luz transfigurada a su alrededor hacía que las palabras se volvieran vanas apariencias, como hojas secas perdiéndose, se iban apagando, dejando la sola belleza del espectáculo ante ellos.

Leonor, de la mano de su hermana, olvidaba sus preocupaciones, los pensamientos oscuros que rodeaban la figura de su padre, que se le antojaba como uno de esos niños que jugaban en el puerto, en la arena, paseando o recogiendo algas o caracolas de mar, admirando la furia de esas olas que parecían llevárselo todo, penas y alegrías humanas, tan pasajeras. Leonor se sentía liberada de la misión que ella misma se había dado de encontrar al padre y poner punto final a esta larga historia de errancia que contaminaba a toda su familia. Un puerto es una abertura al infinito del mundo. No me gusta eso, como no me gustó el faro solitario de Antofagasta. Yo quiero una casa bien amarrada a la tierra, con un árbol muy alto y un jardín como el de mamá. Cuidar un jardín te obliga a dejar de rodar y fundar un hogar. Vamos a caminar un poco por la ciudad, perdernos por esas callecitas tan misteriosas que hacen de Valparaíso un lugar famoso mundialmente. Se alejaron poco a poco del mar, subiendo incansablemente por escalerillas y veredas cada vez más empinadas. Mi hermana está embarazada, aunque no se note todavía, hay que avanzar despacio. Estoy bien, dijo la gemela, atando su cabellera en una trenza para que no se siguiera enredando su fino cabello con tanto viento. ¿Nos podemos sentar en ese café un momento…? Por supuesto, señoras, sentémonos aquí.

La placita con sus cuatro bancos y su único árbol poseía el encanto de un pequeño valle escondido en la montaña. Desde ahí no se oía el vahído del océano y los ventarrones decaían de golpe. Los tres estaban como embelesados, bebiendo en silencio una cerveza fresca. Leonor había dicho que no tomaba nunca, pero la gemela la había obligado, diciendo: Este es el lugar y el momento ideal para tomarse una cerveza fresca, te lo dice tu hermana mayor. Algún día te acordarás de este momento, estarás quizá lejos de Chile y te dirás, felizmente que me tomé esa cerveza fresquita con mi hermana y… ¿cómo dijo que se llama usted joven? Antonio, señora. Antonio Vega. Y con el señor Vega que tan gentilmente nos sirve de guía. ¿Mi esposo fue quien lo mandó a cuidarnos? ¿O fue el General? Señora, no se lo puedo decir ahora, es confidencial. Bueno, bueno, no importa. Leonor está contenta de que usted esté aquí. ¿No, querida? Leonor enrojeció de la alusión y se hizo la loca, diciendo, tienes razón hermana, esta cerveza está deliciosa. Me ha quitado el sabor salino de la boca, qué refrescante. Así es, Leonor, frente al mar lo mejor es una cerveza, aunque no sea muy elegante para una dama.

Vayamos un momento al hotel para descansar un rato, gimió la gemela. ¡Estoy con ganas de echarme una siesta! El bebé está comiéndose toda mi energía. Ustedes pueden continuar solos, si les apetece. Leonor miró a Antonio que le suplicaba con los ojos. Claro, te acompañamos al hotel y luego seguimos el paseo. ¿Por qué no?, pensó Leonor, estamos en Valparaíso… ¡La ciudad mágica! Antonio empezó a contarle de su trabajo de periodista de espectáculos, cómo había ayudado desde muy joven a su tío, quien administraba una compañía de teatro itinerante. Un periodista tiene sus entradas en donde sea. Las autoridades nos temen un poco, pero también se puede terminar muy mal en la cárcel o con una costilla rota. Aquí, en Chile, los gobiernos nunca han sido tolerantes frente a la crítica o la conciencia ciudadana. Este no puede ser que trabaje para el General, pensó Leonor. Y en cuanto a la presunta desaparición de su padre, he estado averiguando… estoy prácticamente seguro de que no se enroló en ningún barco, no hubiera sido aceptado con su estado de salud. Quizá consiguió un trabajito en el puerto, pero nadie con ese nombre figura en las actas. Pero si se quedó aquí viviendo de cachuelos, va a ser muy difícil encontrar su pista. Señor Antonio, lo que más nos preocupa es su soledad… Entiendo, señorita Leonor. Va a tomar más tiempo averiguar a fondo, en los diferentes barrios, no creo que encontremos información con los carabineros, pero igual lo voy a intentar. Gracias, no sé por qué está haciendo esto, se lo agradezco de corazón, siempre he estado sola en esta búsqueda, ninguno de mis hermanos cree que esté aún vivo y no quieren enterarse, quieren seguir adelante como si nada. Pero no es posible, si no llegamos a saber qué pasó, no podremos construir vidas normales, ni para nosotros ni nuestros hijos, nietos… La entiendo bien, yo mismo busqué por todos los medios conocer a mi padre, que muy enfadado con mi madre por razones que le contaré en otra ocasión, no me había podido ver crecer. Publiqué un anuncio en el periódico buscándolo, para mí era vital estrecharle la mano y mirarlo a los ojos, nada más para poder seguir mi vida. ¿Y respondió? Respondió, sí.

Esa tarde fue mágica, inmersos en la luz sonrosada que reflejaba el mar, se desdibujaban las formas de los objetos y las personas, logrando que todo tuviera un aire irreal donde ellos, los únicos que tenía el peso y la consistencia humana, avanzaban como en un sueño. Leonor sabía que era un tiempo contado, que ese hombre, regalo del destino, que la miraba con admiración, parecía entender sus angustias como nadie. Ella le hablaba sobre María Elena y él no se aburría, le pedía más y más detalles de ese lugar salido del desierto, como un espejismo, producto de la codicia de los hombres. Él, que era de Santiago, se sentía transportado a ese gran norte, que era casi como otro país y daba de vivir a muchos en el territorio. Tengo que ir a visitar María Elena antes de que no quede nada de esa vida de la que me habla tan bonito. Estoy seguro de que un periódico importante como *El Mercurio* puede interesarse en un reportaje allá. Y seguían conversando de todo y de nada, como si se conocieran de siempre, sin mencionar nunca la circunstancia extraña o adversa que los había llevado allí, y si era él o no el joven del bigotito que la seguía desde hacía meses. Aquí somos libres, nadie nos conoce, aquí nada es como en el resto de Chile, este puerto es como una ciudad del Caribe, hay color, hay alegría, hay multitud de gente de todos los horizontes. Los barcos llegan y se van, con mercancías increíbles que se intercambian como en la época de los piratas y corsarios. Me hace soñar ese mundo ahí afuera que bulle y nos llama. Quisiera poder simplemente subir a un barco, seguir la costa y escoger donde desembarcar para buscar mi destino. Hoy podría comprar un pasaje y partir. ¿Es increíble, no, señorita Leonor?

Leonor lo miraba pálida, oírlo era escuchar el delirio del mar sobre las olas. ¿Qué significaba esa loca llamada del horizonte sobre ciertos hombres? Para ella, por el contrario, ese mundo que desembocaba en un puerto significaba la desazón total, y cualquier desprevenido lleno de sueños grandiosos como Altazor podía caer al vacío. Leonor dijo que deseaba volver al hotel, pensando en refugiarse en su cama con un buen libro. Ella, que había devorado tantas novelas de aventuras, de viajeros, piratas y galeones, deseaba otra cosa para su vida, necesitaba encallar en una tierra que le proveyera de todo lo que necesitaba. No quería suelos movedizos, pero sentía también la tentación de la errancia heredada del padre que salió del hogar caminando hacia la costa, en pos de la inmensidad… *Todo te lo tragaste, como la lejanía, como el mar, como el tiempo. Todo en ti fue naufragio.* Volvamos al hotel, señor Antonio, por favor.

Leonor pidió su llave y entró en el ascensor, despidiéndose apenas de él y sin voltear la cabeza. Se sentía agotada, asediada de imágenes, de palabras, viento y sol. Quizá se había insolado. La cabeza le dolía, tenía sed, sueño y malestar… todo enrevesado. Solo ansiaba sacarse los zapatos, echarse en la cama inmensa llena de cojines y desaparecer.

Nuevamente en el *lobby* del hotel, Antonio se quedó plantado, solo, sin entender qué había hecho mal. Por qué se le había ocurrido contarle tantas sandeces, lo de su padre… habrá pensado que era un bastardo. Sus sueños de filibustero a la moda santiaguina la habrán asustado, sobre todo teniendo en cuenta que lo más probable era que el mar se hubiera llevado a su padre, por ahogo o por medio de un barco mercante. ¡Pero qué idea absurda se me metió en la cabeza! Un instante, la había sentido tan cerca que se imaginó poder contárselo todo de golpe, sus ambiciones, sus penas y temores, y se le fue la boca. Qué estúpido fui… Ahora me debe tener miedo, o lo que es peor, pena.

La mala estrella

La gemela celeste entró hecha una tromba en su habitación, con el cabello despeinado y sin zapatos. ¡Tenemos que volver a Santiago, de inmediato! Han llamado del hospital, él me había amenazado alguna vez con hacerlo, pero nunca le creí. Estaba tan tranquilo cuando hablamos la última vez… No puede ser. Leonor no entendía nada, pero temblaba de cuerpo entero sintiendo aires funestos nuevamente en sus vidas. ¿Qué pasó? Ha intentado matarse, ha intentado matarse esta mañana en su oficina. Está entre la vida y la muerte. Hicieron las maletas como pudieron, luego estaban en un taxi y después sentadas en el tren. El viaje parecía eterno, la locomotora avanzaba y retrocedía, serpenteando para evitar escollos y montañas. Ambas miraban fijamente la ventana, sin ver desfilar el paisaje ni entender nada, entumecidas por el terror de perderlo.

La gemela celeste se puso a hablar sola. Yo siempre se lo dije, no te quiero, no te quise nunca. Me casé contigo para escapar de ese hueco perdido del mundo, de María Elena, solo para salir de allí y poder respirar. No sé si él me amaba, tal vez al comienzo, pero al menos lo intentó. Su violencia era también la mía, por no poder comunicar, ir más allá de la apariencia del otro, de sus barreras, llegar a su alma. Y los embarazos se repetían, uno tras otro, mi cuerpo se tensaba y paría, sin dolor. Él me decía, es increíble, estás exenta de la maldición bíblica, ¿no serás un pequeño demonio suelto por el mundo? Yo me reía, sabiendo que jugábamos con el mal que circula entre la gente. Yo y la gemela rosa siempre pensamos que éramos como brujas o hadas, adivinábamos fácilmente el pensamiento una de la otra, no éramos normales. Madre lo sabía, le dábamos cosa… como un resquemor, un cierto asco, como tocar una serpiente. En cambio, tú eras una bebita toda de crema y de miel, las manos se nos iban, daban ganas de acariciarte y besarte. Una verdadera guagüita.

A veces pienso que, si se hubiera casado con una chica normal, no se habría vuelto tan violento, habría sufrido menos. No es culpa tuya, logró musitar Leonor en medio de su enorme lasitud. Le latían las sienes y le quemaba la boca reseca, deseaba deslizarse del asiento y echarse cuan larga era, pero se retenía y su malestar aumentaba. Qué será lo que me pasa, pensaba, habrá sido el viento en el puerto. Estoy enferma. La gemela seguía su perorata, los ojos fijos en la nada. Si lo hubiera querido… no estaríamos en este vagón volviendo como locas a Santiago. Sus padres deben estar a su lado, deben maldecirme como lo hicieron desde el principio. Así es la gente decente, Leonor, los que siempre están del buen lado, del orden y las buenas costumbres. Esa gente nos mira con horror, somos el vacío bajo sus pies. Todo en nosotras era demasiado. La gemela rosa tuvo más suerte, su suegra la aprecia y la protege del qué dirán. Mis suegros solo piensan en no perder su lugar, en esta sociedad no es fácil, lo sé. Una mujer excesivamente bella atrae las miradas y los problemas, dictaminó mi suegra cuando me vio por primera vez. Su dicho preferido es: Hay que ser y parecer. Pero ¿quién sabe lo que realmente eres? Ni tu marido. Si quiere saberlo todo, suegra, le dije una vez, tengo una cola de sirena que aparece solo los domingos cuando sale la luna. Me estaba burlando de ella, pero me miró horrorizada. A mis hijos los quiere menos que a sus otros nietos porque brotaron de mi cuerpo «abominable».

¿Ella cree de verdad que eres una quimera?, susurró Leonor con un hilo de voz. ¿Una quimera? Qué bonita palabra, tú siempre tan culta y educada… Sí, eso soy. Él siempre me decía, no te entiendo, dime qué puedo hacer y lo haré. Y yo me reía, era tan cómica la situación. Un hombre que te pega y luego llora, te pide perdón y te dice que no sabe cómo entenderte. Prefiero que me pegues, le decía yo, al menos es un acto franco y directo. Así me quieres tú, le decía, solo por la fuerza, solo violentando. Felizmente que, aunque soy flaquita, estoy hecha de acero, no podrás jamás alcanzarme, tocar mi ser profundo. Esto es solo carne, le decía yo antes de mostrarle mi cuerpo lleno de moretones, yo no soy mi cuerpo, yo soy mi cuerpo, pero también soy más. Mi otra mitad está en Concepción, lo sabes ¿no? Te lo advertí antes de casarnos, y la gemela rosa se lo dijo también a su marido. Aceptar y amar es difícil, Leonorcita, tienes que saberlo. Uno, al querer entender al otro, se desespera en el intento. Es mejor aceptar, bajar la cabeza y amar solamente. Si no eres capaz, quédate solterona como la señorita Rosita, ella decidió bien, y eso que, en Santiago, apenas empezó a ser un buen partido, se le aparecieron muchos pretendientes…

Nuevamente Rosita

Cuando aún buscábamos al padre por todos lados, nos veíamos más seguido con Rosita. Ella vivía cerca de mi casa y me acompañó mucho durante mi primer embarazo. Venía con algún regalito y nos quedábamos conversando largo y tendido, sobre María Elena y los últimos años del padre. Fue bueno. Gracias a ella entendí cosas que no puedes entender cuando eres pequeña, cosas demasiado humanas de tus padres que, ante tus ojos de niña, son seres perfectos. Y ella me las contaba tal cual eran, con sus grandezas y sus virtudes, pero también sus fallas. Sobre todo, padre. Madre siempre será un enigma para mí, tan perfecta, tan lejana, tan luchadora y esforzada. ¿Qué tendría en la cabeza todos los días? Llevar a buen puerto su barco, organizar su casa como un mundo, velar por el bienestar de todos, siempre, cada día, ¿cada hora? ¿Amaba al padre o él la amaba más, como dicen todos? ¿Por qué se decía eso en la ciudad? En fin… Rosita me contaba la desesperación del padre al ver la salitrera cerrar, los trabajadores abandonados por la casa matriz en Europa. Razonaba más como sindicalista que como patrón. Rosita lo amaba desesperadamente, con un amor no correspondido y completamente desinteresado. No me lo dijo así, tal cual, pero me lo dio a entender. Yo, por su padre, hubiera hecho lo imposible, decía, él me lo enseñó todo, en cierta manera hizo de mí la que soy. Y cuando en el trabajo alguien me felicita, pienso en él, me digo, gracias a usted estoy aquí y puedo ganarme la vida. Todavía me pasa que sueño con él y tengo la sensación de que está ahí. Entonces, al día siguiente, llamo a los carabineros de Antofagasta para insistir en el curso de la investigación, y siempre me responden lo mismo, no hay huella de él, no hay testimonios, no hay ningún indicio nuevo. Hasta que cerraron el caso. Rosita, pragmática como buena mujer de negocios, aceptó, pero no se resignó, por eso contrató a un detective privado y hasta ahora sigue buscando, Leonor. Lo va a buscar hasta que lo encuentre.

Leonor la escuchaba con los ojos entrecerrados, recostada en la butaca, como una niña escucha un cuento. Embriagada por la fiebre, su conciencia flotando sobre el cuerpo, se veía a sí misma y a su hermana desde arriba, la cabeza dorada de la gemela celeste apoyada en el vidrio de la ventana, ella sobre el asiento, las mejillas rojas. Rezo para que no se muera, decía la gemela, juntando las palmas de sus manos, que no se muera, sería terriblemente injusto. Nunca podré vivir en paz si se muere así. Cuando pienso en lo contentas que estábamos en este mismo tren de ida. Nos reíamos y conversábamos como dos colegialas de vacaciones… qué tristeza ahora, qué zozobra… los niños no saben nada todavía… ¿tú podrás ir a casa con ellos?, yo iré directo al hospital. Uy, Leonor, creo que te ha dado insolación, estás roja como un tomate. Tienes que beber mucha agua. Sí, así. Ten, toma una aspirina. ¿Dónde te llevó el joven del bigotito? ¿A la playa o qué? Ni siquiera nos hemos podido despedir del pobre. Te miraba con ojos de carnero degollado. ¿De dónde habrá salido? Se le ve inteligente, educado, vivaz y lo más probable es que obtenga lo que quiere de la vida, ¿no? La gemela celeste cerró los ojos por un instante. Leonor pensó, va a llorar, pero solo respiró hondo y se mordió los labios. No es momento de dejarse llevar por la desesperación. Hay que hacer frente.

El tren se acercaba a Santiago y ambas sentían que había algo definitivo en ese viaje trunco. Hubieran podido pasar un periodo juntas, un tiempo despreocupado y al aire libre. Valparaíso quedaría en sus memorias como otro lugar perdido de la infancia y la adolescencia, el de las amistades femeninas, ebrias de conversación y de risas tan breves, tan intensas. Con sus últimas fuerzas, Leonor llegó a casa de su hermana, los niños le hicieron fiestas, contentos de verla. Su mamá está por llegar, no se preocupen. Se pasó el día esperando que sonara el teléfono. Luego de acostar a los niños, se sentó en el sillón del salón donde fumaba su cuñado y esperó con la cabeza hecha fuego. El efecto de la aspirina había pasado hace horas. Quizá se quedó dormida en el acto, quizá divagó un poco, pero cuando abrió los ojos, era de día. Debía ser muy temprano, ni las sirvientas estaban despiertas. Leonor subió a su cuarto y se dejó caer en la cama sintiendo que le dolía cada músculo de su cuerpo. Su mente vacía de preocupaciones y recuerdos se dejaba deslizar hacia la inconsciencia.

El joven del bigotito

Todo había ido tan bien. Estuvo con ella, a solas, y sintió que le correspondía. Al menos lo miraba con atención, lo escuchaba, y al final le contó también cosas suyas, recuerdos, miedos, deseos. Si Antonio lograba encontrar el paradero de su padre o al menos alguna pista, ella le estaría tan agradecida. Pensaba que la suerte le había sonreído y, brutalmente, el castillo de naipes se había derrumbado. Cuando volvió al hotel, supo que se habían ido precipitadamente, una llamada, una mala noticia, algo familiar, un accidente. En el hotel no pudieron darle más razón. Leonor se había marchado a Santiago con su hermana y él se encontraba entrampado en Valparaíso. Al menos podré seguir investigando ya que estoy aquí. Todo había empezado como un juego, como en las películas, una mujer lo había contratado para seguir a una joven misteriosa. Antonio se había sentido como un detective de película americana. Aceptó, era buena plata, pero nunca se imaginó que terminaría enamorándose como loco de aquella a la que tenía como misión proteger y espiar. La empezó a seguir por las calles de Concepción, era una estudiante más, con falda a la rodilla y zapatos bajos. Poco a poco se volvió una figura familiar, podía distinguir su porte entre mil. Leonor era una persona retraída, tenía pocas amigas o ninguna. Su hermana era una mujer de belleza despampanante, una de las figuras a la moda en la ciudad. Salía en la sección Sociales de las revistas, pero Leonor nunca. Iba y venía de sus clases, nada más. Él se quedaba lejos, observándola hasta conocer de memoria sus gestos y movimientos.

Luego apareció otra hermana en Santiago que resultó ser la gemela de la hermana de Concepción, idénticas como dos gotas de agua. Igual de hermosas, con la cabellera rubia y un cuerpo delgado y flexible. Ambas muy elegantes, llevaban sombrero y guantes, joyas y estola de piel. Leonor a su lado parecía tan natural, tan sencilla que a él el corazón le daba un brinco. Era la belleza nata y sin afeites, tal cual también la inteligencia. Antonio había visto sus notas y hablado con sus compañeras, quienes no la apreciaban, a pesar de no tener queja de ella. Es muy reservada, no se junta con nadie, es la mejor de la clase, viene del norte, de un lugar perdido en Atacama. No sabemos cómo es que tiene ese nivel… Luego, sin que él supiera la razón, Leonor se fue a vivir a Santiago con la gemela celeste, y él la siguió. En Santiago fue más fácil seguirla discretamente, él conocía perfectamente su ciudad y había más gente con la que mezclarse. Su patrona, que le daba instrucciones por teléfono, pidió que se fijara en el cuñado que tenía fama de violento. Entonces Antonio sufrió más con la distancia que debía respetar hacia Leonor. Cuántas veces quiso acercarse, hablarle, como de casualidad, soñando al menos con saludarla.

Antonio se dio cuenta de que el esposo de la gemela se había puesto a seguir a Leonor, y lo más probable era que descubriera que él también lo hacía. Fue un momento muy confuso. El esposo la esperaba a la salida de las clases, pero no se acercaba, y luego le daba el encuentro en la puerta de la casa. Antonio sufrió de los celos como un turco al pensar en que eran amantes. ¿Cómo una jovencita así podía caer en los brazos de un seductor profesional como ese tipo que era además el esposo de su hermana? Antonio no lo podía creer. Era imposible. Sin embargo, se quedaba toda la noche de pie en la calle frente a la casa atento a cada luz que se encendía y apagaba, como si su presencia allí pudiera evitar que pasara lo peor. La gemela celeste desapareció —¿estaría en Concepción con su hermana?—; a su vez, el marido empezó a dormir en su oficina, y, para colmo, Leonor regresó abruptamente a María Elena. Antonio seguía escribiendo sus informes con tono oficial y sin tomar partido ni interpretar, dejando ese aspecto a la mujer que lo había contratado. Últimamente, pese a que le siguiera pagando, le pedía menos información, pero él afanosamente continuaba con su tarea, ávido de saber más de ella, de su familia y de los impulsos que los movían a todos, como en orquesta, hacia un objetivo: descubrir el paradero del padre, o no descubrirlo.

La escapada a Valparaíso había sido un regalo del cielo. Por primera vez, Antonio tenía permiso para acercarse a su presa y proponer su ayuda. Ellas van a pensar que «otros» te han mandado allá, había dicho la que llamaba su «jefa». Es más simple acompañarlas para cuidarlas que estar escondido por las esquinas. Además, estoy segura de que la gemela celeste se daría cuenta al instante si la siguieran. Por eso, las vas a esperar en el *lobby* del hotel y a presentarte como guía y protector. Gánate la confianza de Leonor, la vas a necesitar. Todo había sido como un sueño, ese paseo solo con ella, felizmente la gemela celeste se cansaba rápido con el embarazo y en Valparaíso hay que trepar todo el tiempo. Estaba a su lado, mirándolo con esos ojazos verdes misteriosos y a la vez serenos. Quisiera vivir así toda mi vida, con ella, oyendo su voz, adivinando lo que pasa en esa mente brillante, a través de ese corazón tan puro. Pero antes tenía que encontrar una huella, una traza del padre. Nadie desaparece así. Siempre queda un indicio, alguien que lo haya visto, un objeto, un libro, una carta…

La enfermedad de Leonor

Leonor penetró en un largo túnel oscuro. Su colchón empapado por el sudor de la fiebre le molestaba. Rodaba por la cama buscando algo de frescor. Como no se levantó por la mañana, las sirvientas tocaron a su puerta y la encontraron volando en fiebre. Pasaron horas de sueños alucinados y dolores intensos por todo el cuerpo, veía sombras que se le acercaban y luego se alejaban, emitiendo ruidos que no lograba entender. De pronto, se encontraba de nuevo en el patio de la casa de María Elena, jugando tranquilamente, y sentía como una mano protectora sobre su cabeza y la mirada de su madre cubriéndola de ternura. Ella estaba sola pero tranquila, sentadita al sol, se agitaba la sombra de un árbol dibujando en el piso extrañas figuras. Oía las voces de su madre y de su padre hablando sentados en el banco del jardín. Las hermanas, como siempre en su recuerdo, desenredaban mutuamente sus largas cabelleras doradas. Era como si un espejo reflejara a una sola muchacha, una estaba vestida de rosa y la otra de celeste. Tenía la certeza de que la Lili estaba a su lado cantándole, pero no lograba verla. Era una tarde luminosa y ella era feliz, todo estaba por fin en su lugar, habían acabado sus angustias y dolores, había llegado a puerto.

Luego ya no estaba en la casa sino muy lejos, en un tren, yendo hacia no se sabe dónde. De nuevo sentía dolores punzantes en el cuerpo y detrás de los ojos, su ropa estaba empapada y le pesaba como un plomo. ¿Estaba sola? Alguien estaba sentado al frente y le hablaba rápidamente y con autoridad, no sabía quién era, ¿era una voz masculina? No estaba segura. Luego recaía en la inconsciencia, echada en una cama que se balanceaba como la hamaca de un barco, en medio de la tormenta. El estómago se le salía por la boca y vomitaba una materia ácida y grumosa cuyo olor le era insoportable. Una mano posaba un paño frío sobre su frente que se secaba al instante, le humedecían los labios resecos, alguien le ataba los cabellos, sabía que había un médico. Ella pensaba en su cuñado que yacía herido de muerte en el hospital y les decía, vayan con él, yo no me voy a morir, pero nadie la oía. Seguían las idas y venidas por su habitación, y de pronto escuchaba la clara voz de Lili en su oído. Pero si ella está en Tocopilla, pensó lucidamente. Te vas a curar pronto, mija, decía esa voz tan querida. Leonor le creyó, dejó de luchar con su conciencia y se quedó dormida.

Doctor, no sabemos bien qué tiene la niña. Es como si se hubiera desmoronado por dentro. En el tren de regreso, se me caía del asiento, no tenía energía alguna. Un diagnóstico posible es una gran fatiga mental. Me imagino que debe estar estudiando mucho para los exámenes, más las emociones, el hecho de estar constantemente de aquí para allá, entre diferentes hogares desde sus doce años. Muchos elementos pueden explicar este derrumbe. Sin embargo, también hay algo somático, un virus quizá, no lo sé. En Valparaíso debe haberse enfriado, pasando del calor al frío, ¿no doctor? Es posible. Por ahora necesita reposo y calma. Lo más importante es que recupere la salud para poder pasar sus exámenes, doctor. Ella lo repite siempre. Esperemos que pueda, señora, no se lo puedo asegurar.

En su delirio, le parecía distinguir la silueta, siempre lejana, del joven con bigotito que la seguía por las calles, observándola de lejos, como cuidándola y celándola también. Era una presencia que se había vuelto tan familiar como su sombra. Apenas volteaba, esperaba verlo en la esquina detrás de su periódico. ¿Y el joven guía de Valparaíso también era él?, o los estaba confundiendo a causa de la fiebre. ¿Un bigotito o dos bigotitos?... algún día lo sabré. Después se le venían imágenes más crudas, más difíciles de entender, alguien muerto en el piso, la sangre sobre la alfombra o un cuerpo de ahogado, completamente envuelto en algas que brillaban difundiendo una luz incierta, verdosa. El padre ha muerto, han encontrado un cuerpo, se oía en alguna parte de su cabeza. Por fin podremos enterrarlo, decía alguien por ahí. Leonor se retorcía tratando de despertar para entender qué estaba pasando. Pero su cuerpo no respondía como debía ser, estaba todo lerdo, sordo a su voluntad. Quiero sanar ya, tengo mucho que hacer... Leonor intentaba poner toda su energía en ese punto donde sentía que podía volver a tierra firme. Hacia allí voy, como un barco guiado por un faro lejano. Un faro, pero no el de Antofagasta, por favor, se decía a sí misma, no me quiero perder en medio de esta camanchaca.

Una sombra

Fuera de la casa vagaba una sombra atenta a cada movimiento. Estaba al tanto de quién entraba y quién salía, así como de los horarios, lo que se compraba y se comía. La sombra hasta se había hecho amiga de una de las sirvientas, que le contaba todo e incluso quería meterlo a su cuarto, a escondidas. No, le había contestado él, la sombra, con algo de brusquedad. No se imaginaba engañando a la pobre chica por un asunto de corazón. Se enfermó después de pasear conmigo en Valparaíso. ¿Por qué no le pedí que se protegiera del viento y el sol?, ¿por qué no pasamos más tiempo a la sombra de un café conversando?, ¿por qué se habrá enfermado justo en ese momento…? Misterio. Pero el doctor venía menos seguido, debe estar sanando. La sirvienta no apreciaba a Leonor, le decía que era una creída, que las trataba como si fueran poca cosa, que ni les dirigía la palabra. Ella, que era una recogida, la parienta pobre que el señor aceptó bajo su techo y, desde que llegó, todo empezó a ir de mal en peor. La señora se fue de la casa, el señor tuvo un accidente. Todo por su culpa. Además, y esto solo lo sé yo, no se lo he contado a nadie, una noche vi al señor entrar en el cuarto de la famosa Leonor, muy muy tarde, se quedó un buen rato, qué habrán estado haciendo, pues. Yo estaba en el cuarto de los niños y oí los gemidos de ella, es una mosquita muerta, quería quitarle el marido a la hermana.

¡Qué horror! Y ahora se hace la enferma. A mí no me engaña, es una aprovechada. ¡Espero que se sane y se regrese al norte, como dice, para curar a los pobres!

Antonio se quedó perplejo al oír a su nueva informante quien, a pesar de todo su rencor o sus celos, no pudo haber inventado algo así de gordo. Leonor engañando a su hermana en brazos de su cuñado que después intenta volarse la tapa de los sesos de desesperación... ¿Por la ruptura? ¿Por la ignominia? ¿Por celos? Lo que había comenzado siendo una película detectivesca con aires de romance se estaba volviendo una novela negra, muy negra y muy dolorosa para él. Leonor ¿un monstruo de dos caras? Él, que la había seguido tanto tiempo, se habría dado cuenta si ella fuera una calculadora perversa y ninfómana. No, era imposible, ella no era de esas que reciben hombres en su cuarto. ¿Y si él la forzó?, como era violento la tenía aterrorizada y al alcance de la mano. Eso sí que le parecía más verosímil. Pero su imaginación desbordada no lo dejaba en paz y se imaginaba a una Leonor lasciva y medio desnuda abriendo la puerta al pobre marido abandonado por la esposa. No. ¿Por qué se me vienen esas imágenes sucias? Ella no es así, no será jamás una mujer capaz de traicionar a su hermana bajo su propio techo. Debe haber una explicación. Antonio pasó varias noches en blanco delante de la casa de su amada antes de darse por vencido y echarse a dormir de una buena vez.

Rosita acerca de Antonio

La señorita Rosita acababa de salir de una reunión cuando se enteró del suicidio frustrado del marido de la gemela celeste.

De inmediato llamó a su detective para saber si este le tenía alguna novedad. Desde que dejó María Elena, y sobre todo cuando empezó a hacerse importante, había descubierto lo crucial de estar bien informada, siempre de todo y a tiempo. Poco a poco, había creado una red de informantes que recompensaba bien. Había empezado por los negocios, obteniendo datos sobre la vida privada de sus colegas y jefes. Así como había hecho el padre de Leonor, cada uno de sus jefes la había formado bien dándole las claves y los trucos del oficio para sobrevivir en un mundo tan difícil. Como era mujer y de índole muy discreta, nadie se preocupaba de tenerle miedo, y como nadie le ponía trampas, su ascensión fue fulgurante. Cuando los carabineros de Antofagasta cerraron el caso, de inmediato decidió poner a varios detectives en la pista del desaparecido. Si no hallamos el cabo de la madeja, nunca podremos ser felices, se decía. Sobre todo la pequeña Leonor, quien más ha sufrido por su ausencia. Pero nada hasta ahora, como si se hubiera volatilizado. No había huella ni indicio y cuanto más pasaba el tiempo, más difícil era resolver el caso.

Antonio Vega había sido un buen agente, discreto pero encantador con las mujeres, periodista a sus horas y conocedor de mucha gente, sin embargo, esta vez había hallado su talón de Aquiles. Al seguir a Leonor, sin darse cuenta, se fue enamorando de ella. Locamente. No me sorprende, no es solamente linda sino también inteligente y tiene ese halo de misterio que tenía su madre y que vuelve locos a los hombres. La señorita Rosita nunca se había considerado a la altura para competir con esas mujeres fabulosas, y ello le había impedido sufrir y soñar con imposibles. Finalmente había preferido quedarse soltera y dueña de su destino que casada con hombres que solo la veían como un buen partido. Hoy era una mujer rica y con poder, pero solo lo había usado para encontrar la pista del único hombre que había amado. Qué loca soy, se decía al mirar en su corazón. Su familia es como la mía y voy a tratar de ayudarlos, aunque ellos no lo deseen. Así, de lejos, jalando los hilos del destino, en la medida de mis posibilidades. La última vez que había hablado con el padre, este le había dicho: Cuida de Leonor, por favor cuídala, guíala en la vida como yo te guie, Rosita, yo estoy acabado, lo que ves es solo una sombra de lo que fui, me da vergüenza pisar la tierra, quiero desaparecer, para siempre.

Lo más probable es que haya desaparecido de la manera más simple. En vez de volarse la tapa de los sesos, entrar al mar y dejarse mecer por las olas, hasta hundirse en las profundidades. Hay cuerpos que el mar nunca devuelve, hay cuerpos que se van tan lejos que nadie los puede reconocer allí donde se extravían. Sus restos no serán enterrados jamás, pensaba con tristeza la señorita Rosita. No conocerá sepultura ni visitas de sus hijos y nietos. Cuando Antonio le decía eso, ella se negaba a escucharlo y le respondía: Sigue averiguando. A veces la solución más simple es la correcta. Quizá vive en Valparaíso, trabajando en algún negocio o en el puerto. Anda, paséate por allí, muestra las fotos que te di… no te des por vencido. Pero otra vez nada, manos vacías. Quizá el padre se ahogó en el mar el día que usted lo dejó y ha estado buscándolo en vano por tantos años. No, desapareció tiempo después y no fue en vano. Era mi deber hacerlo, tengo los medios, lo seguiré buscando, mientras me den las fuerzas. Pero a Antonio lo sacaré del caso. No se puede ser juez y parte, Antonio. Te voy a dar otra misión, no te preocupes… pero olvídate de Leonor, por el momento ella solo tiene en mente pasar sus exámenes de enfermería y trabajar.

Antonio se sintió expulsado de golpe de la vida de Leonor, como si lo hubieran expulsado de su propia casa. Ya no tenía la legitimidad de seguirla, de saber qué hacía cada día, de viajar si ella viajaba, de enamorar a sus amigas, a las sirvientas de su casa, lo que fuera para saberlo todo de ella, para informar a la señorita Rosita que solo quería su bien. Antonio estaba enterado de hasta el título de los libros que Leonor apilaba en su mesa de noche, los que esperaban su turno para ser leídos y los que iban con ella en su amplia cartera de estudiante. ¿Cómo vivir ahora? si ella llenaba sus días al punto de ya casi no salir con sus amigos que se sorprendían al verlo tan ojeroso y preocupado. No se puede ser predador todo el tiempo, llega un momento en que ya no ves claro, la caza se vuelve obsesión y el cazador está en peligro de muerte. Me estoy volviendo loco, poco a poco, me estoy volviendo loco. Tengo que salir de este círculo infernal, solo pienso en ella día y noche y, cuando no la sigo, no sé qué hacer de mi vida. La señorita Rosita zanjó: Te mando a la Patagonia a averiguar sobre una empresa que creo que nos está robando. Allá te vas a airear, Antonio, necesitas tomar distancia en todos los sentidos de la palabra.

Convalecencia y visita de la señorita Rosita

Leonor, el hospital de Tocopilla está en plena construcción. Cuando llegues ya va a estar por inaugurarse. Vas a ver, es muy bonito y moderno. Ideal para empezar a ejercer tu carrera. La voz de Fermín le sonaba tan lejana a través de la bocina del teléfono, que parecía hablar desde la luna. Y ella, a su vez, le contestaba gritando más, ¡sí, Fermín, ya pronto estaré de regreso por allá! El norte me llama, me hace falta... Desde que estuve enferma, tengo frío por dentro, necesito algo del calor seco de allá para revivir. Fue larguita tu enfermedad, hermanita. Sí, unas tres semanas. Me pareció una eternidad. Fue como una gripe fuerte que también me afectó al cerebro... no podía leer ni concentrarme, tenía tanto miedo, pensé que me había vuelto irremediablemente idiota y para siempre. Hasta ahora no puedo escribir cartas muy largas, prefiero el teléfono, pero es tan caro. ¿Los estudios? Bien, felizmente. He aprobado casi todos los exámenes, faltaba uno que otro que puedo pasar fuera de fecha gracias al certificado médico. Apenas tenga mi diploma, podré viajar. ¿Cómo está el cuñado? Todavía en el hospital, la gemela celeste lo ha cuidado día y noche. Está felizmente fuera de peligro.

Ya casi no pensaba en el joven del bigotito. En cama y con el enorme cansancio que agobiaba todos sus miembros, su figura se le hacía irreal, como un sueño. En su memoria, el paseo por Valparaíso había tomado la misma consistencia que una escena de novela para atesorar. Nada más. Su corazón estaba seco y frío, en hibernación. Leonor estaba más segura que nunca de que la salud del cuerpo era esencial para la vida psíquica y el alma. Uno no se puede emocionar ante una flor o un atardecer cuando te duele todo. La experiencia del dolor físico y de la enfermedad había puesto todas sus convicciones a prueba. Su misión de enfermera, que era sanar, se había reforzado, así como su deseo de explorar los misterios del cuerpo humano. Las fantasías de la infancia, los secretos de la casa de María Elena, la súbita decadencia de su familia, los años de errancia, de soledad, todo parecía resumirse a ayer.

Cuando la señorita Rosita vino a visitarla y la tuvo al pie de su cama, la vio por primera vez tal y como era, una mujer de cuarenta años, un poco regordeta, con manos bonitas de uñas rojas y dedos cubiertos de anillos, que le hablaba desde muy lejos a una persona que ya no era la misma. La niña y la jovencita habían sido absorbidas por la mujer que era hoy, débil y frágil, pero liberada del pasado.

¿De verdad te quieres ir a vivir a Tocopilla, Leonor? Piénsalo bien, por favor. Es una ciudad muy pequeña, aunque haya un bonito hospital, tengo miedo de que pronto te aburras. ¿Por qué no te quedas en Santiago? Yo te puedo ayudar a encontrar un trabajo en un hospital aquí, en un servicio prestigioso. Piénsalo, por favor. ¿Quieres vivir con la Lili y Fermín? Ellos estarán felices de recibirte, por supuesto. Mmm... Me da pena perderte, vas a estar tan lejos. Yo soñaba con que te quedaras e hicieras carrera, en la medicina hay tanto por hacer. Sí, un poco como yo, es verdad. Pero también debes querer casarte, fundar un hogar... ¿no? ¿No piensas para nada en ello? Es que estás todavía en convalecencia, ¡tienes que retomar fuerzas antes de ponerte a pololear por ahí! Leonor se reía de sus ocurrencias, aunque no dejaba de sentirse muy lejos de los vivos y sus preocupaciones. Su paso por esa especie de muerte, la había depurado de muchos deseos superficiales que de seguro volverían después con la salud y la fuerza. Por el momento, flotaba en un espacio entre el cielo y la tierra, preguntándose si debía o no volver a la superficie de ese planeta lleno de gente agitándose y peleando por sobrevivir. Leonor estaba cansada de esa lucha, de todo deseo que al final de cuentas es posesión. El suicidio fallido del cuñado la había impresionado de manera terrible. Ese hombre que en plena salud y lucidez se había querido matar, por miedo de no estar a la altura de lo que se esperaba de él, o porque su esposa lo iba a abandonar y así podía retenerla en su lecho de muerte. Por lo que habían dicho los médicos, su intento no había sido un simulacro. Un movimiento de muñeca provocado por el impulso del disparo había desviado la bala: así es la suerte. No siempre las cosas salen como uno quiere, dijo la gemela celeste. Está vivo y recuperándose. No te puedes imaginar, Leonor, lo aliviada que estoy. No hubiera podido vivir con un muerto a mis espaldas. Ya bastante tenemos con el cuerpo desaparecido de papá.

La señorita Rosita le había pedido noticias de la gemela celeste, aunque dados su contactos e influencia, ya sabía que su marido había recibido los mejores cuidados por parte de reconocidos especialistas. Cada día ella recibía un informe detallado de su salud. Él se va a recuperar… Y ella, ¿cómo está?, y con el embarazo, pobrecita… tiene que cuidarse por el bebé. La gemela celeste está bien. Antes se la pasaba en el hospital, pero ahora que se ha estabilizado, se queda a descansar al menos medio día. Su embarazo parece darle aún más energías, está radiante como un sol. ¿Y sigue viendo al General ese, del que tanto se habla? No lo sé, Rosita, ella nunca habla de él, pero sigue viéndolo. Es su jardín privado, como ella dice. No quiere que nadie se meta, ni yo ni su marido, ni siquiera la gemela rosa. Y eso es una primicia… Por el momento espero a que nazca mi bebé, me ha dicho, y no pienso en planificar ni en cambiar nada. Estoy en mi casa, con mis hijos, esperando tranquilamente al que será mi último. El suicidio y tu enfermedad, Leonor, me han dado una buena lección. De nada sirve pensar en el futuro, a cada día basta su pena, mi querida. Y tú deberías hacer como yo, vive y deja de pensar en la inmortalidad de la mosca.

Jajaja, siempre tan graciosa tu hermana. ¡Con ella una no puede aburrirse! Me alegro de que esté bien y llevando su embarazo como se debe. Tengo que irme ahora… ah, ¿recuerdas al joven del bigotito, Antonio, que las acompañó a Valparaíso? Sí, ese mismo, Antonio Vega. Quería decirte que no lo envió ni el General ni tu cuñado a seguirlas. Fui yo. Antonio trabaja para mí desde hace tiempo, entre otras ocupaciones es detective y le encargué el caso de tu papá. Leonor estaba boquiabierta, pensando a la velocidad de la luz mientras Rosita le hablaba de su seguridad y de la misión de cuidarla que ella había recibido de su padre. Sí, es posible que te haya seguido en algún momento, pero yo no le pedí nunca que te siguiera la pista en María Elena, Concepción y Antofagasta. Solo en Santiago. ¿Estás segura de que fue siempre él mismo quién te siguió? En ese caso, él se tomó esa libertad por las exigencias del caso. Es un profesional, querida Leonor. A pesar de su estado, Leonor se sentía furiosa de haber sufrido esa irrupción en su vida. Aunque su vida fuera un libro abierto. ¿Con qué derecho había decidido eso la Rosita? Sabes bien que no tengo nada que ocultar, Rosita, dijo con tono neutro. Lo sé, hijita, solo era para cuidarte, eres una jovencita sin protección, este mundo es brutal con las mujeres, sabes. Quise protegerte de cualquier abuso… Antonio no tenía autorización para hablarte ni contactarte, solo al final en Valparaíso. Pero era el final de su misión. ¿Qué dónde está? Ahora mismo está en la Patagonia, tomando aire fresco para que vuelva a entrar en razón.

Cuando la señorita Rosita se fue, Leonor se quedó dormida profundamente. Su agotamiento de la vida y la gente que la rodeaba era tal que, de golpe, comprendió la desazón y las múltiples derrotas de su padre. Sí, la libertad mayor es la posibilidad que uno tiene de escoger su propia muerte. Entrar en el agua, dejarse llevar por las olas, desaparecer sin crear molestias, ni dejar huellas ni rastro que lleven a conocer su destino. Leonor sabía que a ella le tocaba otra ruta, pero antes tenía que recuperar sus fuerzas, seguir creyendo que era posible sanar, corregir lo torcido, comprender comportamiento y humores, desenredar los hilos para seguir la trama, el dibujo completo, su belleza.

Día a día

Poco a poco, como quien escala un pozo, Leonor recuperaba fuerzas. Coma bien, duerma bien y haga algo de ejercicio, había dictaminado el médico. Sus mejillas volvían a su redondez y a sonrojarse con el esfuerzo, sus hermosos ojos verdes recobraban luz y acuidad, mientras los libros se acumulaban en su mesa de noche. Podía leer uno, dos o tres a la vez con recobrado placer luego de haber temido volverse boba como resultado de las fiebres. De boba no tienes nada, le decía su hermana riéndose. Habrá sido una alucinación que tuviste. Volverte idiota para siempre, qué barrabasada. Si eres casi enfermera diplomada. Pero me falta practicar. Leonor, no puedes ir a Tocopilla, a afrontar ese clima y el trabajo, si no estás totalmente recuperada. Tienes que comer, estás hecha una hilacha, hermanita. Por favor, ten paciencia. Pronto te irás y ya cuándo te veré. Me hubiera gustado que estés conmigo para el parto. ¿Pero vendrá la gemela rosa? Sí, es posible que venga también. En todo caso, a mí me gustan las casas llenas de gente, vivas, bulliciosas, ¡abiertas al mundo! Así se tiene que vivir plenamente y con generosidad. El marido había vuelto a la casa y se le había preparado un cuarto especial con lo necesario. Ya puede ver a los niños y soportar el ruido y la agitación, aunque aún no sea él mismo por completo. También quiere volver al trabajo, como si nada hubiese pasado. Lo que es imposible. Me ha preguntado por ti, no sabía que habías estado a tal punto enferma. Como todo pasó al mismo tiempo… Ufff, qué locura.

La gemela celeste se sentó con su panza en el sillón y levantó las piernas sobre la cama. Leonor, ya sé que te mueres de ganas de volver a la vida normal, pero debes aprovechar estos momentos de confinamiento para afilar tus cuchillos, ¿entiendes?, afinar tus decisiones y actuar en consecuencia. Tú no eres como yo que vivo de aire y de sol como una planta. Me dejo vivir, pero con placer. Siempre hemos sido así, yo y mi gemela. Por eso la gente nos mira mal, dicen que somos inmorales o amorales… pero amamos la vida y damos la vida. La gemela celeste paso sus manos sobre su vientre abultado con una hermosa sonrisa. Este bebé es el salvador del mundo, por el que seguimos vivos yo, su padre, el General y tú.

Leonor escuchaba fascinada a su hermana que decía ser la mitad de un ente mayor, las gemelas, pero que había decidido cambiar su vida. Yo no voy a renunciar a nada, le había dicho a su marido cuando aceptó que volviera a casa. Estás tú, yo, mi gemela, los niños, el bebé por nacer, Leonor y… el General. Yo puedo con todos. Así quiero vivir, por ahora. Tú te quedas en el barco o fuera de él. Dame una respuesta. Si aceptas, vienes conmigo a la casa. Si no estás de acuerdo, lo cual es absolutamente legítimo, partes donde tus padres, en convalecencia y seguiremos separados. No hay fuerza humana o divina que me haga cambiar de opinión.

Y te lo juro que ni siquiera lo pensó, dijo que sí, quiero volver a la casa abierta, como dices, aunque estemos en terreno hostil, porque Santiago no es una ciudad cosmopolita ni de vanguardia, lo sabes bien, es pacata, conservadora, llena de gente envidiosa que solo se preocupa del qué dirán. Pero no se dirá de mí que he vuelto de la muerte —un verdadero milagro, decían los médicos admirados ante mi herida—, para someterme a la mediocridad de algunos. No. Entonces se vino y a su madre le dio la pataleta. ¡Cómo!, mi hijo, en un *ménage à trois*, con esa pecaminosa, con esa perdida que lo engaña a ojos vista y encima está embarazada de su amante, un milico que, para colmo, ¡viene a almorzar todos los domingos a la mesa de mi hijo! Mi suegra dice que ya no va a volver a poner los pies en mi casa… Qué buena noticia, ¿no? Si mi marido salió pegalón, es culpa de sus padres, los dos son unas joyitas… Ah, y lo mejor del asunto es que este bebé, dijo señalando su panza, te lo digo a ti en secreto, no quiero que nadie lo sepa, no es ni del General ni de tu cuñado. ¡Ja!

En la casa de la gemela rosa

La gemela rosa exigió que Leonor pasara una parte de su convalecencia en la casa de Concepción. Ve, ve, ve, había dicho la gemela celeste, te hará bien un cambio de aire, aquí el clima es rudo. Y Leonor había vuelto a hacer sus maletas, con mucho peso a causa de los libros, y se había trasladado a Concepción donde la esperaba con ansias su hermana y su segunda guagua al pecho. Estás muy flaquita, puro ojo… pero siempre tan bonita, mi Leonor. Hasta creo que has crecido, me pasas de una cabeza,

¡qué barbaridad! Leonor se extasió largo rato ante su nuevo sobrino, rubio como el sol y como su madre. Esta guagua es del lado vikingo de la familia, tu vivo retrato, hermana. Sí, este salió a mí, la Flora a su papá, o eso es lo que cree… Mi esposo es un padre ejemplar, no hay nada que decir, y mi vida es muy aburrida. ¿Has visto la de la gemela celeste? Parece una heroína de novela francesa. ¡La envidio, dos maridos para ella solita! Jajajaja. ¡Me va a tener que prestar uno, el militar con todos sus galones! Jajajaja ¡Además, dicen que es muy poderoso y que jala los hilos del PDI en nombre del presidente! Uy, que miedo, respondió Leonor, yo no podría vivir con un espía, son peor que los carabineros… Saben todo de todo el mundo, además de ser expertos en criminalística. Lo que tú quieras, Leonor, pero esos famosos carabineros no han logrado resolver el caso de la desaparición de papá. No deben ser tan eficaces como dicen. No creo que el caso de papá haya sido tomado en serio, estaban convencidos de antemano, por lo que pude entender en Antofagasta, que se había ahogado a propósito o de casualidad. Y las presiones de la señorita Rosita no fueron positivas, los carabineros no entendían bien quién era y a nombre de qué intervenía en la investigación. Como no es miembro de la familia y como ninguno de nuestros hermanos mayores se interesó nunca en dilucidar el misterio, Rosita fue la única en reaccionar al instante. Lo que sí puedo afirmar, Leonor, sea lo que sea que haya pasado, es que papá lo preparó todo cuidadosamente para no dejar rastro. Era extremadamente inteligente, un poco como tú. Por eso, lo que haya sucedido fue totalmente voluntad suya. Y también fue su deseo que no supiéramos nunca la forma en que murió. Hay que aceptarlo, nada más. No es fácil, pero hay que respetar su voluntad. Ambas se quedaron en silencio en el salón lleno de flores de la gemela rosa un buen rato. Por supuesto, el color rosa dominaba, era el color de su personalidad irisada, luminosa, suave pero decidida y optimista.

La muerte de madre fue un hecho verdaderamente trágico. Tenía aún muchos años por vivir y cosas por hacer. La muerte se le impuso. En su caso, no hubo huida ni desaparición. Por eso su muerte me sigue dando rabia y una especie de rebeldía. ¿Habrá muerto agotada por los embarazos? ¿Habrá muerto por esa enfermedad horrible y hereditaria, la diabetes, que ha afectado a la rama femenina de nuestra familia desde hace generaciones? ¿Por qué hemos dedicado tanto a averiguar si papá está vivo o no, cuando se fue voluntariamente de la casa, dejando todo hecho un caos, con el cuerpo de mamá aún caliente en la tumba? ¿Por qué la muerte de las mujeres es una fatalidad y la de los hombres un caso que puede ocupar a un ejército entero de carabineros y detectives? ¿Te has preguntado eso, Leonor? La muerte de nuestra madre es la verdadera catástrofe de nuestra familia. Con ella, el mundo se derrumbó de golpe, nunca más esa casa, que era nuestro hogar, nuestro nido, podría volver a serlo. Quizá la madre no era el tipo de mujer para vivir en un lugar como María Elena, en medio de la nada. Pero ella era quien más amaba la casa y su jardín, murmuró Leonor, ella quiso que papá fuera a trabajar a la salitrera. ¿Quién puede estar seguro de eso, Leonor? ¿Qué sabemos en verdad de lo que pensaba nuestra madre? Ella fue quien nos quiso casar y nos mandó lejos a los diecisiete años, a las cuñadas nunca las apreció mucho, tú y Fermín eran pequeños, solo papá sabía lo que mamá tenía en la cabeza… ¡y ni siquiera de eso estoy segura! No sé si la entendía bien. Ella es el verdadero misterio de nuestra familia, nuestra madre. Y no hay carabinero ni detective capaz de resolverlo.

La tarde iba cayendo y reinaba un silencio tranquilo y repleto de significados. Nunca habían hablado así, con ese tono y esa profundidad. Ambas contemplaban el pasado como un paisaje que al fin podían abrazar completamente con la mirada. Había valles y ríos oscuros, cimas de rocas y bosques, había retoños y troncos muertos, animales salvajes y vacas pastando, aves de colores, con plumajes magníficos, rosa y celeste, puentes y caminos interrumpidos, seres lanzados al azar en medio de esa naturaleza dominada por las aguas, principio de todo que, irremediablemente, corría hacia el mar. Y Leonor se veía en esa geografía fantástica que era su propia vida imbricada a otras vidas, y hasta se le ocurrió pensar qué lugar tendría, en medio de este magnífico ordenamiento, el joven del bigotito, que la había seguido por obligación para luego dejarse fascinar por la trama de su vida, atrapado como una mariposa en la red del destino.

Las calles de Concepción

Paseando por las calles de Concepción con el coche y su hermana, Leonor se sintió nuevamente observada de lejos. El poder de la mirada que traspasa los obstáculos y se clava entre los omóplatos como una estaca invisible. Y de inmediato pensó en él. ¿Antonio habrá venido de la Patagonia hasta aquí? ¿Por ella? La sensación desapareció súbitamente. ¿Fue simplemente un chispazo, una rememoración? Los mismos lugares y sensaciones. Cuando fue a visitar a sus antiguas compañeras de estudios, en esos barrios iguales y parejos, volvió a sentir el presentimiento de una mirada, una presencia a sus espaldas, una mirada fija como la de los felinos tras su presa. Pero al voltear, nada. Las calles estaban vacías y frías a esa hora de la tarde. Los barrios que recorría eran los de ese tiempo, ahora lejano, de estudiante en Concepción, su primer destino al salir de María Elena. Las aguas de su vida habían retomado un nivel normal y aparentaban ser calmas y transparentes, hasta se podía adivinar en el fondo peces de plata centelleando entre ramas acuáticas y tallos de nenúfares. Todo estaba en su lugar y Leonor, como desde su infancia, seguía recorriendo las ciudades sin echar raíces en ninguna tierra. Pero ese hálito que le venía de atrás y que la obligaba a mirar sobre su hombro la tenía sobresaltada. Me estoy imaginando cosas, se decía, la ciudad está vacía, las callejuelas la llevaban a barrios donde la gente la miraba con la hostilidad con que se mira a un ser de otro calibre. No podía volver atrás y mezclarse con sus amigas que a diferencia de ella dibujaban una rutina con sus idas y venidas. Vagar por aquí no tiene sentido, volver sobre los caminos de su vida de estudiante buscando un fantasma que finalmente estaba al servicio de la señorita Rosita y no libremente tras sus pasos.

Todos los días haces los largos paseos que te recomendó el doctor, está muy bien, le decía sonriendo la gemela rosa, viéndola dejar su sombrero y guantes en la entrada de la casa. Aunque pasearse aquí no es como caminar por Venecia, pobre Leonor. Bueno, el aire fresco es aire fresco aquí en Concepción como en Florencia o París. A que nos sabes la noticia. La gemela celeste se adelantó y ha empezado el trabajo de parto en su casa... tú sabes, ella da a luz como quien cose un botón, así que no nos da el tiempo de llegar. Me acaba de avisar la señorita Rosita.

Definitivamente, ella siempre está donde la familia la necesita. Desde que salvó al marido del suicidio frustrado que terminó en *ménage à trois*, todo se ha vuelto muy francés en la vida de mi gemela. Mientras que yo, vaya suerte la mía, ¡sigo aquí bien chilena! Jajajaja.

Así empezó la espera al lado del teléfono. Cómo no estamos con ella, pensaban las dos sin atreverse a decírselo a la otra. Qué angustioso es esperar. Después llegó el marido de la gemela rosa y empezaron a esperar los tres. Me llamó su esposo a la oficina, parece que el trabajo de parto está complicado, además rompió la fuente. ¿Rompió la fuente? Eso no acelera la dilatación y hace más doloroso el descenso del bebé, comentó Leonor. Puchadiego... dijo la gemela alcanzando su máximo grado de grosería. El teléfono sonó de pronto. Es Rosita, dice que la han llevado a la Maternidad. Es posible que sea necesaria una cesárea. Me dice que tanto el marido como el General están con ella, o más bien en la sala de espera. Los mejores obstetras de Santiago la están atendiendo, no se preocupen. Dice que el presidente mismo está al tanto de la situación y ya dio órdenes. ¡Órdenes para qué, cielo santo!, exclamó Leonor. No lo sé, dijo Rosita, ha dado órdenes... He debido quedarme con ella, hubiera podido hacer algo, soy diplomada también en obstetricia. Leonor, no te preocupes, está muy bien atendida y tiene experiencia. Ha sido un embarazo corto, no ha cumplido los ocho meses y medio, me parece. Nada ha sido normal en este embarazo, ha vivido tantas angustias, ha tenido que tomar decisiones tan importantes... ¿Eso puede haber afectado al feto?, preguntó el marido. No, físicamente no, pero a la madre sí, es mejor alumbrar reposada y sin preocupaciones. Pero es de notoriedad pública que desde que el mundo es mundo la mayoría de las mujeres dan a luz como pueden y donde pueden. Y nadie se ha preocupado nunca por ello. Leonorcita, algo deberías hacer para mejorar las condiciones de parto de todas las mujeres en Chile.

Son dos, son dos, ¡son gemelos idénticos! ¡Como nosotras! Por eso fue tan difícil parir esta vez. ¿Cómo está ella? ¿Dormida? ¿Por qué? Le pusieron anestesia… hay que esperar a que despierte…. Son dos varones. ¿Cómo están los bebés? Son chiquitos, pero los pulmones se abrieron bien. Los papás están como locos en la sala de espera, se han abrazado llorando. Los han podido ver a través del vidrio, nomás. ¡Qué emoción… gemelos como nosotras! Los médicos están en junta médica deliberando el tratamiento que deben seguir. Los pobres… Deben estar impresionados por las «órdenes» del presidente. Tengo que partir hacia Santiago, ya, para poder acompañarla en la Maternidad y ayudarla cuando salga. Dos bebés, qué maravilla. ¿Y el tuyo, lo vas a dejar? El mío está en perfecta salud, pesa diez kilos. Su nana y tu madre lo pueden cuidar perfectamente. Leonor, vienes conmigo, está de camino de todos modos. En menos de una hora estaban las dos en la estación, preocupadas por el despertar de la gemela celeste. Con la anestesia siempre hay riesgo. Deben haber estado obligados a operar, uno de los fetos estaría sufriendo o con falta de oxígeno. Después que la fuente revienta, la placenta desmejora mucho de calidad. Leonor, la están atendiendo los mejores médicos del país, a los bebés también. No sabemos si van a tener que ir a una incubadora. ¿Incubadora? No sé si haya muchas en Chile…

Al llegar a Santiago, fueron directamente de la estación a la Maternidad. Cuando entraron en la sala de espera, el marido, aún con su bastón, y un hombre fornido vestido de civil, pero con aires de militar, se voltearon con cara de sorpresa extrema hacia la gemela celeste. Su parecido tenía algo de fantástico y terrorífico para esos dos hombres que temían por la vida de la mujer amada. La gemela entendió y se quedó inmóvil, dejándose admirar, adivinando que verla viva era para ellos motivo de esperanza y pavor. ¡¿Dónde están mis hijos?!, exclamó la gemela paralizando a todos. Llamen a las enfermeras… Tengo leche, he dado a luz hace tres meses. Aparecieron unas enfermeras de blanco que se llevaron a la gemela, mientras Leonor se quedaba con las maletas, mirando a los dos hombres, pensando en qué tenía que hacer allí. Yo soy enfermera, se atrevió a murmurar, no lo olviden. El marido la miró agradecido, desde su rostro demacrado por la convalecencia y el sufrimiento. Ya no era el de antes, ya no se sentía a su alrededor ese halo de violencia contenida, explosiva, siempre al acecho de una grieta por donde escapar a su control. Era un hombre abatido, pero en paz, con las cicatrices aún visibles en la zona del cuello y de la sien. Con un suspiro se dejó caer en una silla mientras el otro iba y venía, mascullando frases incompresibles. El marido la presentó, el hombre se detuvo de inmediato, la miró con unos ojos muy claros y achinados que a Leonor le transmitieron el mal que habían visto todos estos años y que ahora se posarían sobre la inocencia de dos criaturas recién nacidas. Estaba nervioso y fuera de sí, pero un hospital no es un cuartel y con mucha dificultad contenía sus emociones. ¿Qué han dicho los médicos? No se pronuncian todavía. Al parecer los bebés están muy bien y no van a necesitar incubadora. Pero ella… hay que esperar a que despierte. ¡Tiene que despertar!, lo interrumpió brutalmente el General, como lo llamaba la gemela celeste. Yo doy a luz como respiro, siempre decía ella. Tener gemelos es otra cosa, el parto es más difícil, por eso han tenido que practicar una cesárea bajo anestesia. Yo soy enfermera, puedo ir a averiguar algo. Leonor ya no podía soportar estar encerrada en esa sala con dos fieras, una herida y otra furiosa. Uf. Pudo respirar en el corredor blanco y vacío que se abría hacia ella. Buscó instintivamente la sala de reunión de las enfermeras, se presentó a ellas como recién diplomada. Los doctores están todavía en junta, creo que temen afrontar al General. ¿Por qué? ¿Hay algún problema? Están asustados nomás, ahora solo queda esperar que despierte la mamá y que la anestesia se disipe. ¡Pues deberían ir a hablarles porque los dos están como locos en la sala de espera, por culpa de los nervios, parece que fueran a explotar!

La gemela rosa estaba con los doctores en una habitación desinfectada. Es una buena idea intentar el método canguro con la señora, es su gemela idéntica y está dando de mamar. ¿Por qué no intentar darle los bebés mientras la madre se reposa? Yo estoy de acuerdo, por supuesto, pero ¿cómo está mi hermana? Nadie ha sabido darme razón. Solo queda esperar y rezar, murmuró uno de los médicos. ¿Rezar? ¿Por qué rezar? Las reacciones a la anestesia son muy variadas. Hay que esperar que despierte nomás. Díganselo a los padres que están desesperados allí en la sala de espera. Ya se los dijimos, vamos a tener que repetirles que se vayan, que nada tienen que hacer aquí. Que los vamos a llamar. Díganles que vengan aquí, les hablaremos todos, y llamen a Leonor también. Esta habitación está desinfectada. Usted espere aquí, nosotros nos ocuparemos de ellos. Es nuestro trabajo. Cuando trajeron a los gemelos y cada uno encontró uno de sus senos, su felicidad fue tan intensa, tan aguda que se le salieron las lágrimas. Su hermana y ella estaban en fusión y la gemela rosa sentía latir en su sangre la energía de la gemela celeste luchando por salir de la inconsciencia, de vivir, de ver a sus hijos por fin.

Días después lo contaba sonriendo, pero sin risas por temor a que se le descosiera la panza. Era como tratar de nadar en un agua espesa, llena de barro y piedras y troncos de árbol. No podía avanzar, sentía los brazos cansados de empujar ese líquido sucio que no la dejaba salir a respirar. Fue muy angustioso porque lograba oír lo que estaba pasando a mi alrededor, y no podía despertarme, abrir los ojos. Mis bebés, pensaba, deben tener hambre, dónde están que no los siento a mi lado... era como las pesadillas que no acaban nunca y que siempre estás perdiendo algo y lo buscas y no lo encuentras y pierdes otra cosa y así hasta el infinito... Y las náuseas, eso también es horrible, las ganas de vomitar sin poder, sin saber cómo hacer para vomitar, echada sobre la espalda sabiendo que si lo hacía me iba a ahogar con el vómito. Qué espanto. Luego volvía quedar inconsciente, y de nuevo la pesadilla, las náuseas, la nostalgia de mis hijos en mi vientre. Muy extraño. Fue como viajar por planetas oscuros sin poder volver a la tierra. Y sentía que pataleaba buscando tocar tierra firme. Por fin, ponerme de pie era lo más delectable, estar de pie y ver el mundo de frente. Qué barbaridad, decía acariciando una y otra vez las frentes minúsculas de sus gemelos cubiertos de vello dorado, con sus ojitos cerrados como gatitos recién nacidos, ciegos a la luz. La gemela rosa estaba sentada en una mecedora frente a su cama y Leonor iba y venía entre las dos. ¡Qué suerte tienen estos pequeños, es como tener dos madres! ¡Una madre y una nodriza idéntica a la madre! Jajaja, que lujo... Rómulo y Remo. ¿Y yo soy la loba?

Lo más divertido de la situación era ver a los dos padres en la sala de espera dándose de cabezazos, desesperados, locos por ti, aterrados de que no despertaras. Y los doctores en su junta también asustados por las represalias del General que los miraba con odio. Fue una escena de lo más cómica. No sé si cómica, dijo Leonor, yo me tuve que quedar con ellos un ratito, era insoportable. Había electricidad en el aire. Felizmente me pude escapar de allí y fui a hablar con las enfermeras. Es un hospital muy moderno. El mejor de Santiago, querida. Y después empezaron a llegar los ramos de flores, toneladas de flores había en el pasadizo, en las oficinas, en la sala de espera, en la entrada, en todas partes. Claro, como tú no soportas el olor a rosa. No, huele a velorio, detesto ese olor. ¡Bueno, pues, todos los ramos fueron distribuidos por el hospital! ¡Me dijeron a la salida que nunca habían visto gemelos tan fornidos en sus vidas! Claro, llegó mi gemela con su super leche para amamantarlos. Gracias, mi querida… creo que nunca te agradeceré lo suficiente. Pero, por favor, hermana, no tienes nada que agradecer. Apenas supimos Leonor y yo que estaban en el hospital, nos tomamos un tren y, en un dos por tres, estábamos a tu lado. Y ahora nuestra Leonor se va por fin a Tocopilla. Ya sabes, si no te gusta o te aburres o te quieres tomar unas vacaciones ¡aquí están tus hermanas… las gemelas terremoto!

V

Norte Grande de Chile

¡Oh miserable hado!
Oh tela delicada.
Antes de tiempo dada
A los agudos filos de la muerte

Égloga 1, Garcilaso de la Vega, Nemoroso a Estela

En Tocopilla

En la nueva casa de Fermín y la Lili, Leonor tuvo que contar varias veces cómo fue el nacimiento de los mellizos en Santiago, y en cada ocasión las risas y las emociones se reanimaban. Leonor intentaba dar vivacidad a su narración para divertir a su audiencia; al final, la Lili siempre decía: ¡Cómo me gustaría ir a Santiago a conocer a esos bebes! ¡Y era que Santiago parecía tan lejos de Tocopilla como la propia luna! El norte de Chile es una tierra rica en su subsuelo y su mar, pero nunca ha sido un paraíso, no tiene esa atracción, decía Fermín. La gente no se da cuenta del valor de desierto de Atacama, nunca nadie ha levantado la mirada hacia ese cielo tachonado de estrellas. Aquí el aire tiene algo, y te lo digo yo que conozco Santiago, Lili. Santiago está rodeada por los Andes, intentan ignorarlo, pero está sitiada por ellos, es una ciudad fría y gris en mi memoria. Yo no fui feliz estudiando allá. ¡Solo pensaba en volver a mi norte salvaje! Pero tú, Leonor, sí puedes viajar y sentirte bien en diferentes lugares, eso es bueno. Tú eres como papá que fue un aventurero. Yo soy como nuestra madre, ella necesitaba un hogar, un jardín, enraizarse, como si uno pudiera vivir para siempre en un lugar que fuera como su envoltorio original. Pero no es así, es imposible permanecer, todo te empuja a salir, a buscar, a estar en la expectativa de ganarte la vida, de alimentar a tus hijos cada día. Yo hubiera querido quedarme en María Elena, a pesar de que es chiquito y no tiene historia, y surgió en la tierra solo para servir a los intereses de la compañía inglesa. Allí crecí y allí vi a mi madre ser feliz, allí conocí a la Lili. En fin, todo lo que te ata a una tierra por más ingrata que sea. ¿Y tú, a qué tierra lejana o cercana anudarás tu vida? No sé por qué, pero veo en tu frente la marca de los que se van, intervino la Lili con su cara de chamana aymara. Ay, Lili no me asustes con tus predicciones que acabo de llegar aquí y ya me quieren botar para otro lado. No, qué más quisiéramos que te quedaras con nosotros. ¡Pero qué va! El mundo es vasto, Leonor, y tú vas a ir más lejos…

Esos primeros días fueron difíciles. Leonor estaba todavía recuperándose de sus fiebres malignas y el pueblo la esperaba al pie para ser explorado. El nuevo hospital, en plena construcción, sería el más moderno de la zona y ella iba a poder trabajar allí. Su emoción era grande, estaba por empezar su verdadera carrera, como decía la señorita Rosita: Debes tener ambiciones, Leonor, no te dejes llevar por el rebaño. Las mujeres podríamos hacer mucho por Chile, si nos dejaran… Y Leonor veía el rostro del General rodeado de sus secuaces saliendo de la Maternidad, muy derecho él, marcial, aunque no llevara uniforme, después de haber estado perdido como un niño en la sala de espera, pendiente del hilo de la vida de la gemela celeste. ¿Así son los duros de este país? Aquellos que saben todo de cada uno y usan esas informaciones para manipular y acallar, o para mantener el orden. Pensaba en Antonio que también formaba parte de esa maraña de informadores. Detective privado, y ella que pensaba como una tonta que había algo más entre ellos. En todo caso, no olvidaba

Valparaíso que, en su recuerdo como en el de su padre, era un lugar de maravilla donde se puede ser infinitamente feliz y libre. Hay un aire allí, una luz, decía siempre el padre, y Leonor se lo repetía: Hay un aire allí, una luz. Y ese muelle mágico con esos edificios hermosos y el mar lamiéndoles los pies y todos esos barcos del mundo entero y las lenguas extrañas que se mezclaban con los rostros más disímiles y las mercancías que iban y venían. Había una fiebre cosmopolita que la atraía, mientras Antonio les hablaba y la brisa agitaba sus faldas como corolas.

Tocopilla era simple y llana. La gente se dedicaba a sus tareas sin más. Leonor se dio cuenta de que le había hecho falta el mar, ese mar que había sido su enemigo, un asesino en potencia en Antofagasta, pero que en Valparaíso le había entrado por los poros. La excitación de la cercanía del mar le había hecho falta. Tocopilla le parecía más provinciano que María Elena y, en cierta manera, más árido. Era como los pueblos del Far West de las películas, con sus casas bajas y ese aire de conquista de una tierra inhóspita. A su lado, María Elena era mucho más moderna y coqueta, con pretensiones de ciudad jardín exportada por los ingleses, orgullosa de su teatro, la piscina y su biblioteca. Aquí en Tocopilla todo era más basto, pero poseía la profundidad de su pasado precolombino de tierra aymara. Por eso, la Lili encontró en Tocopilla un ambiente que le correspondía mejor que María Elena. El mar no tenía el aire festivo y exótico de Valparaíso, pero se podía comer delicioso pescado fresco y todo indicaba que la ciudad se iba para más, perfectamente ubicada entre las minas y Antofagasta.

Ciertas noches, cuando le volvían algunos de los sobresaltos de la fiebre, Leonor soñaba con María Elena y con su madre.

Su perfil preciso y su moño suelto se dibujaba entre las sombras del jardín, un libro en las manos, ¿o era un bordado, o un gatito? No se veía bien, pero sostenía algo entre sus largas manos. Leonor se acercaba y la miraba de abajo, era todavía muy pequeña y se balanceaba sobre sus piernitas. Su mamá, sin voltear a mirarla, le acariciaba los cabellos. El viento soplaba, la arenilla gris del desierto chicoteaba las ramas. El padre había dejado el sombrero en la entrada y se acercaba, sus botas chirriaban como de costumbre y ella se sentía elevada por los aires, bañada en el olor a colonia inglesa de la barba de su padre. La madre hablaba y sus palabras eran un hilo de voz ininterrumpida que Leonor no entendía, pero que le bastaba para ser feliz. Su felicidad era total. Luego, su padre había desaparecido y ella estaba en brazos del joven del bigotito que la estrechaba fuerte, susurrándole palabras indecentes al oído, las que había pronunciado su cuñado mientras la acariciaba esa noche que hoy le parecía lejana e irreal como un sueño. Un sueño dentro de un sueño. Durante esas noches febriles, se entremezclaban las épocas de su vida y sus emociones también. Se despertaba agotada, sin fuerzas. He luchado contra el ángel toda la noche, se decía bostezando…

La Lili, siempre muy ocupada entre los niños, la casa y su trabajo en el mercado, era motivo de admiración para Leonor que intentaba ayudarla en lo que podía. Tú también estás esperando, había exclamado feliz al estrecharla entre sus brazos cuando llegó a Tocopilla. Sí, un tercer hijo, contestó la Lili sonrojándose… no estaba previsto, sabes, vino porque quiso venir, ¿qué se puede hacer? No es lo más adecuado, dada nuestra situación. Pero ya le dije a Fermín, es el último. No habrá más. Él se resigna, aunque le hubiera gustado tener una familia numerosa… Felizmente yo estoy aquí para ayudarte, haces tantos esfuerzos, mi Lili. Sí, hay mucho que hacer, pero siempre he llevado a la par mi vida normal y mis embarazos ¡aunque ya no estoy tan joven! ¡Jajaja! Por favor, Lili, si estás igualita que cuando te conocí, decía Fermín. Bueno, este es un año de bebés, están los gemelos de la celeste y el de la rosa ¡Cuatro en total! Vas a tener que especializarte en obstetricia y no en psiquiatría, le decía Fermín. Sí, lo estoy pensando. Ante todo, quiero ocuparme de la salud de las mujeres, que es básica para la sociedad.

El hospital de Tocopilla

Mientras esperaba la apertura del nuevo hospital de Tocopilla, Leonor empezó a trabajar en el antiguo. Sus días estaban llenos de actividad y de retos. Trataba de llevarse bien con todos, aunque había algunas enfermeras cuya conducta no le parecía muy correcta, y la de algunos doctores, tampoco. Ella, como siempre, se mantenía al margen, y una parte del personal la llamaba a sus espaldas «la princesa». Leonor nunca había sido muy sociable y no le afectaba no tener amigas dentro del hospital. Iba a su trabajo y volvía a casa, agotada. Aprendía cada día más del ser humano, de sus flaquezas, pero también de su férrea voluntad de vivir y su capacidad de adaptación, que había sido decisiva para la sobrevivencia de la especie. También se daba cuenta de la importancia del poder y de la jerarquía en el hospital donde las reglas eran implícitas. Había un abismo entre una enfermera, aunque tuviera el nivel de especialización de Leonor, y cualquiera de los médicos, hasta el más joven e inexperto. La Lili le decía siempre con tono severo: Ten cuidado, hay mucho mañoso entre los médicos, creen que las enfermeras están allí a su servicio. Recuerda bien, y te lo digo yo, no eres una sirvienta al servicio de los doctorcitos, eres una profesional como ellos y colaboras con ellos, nada más. Cuídate, mija, que ser tan linda no es siempre bueno ni fácil.

La idea de que su hermana, la gemela celeste, hubiera podido liberarse del puño opresor de su marido gracias a la protección del General se le había quedado en algún rincón de su cabeza, y le desagradaba mucho. No se la podía quitar de la mente. El mundo se divide entre los poderosos y los frágiles, y para tener poder hay que tener fuerza o dinero. La señorita Rosita tenía poder y, sin ser fuerte, podía manipular o defenderse de sus enemigos gracias a la información. El General tiene el poder que emana de la fuerza militar y de la protección del presidente. Las mujeres ¿qué poder tienen en sus manos? La vida. Sin mujeres no hay humanidad, pensaba Leonor. Sin embargo, no usamos ese poder para negociar un mejor estatuto. Leonor constataba que la maternidad era la última rueda del coche en el hospital, como si parir fuera un hecho natural donde la ciencia no debía intervenir ni para bien ni para mal. Otros males y enfermedades bien masculinas eran mejor tratadas. Poco a poco, gracias a su reflexión, Leonor fue acercándose a una postura de rebelde ante la jerarquía, ella que por carácter propio no aspiraba más que a fundirse en la masa. Ser discreta y observar era su divisa.

La mayoría de la gente se contenta con hallar su bien en la medida de lo posible. Pero ciertas personas desean algo mayor, el bien común. Leonor le hablaba así a Fermín, el único que podía en esas circunstancias entenderla siquiera un poco. El hospital lleva el nombre de alguien que sacrificó su vida por el bien de todos, y ¿quién se acuerda de él hoy en día? Leonor, tienes toda la razón, pero no estás en posición de hacer nada. Acabas de llegar al hospital y nadie te va a escuchar. Todo el mundo se pondrá en contra tuya. A nadie le gusta que se le ponga en entredicho o se le muestren sus defectos. Hay algunos doctores que quieren cambiar la organización y el reparto del presupuesto, respondió Leonor. Se podría ver la posibilidad de crear una especie de sindicato y mejorar las condiciones de trabajo y… ¿Sindicato? ¿Estás loca, Leonor? Si haces eso, te van a caer encima los carabineros o, lo que es peor, el servicio secreto. Al gobierno no le gustan los sindicatos o los comunistas. Aquí se vive de la explotación del cobre, niña. Estamos en la extracción, como en la época de la colonia. No hemos avanzado nada. Te lo digo yo.

Estar en el mundo, pero no hacer nada. La idea le era insoportable. Si encima se quedaba solterona como la señorita Rosita, Leonor iba a desaparecer, arenilla dispersada por el viento del desierto, sin dejar huella alguna. Estar en el mundo era desde ya una postura. Estar de pie sobre la tierra, de cara al cielo, frente al mar de Chile y a su inmensidad. ¿Haber nacido al borde del fin del mundo para además quedarse muda? Leonor dudaba en esas noches en las que los libros no bastaban a su ambición. ¿Afrontar todos los días el sufrimiento y la muerte para luego volver a casa, cenar y acostarse a dormir? Leonor sabía que era peligroso meterse en política, aunque ella solo deseaba la reorganización del hospital antes de la mudanza. A ti no te basta con ser linda, ¿no?, le había increpado con tono duro una de las enfermeras de su servicio. Con eso debería contentarse usted, que ya es bastante ventaja. ¡Escoja un doctor, cásese con él y salga de aquí de una vez! ¡Déjenos a nosotras trabajar! Leonor sentía que la atmósfera había cambiado en el hospital, la miraban con resquemor, ya que no encajaba en el lugar que se le había designado, su situación incomodaba. Leonor seguía cumpliendo con su deber con la mejor de las voluntades. Sin darle tareas fijas poco a poco la iban dejando afuera, evacuándola lentamente del servicio, para obligarla a irse por su propia iniciativa. La Lili y el Fermín la apoyaban como podían, y ella, cada mañana, se proponía superar esas barreras invisibles y hacerse de un lugar en el hospital legitimado por sus solas capacidades.

De guardia en la noche

Esa noche le tocaba guardia y su hermano Fermín acudió a buscarla. Pero si no es lejos, se quejaba Leonor. Te tienen en la mira, hermanita. Prefiero venir a no poder dormir tranquilo. Y si terminas muy tarde, es mejor quedarte a dormir en el hospital y regresar de mañana cuando haya gente en la calle. El mundo se volvía hostil y Leonor no entendía por qué sus actos le causaban tantos problemas pese a que fueran justos ante sus ojos. Los cotorreos iban y venían en la sala de las enfermeras y en los diferentes servicios, contando las últimas aventuras de la Leonor, o mejor dicho «la princesa». Los médicos no se daban por enterados, pero el personal, sí. Su reputación sufría y ella no reaccionaba. La verdad será siempre la verdad, se decía, y seguía con su trabajo. Ya se cansarán de mentir. La información, como había visto en Santiago, vale más que el oro, y la desinformación es un arma muy poderosa para destruir a los enemigos sin que corra la sangre. Hasta la Lili había oído, en el mercado, comentarios sobre la vida licenciosa de Leonor. ¡Cómo se expanden esas mentiras odiosas!, le había dicho a Fermín. La pobre cree que basta con ser decente. No, así no es. Hay que ser y parecer, como la mujer del César, apuntó Fermín. Esto puede terminar muy mal, le voy a escribir una carta a la señorita Rosita. Ella sabrá qué hacer. Las gemelas están en pleno con los bebés, no quiero preocuparlas. Pero si la situación sigue así, le podrán hacer cualquier cosa a Leonor y pretextar su mala reputación. La campaña de difamación es increíblemente eficaz. Debe venir de alto, de muy alto.

Leonor no había tenido ningún roce con el cuerpo médico, que la respetaban por su nivel de conocimientos y eficiencia. Los pacientes también la apreciaban. A Leonor le dolía que fueran precisamente sus colegas, todas mujeres, las que la hostigaban. Qué poca solidaridad existe entre nosotras. Solo se fijan en quién es bonita o quién se acuesta con algún médico, le había dicho a la Lili. Sí, así es, mija, siempre ha sido así. Divide y reinarás, se dice. Es Shakespeare, ¿no? No lo sé. Imagínate si las mujeres hicieran las cosas juntas, tendríamos más derechos. Cuántas, por ejemplo, querrán el divorcio y se quedan calladas. Como la gemela celeste. Bueno ¡ahora tiene dos maridos! Jajaja. ¡Es una solución como cualquier otra! ¡Jajaja! Pero, al margen de bromas, ten mucho cuidado, Leonor, en el hospital y fuera de él. Estamos en un puerto donde pulula la gente de mal vivir, delincuentes, matones, y qué sé yo. Si siguen difamándote así, haremos una denuncia donde los carabineros. Yo creo, Lili, que la gente que me quiere desprestigiar lo hace más por mis propuestas y mis ideas de «sindicalista», como ellos dicen. La envidia de las enfermeras está siendo bien manipulada… Es posible, mija, pero lo importante es que no te pase nada. Es lo único que cuenta en este momento. Hay otros hospitales en otras ciudades. Cuando abra el nuevo hospital, va a ser tan grande y habrá tanta gente trabajando en él que estos chismes se perderán junto contigo en la masa. Eso espero. Pero todavía falta, quizá un año, han dicho. Es mucho. ¿Por qué no volver a Santiago a hacer prácticas esperando que se inaugure el hospital nuevo? Lili, por el momento me quedo, estoy bien aquí, aprendiendo mucho.

Una noche particularmente fría, Leonor se quedó ayudando a un doctor con un herido grave. Un doctor joven que no era de la región. Es usted una enfermera muy bien preparada, le había dicho al final del servicio. Además, tiene varias especialidades. ¿Qué hace en un lugar como este? ¿Y usted, doctor?, le había contestado Leonor sin querer ser maleducada. Oh, razones familiares, había contestado. ¿Y usted? Lo mismo, doctor. Soy de María Elena y vivo con uno de mis hermanos. María Elena, he visitado esa ciudad hace unos años, era un primor, con su plano a la inglesa, su teatro, su piscina, sus jardines, un momento hasta pensé mudarme para allá. Ahora todo ha cambiado por la crisis del salitre, el cierre de la fábrica… Sí, he oído hablar. Escúcheme, señorita Leonor, no es que quiera meterme en su vida, pero debe tener mucho cuidado, tiene usted muchos enemigos en el hospital y lo único que quieren es que se vaya y pronto. A mí me escandaliza que ataquen a una profesional como usted, la mejor enfermera del hospital. Pero la gente es así, teme al cambio, no quieren la excelencia sino más bien la mediocridad en todo. No hay que sobresalir, señorita Leonor, sino le cortan a uno la cabeza. ¿Me entiende? Yo le digo esto de manera confidencial, nunca salga sola del hospital de noche y tenga cuidado en los corredores cuando está de guardia. Esta noche, si lo desea, yo la puedo acompañar a su casa. Ah, su hermano la viene a buscar. Muy bien. Buenas noches.

¿Un doctor joven? Hernández. ¿Uy, quién será? Voy a averiguar si está casado o no… Ay, mi Lili, eres toda una casamentera. Me dijo que estaba aquí por razones familiares, ¡o sea que de hecho está casado! Además, no es nada guapo, te digo, ¡y debe tener como treinta y cinco años! ¡Uy, que viejo! Jajaja. Mija, algunos años de diferencia están muy bien… ¡Pero son mucho más que diez! Bueno, no sé por qué tenemos estas conversaciones absurdas, Lili. Mira, Leonor, la mayoría de las chicas que estudian para enfermeras sueñan con casarse con un doctor. Es normal, ¿no te parece? No, no me parece. Yo no estudié enfermería para casarme con un doctor. No, tú eres siempre la excepción a la regla, mi vida… no estás hecha de carne como nosotras, pobres mujeres. Y ya sabes, ¡la carne es débil! ¿O sea que enamorarse es una cosa idiota? No he dicho eso, lo que digo es que no estoy en el hospital pensando en con quién casarme. Además, no sé, creo que estoy enamorada, pero no me había dado cuenta. ¿De qué hablas? ¿Recuerdas al joven del bigotito? ¿El que te seguía por orden de la señorita Rosita? Sí, él. Bueno, yo pensé un momento que me seguía por otras razones y luego hablamos un poco en Valparaíso… Fue una tarde muy bonita, había un sol espléndido. Visitamos el muelle. No olvidaré nunca ese paseo. Y luego tuvimos que irnos de golpe con la gemela porque su esposo… Sí, sí, lo sé… Bueno, mija, tú misma no estás segura de nada. ¿Dónde estará Antonio, hoy? ¿Seguirá en la Patagonia el pobre? Leonor, más vale pájaro en mano que cientos volando, mija, recuerda mis palabras. En la guerra como en el amor, todo vale… Uy, mi Lili, deja ya de decir proverbios, por favor, que me desespero. Bueno, un último para el estribo: «amor de lejos, amor de p…». Oh no, Lili, por favor… Si Antonio la hubiera buscado, al menos tendría alguna razón para creer en su cariño. Pero nada. Se había volatilizado.

Sus horarios eran cada vez peores, le daban solo turnos de noche o muy temprano en la mañana. Leonor tenía la impresión de no dormir nunca. Estas ojerosa, mija, le decía la Lili. Esto no puede seguir así. Quieren que renuncie, por eso me están dando estos horarios. ¿Hasta cuándo podrás aguantar? Hace poco has estado enferma, ¿o no recuerdas cómo regresaste de Valparaíso? Además, si estás cansada puedes cometer algún error de manipulación o de juicio, hermanita, interrumpió Fermín. Voy a ir a hablar con el director, por algo soy tu hermano mayor. No, déjame ir primero a mí a hablar con la jefa de las enfermeras. Si nada mejora, podrás ir a ver al director, te lo prometo. No quiero que piensen que tengo derecho a un trato especial.

Por la tarde, de camino al hospital, volvió a sentir esa sensación fugaz e incomprensible entre los omoplatos que quema cuando alguien nos mira fijamente por la espalda. Qué será esa cosa que nos dice: voltea. ¿Un instinto de sobrevivencia de la época en que éramos presa? Leonor se forzó a no voltear y a concentrarse para poder aislar la sensación y analizarla. De pronto se desvaneció, ya no sentía ese calorcito a nivel de su nuca. Nada. Estaba como despojada de ese calor que le hacía bien, que la sacaba de cuadro, de la calle fea y de la gente en tumulto a su alrededor. Entonces volteó y vio como una sombra que doblaba la esquina, esquivándose a su mirada. ¿No será algún matón que me está enviando la gente que me odia en el hospital? Un escalofrío la obligó a apurar el paso y a sentirse vulnerable en la calle. Detesto esta sensación, pensó. Si la ciudad existe es precisamente para que las mujeres puedan circular libremente en el espacio público.

Llegó sin aliento al hospital, sintiéndose totalmente idiota. La jefa de las enfermeras no la pudo recibir y se quedó en la puerta esperando su turno. Otra chica estaba allí, una que no reconoció pero que le sonrió amablemente. Yo también vengo de Santiago, dijo, y creo que aquí no quieren a las capitalinas… ¿tú también eres de allá? Yo terminé los estudios en Santiago, pero soy de María Elena. Ah, eres del norte… entonces por qué te odian tanto las otras. No entiendo. Dicen cosas horribles de ti. Que tienes conexiones con la mafia del puerto, con el tráfico de drogas… Hasta dicen que tienes un guardaespaldas que ronda por el hospital todos los días para cuidarte. ¿Ah sí? ¿Eso dicen? ¿Un guardaespaldas? Sí, un exdetective que te protege, un joven de bigotitos.

Antonio es el sol

Ante la urgencia de la situación, Fermín había llamado a la señorita Rosita que a su vez había movido sus contactos. El norte es la región que tengo más controlada, le había contestado a Fermín de manera sibilina. Creo que Leonor está en peligro, se ha metido en líos queriendo hacer el bien, como siempre. Ha intentado movilizar a las enfermeras para mejorar sus condiciones de trabajo y piensa que el hospital puede ser organizado de mejor manera. Ahora todos, o casi todos, la odian por razones diferentes y la hostigan como pueden para que renuncie. Ella, por supuesto, no tiene pensado renunciar para nada. Un médico, Hernández, que aprecia su profesionalismo, le ha dicho que se cuide por la calle y que no salga sola. Yo la voy a buscar los días de guardia… en fin, un lío total. Entiendo, Fermín, voy a averiguar por mi lado. Quizá pueda tener alguna influencia con el director. Pero si ella no quiere irse de Tocopilla, ¿qué podemos hacer? No lo sé, Rosita… ¿quizá un guardaespaldas? Si la gente que le quiere hacer daño ve que cuenta con protección, quizá dejen de hostigarla y la respeten más o le tengan miedo. Excelente idea, Fermín. Vamos a desanimarlos. Déjalo en mis manos.

A Leonor el corazón le dio un vuelco y se dedicó a mirar por las ventanas del hospital al punto de recibir, por primera vez, algún comentario ácido por su distracción. Está por aquí cerca, lo siento, me lo dice mi corazón… ¿Corazón? Soy una enfermera doblemente diplomada, pero estoy a punto de perder la cordura. La tarde pasó lentamente, cada hora la acercaba más a su liberación. Estaba segura de que en la calle lo reconocería entre mil paseantes. Ya lo había descubierto una vez cuando empezaba a seguirla y esperaba que le hablara. Como un enamorado común y corriente. Esta vez será la vencida. Enfermera, la llaman de la dirección, puede usted subir, yo la reemplazaré mientras tanto. Leonor subió a la oficina del director sintiendo un vago malestar. Podían despedir a cualquiera por quítame esta paja, por ejemplo, bajo la presión de la jefa de las enfermeras, que la odiaba no sabía bien por qué. Unos decían que, porque era fea, otros porque su hija, que también era enfermera, quería su puesto, otros por razones de clase social. Sandeces, pensaba Leonor. La jefa es una mujer seca, pero justa y con experiencia, está poniéndome a prueba como profesional. Cuando entró en la oficina estrecha y vetusta del director lo primero que vio fue a la señorita Rosita, sentada muy oronda y conversando con él. También estaba la jefa de las enfermeras, parada en una esquina. Ay, Leonor, mi niña, ¡le estaba hablando al director de los excelentes resultados en tus exámenes! ¿Sabes que nos conocemos? ¡Pertenecemos al mismo club! Leonor miraba a la señorita Rosita con sorpresa no disimulada. Claro, ¿te preguntaras que hago por aquí? Pues tenía que venir a María Elena por trabajo, entonces decidí darme un salto a Tocopilla y pasar a verte. Además, sabía que el doctor Fernández estaba aquí de director, y pasé a saludarlo... No es que quiera recomendarte ni mucho menos... no lo necesitas, eres una enfermera ejemplar. ¿No lo cree, señora? Usted que es la jefa de las enfermeras habrá apreciado el profesionalismo de Leonor. La jefa, que parecía ahogarse con el cuello de su uniforme, solo atinó a asentir con la cabeza. Leonor estaba muy disgustada de ver a la señorita Rosita irrumpir de esa manera en su lugar de trabajo. Pero ella nunca hace las cosas así nomás. Y por donde la señorita Rosita ponía la nariz, Antonio aparecía.

Quieren impresionar al director y a la jefa de enfermeras para protegerme de la vindicta del personal... ¿funcionará la estratagema? Ya todo el mundo aquí se enteró de que tengo guardaespaldas, le había dicho a la señorita Rosita mientras tomaban un café con leche en la salita de la Lili. ¿Un joven con bigotito, quizá?, se inquirió la Lili. No, afirmó la señorita Rosita categóricamente, Antonio Vega sigue en misión en la Patagonia. No es bueno mezclar el trabajo y los sentimientos. Desde ese momento, Leonor se quedó muda, portándose como se esperaba de una joven bien educada, sin dar su opinión, sonriendo mucho y deseando que se vayan todos para poder reflexionar tranquila. Estaba segura de que Antonio estaba rondando por aquí, pero no sabía que lo hacía en contra de las órdenes de la señorita Rosita. ¡Vaya lío que se va a armar! Al día siguiente, la señorita Rosita regresaba en su auto con chofer a María Elena a trabajar y, como era su día libre, Leonor la acompañó. Vamos nuevamente a la ciudad de Mary Ellen Condon… ¡Jajajaja!

Volver a María Elena quizá por última vez

Siempre es difícil volver a María Elena, ¿sabes? Se me vienen tantos recuerdos a la cabeza. Aquí empecé mi carrera, aquí conocí a tu padre… Felizmente pude ayudarlo y apoyarlo en los días aciagos que siguieron a la muerte de tu madre. Nunca hemos hablado de eso. Demasiado doloroso de evocar. Pero un día u otro, por más difícil que parezca, es necesario hablar de algunos eventos. Ver las cosas de frente. Como sabes, soy una persona muy pragmática, o me he vuelto así debido a la lucha por sobrevivir en el trabajo. Cuando llegué a la empresa era una jovencita y tenía la cabeza llena de pájaros. Cuando tu padre tuvo la amabilidad de recibirme en persona y mostrarme los locales, caí perdidamente enamorada de él. No me daba cuenta de que era una quimera, un amor imposible. No me importaba en el fondo realizar ese amor. Me bastaba con verlo cada día e imaginar tonterías. Una palabra amable, una mirada, una sonrisa significaban semanas de felicidad. Así era mi mundillo. Apenas llegué, oí hablar de tu madre, la mujer más extraordinaria de María Elena, una fundadora de la ciudad, encarnación de su alma, luchadora, emprendedora, hermosa, madre de seis hijos. La mujer perfecta. Y de tu padre, el único hombre de la ciudad y sus alrededores enamorado de su esposa. Era una excepción, casi un objeto de burlas… no sabes cómo son los hombres entre sí, no tienen piedad. No se puede exaltar a una mujer sin humillar a su marido. Fíjate en el marido de la gemela celeste…

Te hablo de este amor porque, a la distancia, me doy cuenta de que era más un amor filial, hecho de admiración y respeto, que un amor romántico. ¿Me entiendes, hijita? Aunque a veces tuve sueños con él que ni te cuento. Cuando conocí a tu mami entendí que no tenía ninguna posibilidad. Era impresionante, era innegable su altura. Una mujer dulce pero también recta y apasionada. Me mostró su jardín con tanto cariño. Es el trabajo de toda una vida, me decía. Y lo era. Su orgullo era su jardín y tú, su benjamina, en la que se miraba como en un espejo. Era más distante con las gemelas. Sufrió mucho cuando entendió que no podría criarte hasta el final. Por ello insistía tanto en tu educación. Y no la habrías decepcionado. Ahora yo trato de proteger tu carrera de todo lo que la gente mediocre intenta contra personas como tú o yo. Hay mucha envidia y maledicencia. Así que me permití invadir tu espacio de trabajo, me vas a tener que perdonar. Fermín me llamó para decirme que estabas en peligro. Aquí en el puerto, cualquiera contrata un par de matones para que te hagan daño a la salida del trabajo. Es tan fácil malograr a una mujer. Estamos a la merced de cualquiera. Por eso hay que obtener los medios para defenderse. El mismo matrimonio no es suficiente para proteger a una mujer de la violencia del mundo. Me imagino que entiendes. Entonces, ¿qué queda? Con las armas de ellos defendernos solitas. Concéntrate en tu carrera y olvídate de pajaritos o amores novelescos. Al final, las historias de amor siempre terminan mal. La mujer deja su piel, su alma, mientras el hombre sigue viviendo igual que de soltero.

Leonor la escuchaba atentamente, sin saber hasta qué punto sería capaz de seguir los consejos de la señorita Rosita. Era verdad, tenía la cabeza llena de pájaros, pero eso no le impedía seguir con su trabajo y ser la mejor.

De vuelta en María Elena, sus emociones la ahogaban de nuevo. Era una niña pobre otra vez, mendigando en la estación del tren. Era pequeña, frágil y estaba sola, irremediablemente sola a pesar de los brazos regordetes de la Lili que la envolvían de calor y cariño. Su padre se había ido y su madre la cuidaba desde el cielo, como les dicen a los niños. Leonor caminaba por las calles rectilíneas y claras, pasando delante del teatro cerrado, de la piscina cerrada, de la biblioteca cerrada junto a la señorita Rosita que le seguía hablando de mil y una cosas de su vida y del pasado. Leonor no se atrevía a preguntarle sobre su relación con Antonio para no darle pie a que descubriera que el espía se le había ido de las manos y que ahora estaba en Tocopilla y no en la Patagonia. Las oficinas de la empresa, medio vacías, eran mucho más estrechas y polvorientas que en su recuerdo, y las personas, que las saludaban con cordialidad y respeto, también habían envejecido.

Leonor quiso ver el antiguo buró de su padre, sellado desde su partida, quizá por respeto o por miedo a la mala suerte que provocaría una irrupción en ese lugar. Pensamiento mágico, dictaminó Leonor, pero ella misma se sentía cohibida y vagamente culpable por penetrar en él, como si transgrediera una ley sagrada. Abrió la puerta. Se sentó en el amplio sillón de cuero de su padre, que la recibió con amical solicitud, girando levemente sobre sí mismo. Desde allí veía la oficina entera, con sus anaqueles, cuadros, biblioteca, legajos, todo intocado. Lo único que faltaba era el sombrero colgado en la entrada para imaginar que pronto su padre regresaría a su oficina. Leonor, con lágrimas en los ojos, abrió el cajón de la derecha, lleno de documentos que su padre no había tenido tiempo de firmar, algunas cartas… y una hoja suelta manuscrita. Leonor reconoció de inmediato la bella escritura de su padre.

Era el borrador de una carta que jamás llegó a las manos de nadie.

Estela, amor mío:

Hoy es un día como cualquier otro en esta oficina. Nadie sabe que pronto ya no estaré aquí, sentado en este sillón que se ha acostumbrado a mi peso. Te escribo, aunque sé que ya no eres de este mundo… Estoy pensando en qué hacer con los días que me quedan, que me parecen largos, como sombras que se ciernen sobre mí. Estoy sin fuerzas. Oigo pasos del otro lado de la puerta. En la oficina todos se preocupan por mí, huelen el peligro, el final de una era. Oigo también los tacos de la señorita Rosita pasar y repasar detrás de mi puerta. Reconozco su paso, la he visto crecer a mi lado. Oigo las máquinas que pronto dejarán de funcionar. ¿Cómo anunciarles a mis empleados y trabajadores fieles lo que está por suceder, si ni siquiera puedo mirar a mis hijos a los ojos?

Estoy abrumado, sin ti todo me parece inútil, hasta respirar me cuesta. Quiero huir hacia donde alguna vez fui feliz antes de conocerte, y solo me queda la infancia y la adolescencia. Quiero ver una vez más las fachadas coloridas de Valparaíso, su ambiente de fiesta, de feria, realzada con un cierto perfume de peligro. A ti nunca te gustó allá… pero no me lo querías decir. Quizá huya, es lo que mejor sé hacer. La señorita Rosita será mi albacea, ella es sólida como una roca, me puedo apoyar en ella, además adora a mi pequeña. Ah,

Leonor, la única que extrañaré en esta postrera huida. Hubiera deseado verla crecer, volverse una mujer moderna como sé que será. Es una niña inteligente. La única de mis hijos que tiene sesos, decías tú, siempre tan amablemente cruel. La dejaré en buenas manos. Un tipo como yo que es casi un cadáver vivo, un ser sin voluntad, sería un peso para nuestros hijos que ya tienen bastante. Me iré hacia la costa, y ahí el océano con toda su vastedad indiferente a nuestra temporalidad humana se hará de mí. Me perderé, te iré a buscar allá donde estés…

He de ordenar algunos papeles, luego reflexionaré sobre la mejor manera de no dejar huellas. Por algo soy un científico y ese será mi mayor desafío. No quiero nada postrero ni última palabra ni cuerpo que enterrar ni nada. Mi memoria vivirá en los genes de mis hijos repartidos por el mundo, nuestros hijos y nietos, sí, esos genes tan variados y ricos, tan del Nuevo Mundo.

Así ha de ser. En última instancia, siempre he hecho lo que me ha dado la gana y por eso la libertad hoy me pesa tanto.

La suerte está echada, Estela. De Chile me despediré pronto, Dios sabe que amé mi patria, a pesar de haber servido tanto tiempo a los intereses de los extranjeros. Me arrepiento hoy de tantas cosas… menos de haber sido lo más tuyo que me fue posible.

Tu amante esposo.

La puerta se abrió. Leonor se metió el papel en el bolsillo mientras se secaba los ojos con un pañuelo que había heredado de su madre. Las iniciales bordadas IQQ brillaban sedosamente en la penumbra. Pobre mi Leonor, dijo la señorita Rosita, no debí dejarte sola. Esta oficina es un templo, aquí tu padre pasó la mayor parte de su vida. Aquí están sus libros, enciclopedias, catálogos, mapas, cuadros y diplomas. Otro día vendré a vaciarla y te daré todo. Creo que tú debes heredar las cosas que más amó tu padre. Eras su adoración, ¿sabes, mi niña? Leonor asintió, y salió como pudo de allí y de María Elena. Durante el viaje de regreso, durmió un sueño de plomo apoyada en el hombro de la señorita Rosita. Deseaba llegar a su habitación, encerrarse y pensar.

En la cabeza de Leonor

Dejar de enmarañarse con recuerdos y pistas. Dejar de pensar en lo que no se tiene ni se tendrá. Contentarse con construir cada día, poco a poco, y salir al mundo a buscar una tierra que nos sea buena. Leonor oía las voces y las risas de la Lili y la señorita Rosita en la salita de la casa, pequeña, pero más alegre que la de la gemela celeste, al menos hasta que se arreglaran de a tres. «El triunvirato», decía la gemela rosa muerta de risa. Mi hermana ha instaurado el triunvirato. ¿Cuánto durará? ¿Lo que duró en Roma? Era la solución que había encontrado la gemela celeste para sobrevivir en estas tierras de nadie, abandonada de todos, como decía el padre hablando de María Elena. Pero el planeta entero puede ser tierra de nadie, todo depende de cómo uno cultive su jardín. La sola mención al jardín evocaba la memoria de su madre. ¿Era ella tan solícita y sacrificada como habían querido hacerle creer? Y su padre, ¿tenía el derecho a desaparecer?, ¿a hacer de su cuerpo lo que mejor le parecía? Sí, pensaba Leonor, tenía derecho a desaparecer y a dejarlos así sin un punto final. No quería dejar que su vida fuera resumida a su muerte. Su fin había sido solo suyo, un pasaje entre dos mundos, yendo hacia la mano que su amada le tendía de ultratumba. Leonor sospechaba la complejidad de mecanismo de reloj suizo que eran las tramas de vida entremezcladas. Ella misma estaba con un pie en la infancia y en su familia y el otro, en el hospital, las amenazas y un amor. ¿Iba a seguir pedaleando hacia atrás?

Antonio está allá, afuera, lo siento como la cercanía del mar. Él está afuera, y ahora Tocopilla entero es para mí. Leonor se levantó de un salto de la cama. ¿Pero adónde vas a esta hora, niña?, escuchó antes de tirar la puerta tras de sí. La calle estaba vacía y sola. Muerta. Las casas, chatas y oscuras, se dibujaban como siluetas informes bajo la luz amarillenta de los faroles. Leonor se apretó el chal sobre los hombros y se dijo a sí misma para darse valor: daré la vuelta a la manzana, así me verá. Quiero estar segura de que no es mi imaginación.

Desde su puesto de observación, Antonio la vio salir de la casa con aire decidido. ¿Qué hacer?, Leonor parecía estar a la busca de algo o alguien. Está buscándome, quiere que salga de mi guarida. Era eso. Antonio se quedó paralizado. Sabía que la señorita Rosita estaba en casa de la señora Lili y no quería desenmascararse. Había desertado de su misión en la Patagonia donde había sufrido la agonía de la que tanto hablaban los poetas, pero que él nunca creyó posible. Penas de amor, jajajaja, se decía antes de que apareciera Leonor en el horizonte, qué exageración. Y hoy estaba ahí, oculto en la sombra, como un pobre tipo desesperado intentando acercarse a su amor. ¿Y ella? ¿Qué sentiría? Quizá nada. Todo está en mi cabeza como una fiebre maligna. ¿Me habrá visto rondando por el hospital? ¿Me estará buscando?

En la cabeza de Leonor todo estaba claro. Tenía que hacerlo salir de su escondite y hablar con él. Luego se vería el resto.

Antonio y ella eran la nueva quimera. Estaba segura. De pronto, Antonio la perdió de vista y salió corriendo, con el corazón en la boca. En la esquina oscura, Leonor sintió una sombra que se le acercaba sigilosamente desde un callejón. Nunca se había aventurado hasta allí, y menos de noche y sin avisar... Sintió que unos brazos la paralizaban y una mano callosa se posaba sobre su boca. La mente oscurecida de terror, Leonor sintió que sus piernas ya no la sostenían, su cuerpo caía sin tocar fondo. Olía a grasa, a pescado, a tabaco frío, y una voz con acento extranjero le susurraba al oído. Estaba tan pegado a ella que sentía el corazón del tipo latir contra su espalda. Dónde está Antonio, pensaba alocadamente. Él ya debería estar aquí. Leonor se quedó paralizada, otra sombra se agitaba delante de ella. Otra voz la amenazaba. Decía: Por fin la tenemos, princesa, hace semanas que estamos intentando pillarte. Y hoy caes solita en nuestras manos, caminando con tus propios pies. Tranquila, tranquila, le decía la voz en su oído, la boca pastosa pegada a su cuello. No parece, pero es fuerte, le susurró al otro... ajá... a nosotros nos gustan las mujeres como tú, altas, atléticas, de porte altivo, dijo el tipo que tenía frente a ella. ¿Cuánto son?, trataba de calcular Leonor. Nos han encargado asustarte, para sacarte del camino o bajarte los humos, no entendí bien... Quizá seas demasiado peligrosa para alguien. Nosotros solo obedecemos órdenes, princesa, ¿sabes? No es nada personal. Leonor empezó a retorcerse salvajemente de los brazos del tipo que la tenía medio ahogada. Tranquila, princesa... Te vamos a llevar al callejón de al lado y te vamos a enseñar algunas cosas de la vida. No será desagradable. Solo somos tres. Luego, si prometes quedarte bien calladita, te dejaremos libre. Esperamos que después de esto, te vayas de la ciudad, ¿no?

Leonor cerró los ojos pensando: Estoy a tres cuadras de la casa. Cómo he podido ser tan estúpida, por Dios. Mamita, papito, desde el cielo, les pido que me ayuden a salir de esta... Los hombres la empezaron a arrastrar hacia el callejón, no pasaba un solo peatón, no había alumbrado público, las casas eran oscuras y siniestras y estaban deshabitadas. Leonor levantó la cabeza para respirar, vio las estrellas brillar y las admiró un instante, luego un dolor agudo en la cabeza la hizo caer de bruces. ¿El tipo le había dado un codazo? Alguien la agarró del pelo, arrastrándola por el barro. Luego la soltaron brutalmente, abandonando su cuerpo en una esquina. Leonor oía ruidos de golpes y gemidos, algo se rompía, ¿una botella? Ha llegado mi hora, pensó. Me van a matar, ahorita vienen y yo sin poder pararme. Su cabeza le latía como un corazón inmenso, algo de sangre goteaba de su nariz. Eres enfermera, piensa, concéntrate en tu cuerpo, reacciona, piensa, trata de salir del estado de shock que te ha provocado el golpe en la cabeza. Intentó mover los dedos de las manos, los pies, tosió y le dolió el flanco. Deben haberme roto una costilla, dedujo. Respiró hondo, algo le silbaba, fisura, ¿el tabique de la nariz? No tengo nada grave... Y apoyándose en la pared rugosa intentó levantarse. La cabeza le dio vueltas. Náuseas. Alguien se acercó y le ordenó que tratara de avanzar hacia la luz, en la calle hay gente. Leonor siguió el muro, gateando, alejándose de la pelea, viendo luz a través de sus párpados cerrados a medias. ¿Me ha caído un puñetazo en la cara? No lo había sentido... avanzaba lentamente como esos caracoles que observaba de niña en el jardín de su madre, con tozudez y concentración en cada músculo de su cuerpo, se arrastraba tratando de mantener la cabeza fría. Los tipos no me han podido tocar. ¿Quién me habrá salvado? Creyó ver otras dos sombras que le pasaban por encima… Peleaban en silencio, acallando los ruidos lo máximo posible. Pelea entre gente que no desea llamar la atención de los carabineros ni de nadie. Pelea que nunca tuvo lugar en realidad. Leonor emergió en la calle, la cara cubierta de sangre, alguien la sostuvo, ella dio su dirección. La llevaron en brazos. De pronto la Lili pegaba un grito de loca, Fermín la llevaba hasta su cama. Ponme de costado derecho, tengo que respirar, no vaya a ser que me ahogue con la sangre… Debo tener una costilla rota. ¡Que venga un doctor! Rosita ya fue para llamar a uno. Límpiale la cara, Lili, no se ven las heridas. Es la nariz o el párpado, sangra mucho pero no es grave, dijo Leonor. Oh, por favor, Leonor, aun estando herida, ¡te atiendes sola!

Después de la paliza

La señorita Rosita, preocupadísima, había salido a llamar de un café cercano. ¿Cómo era posible? Ella había dado instrucciones precisas para que se la protegiera día y noche, ¿habrán pensado que estaba segura con ella? ¡Iban a caer cabezas!, pero alguien la había salvado. ¿Cómo? ¿Quién? Un presentimiento le decía que Antonio no estaba en la Patagonia. Había seguido el protocolo a la perfección: nunca dar la alarma, ser discreto y en lo posible hacer que otro se encargara de acompañar a la víctima hasta el hospital o su domicilio. Trabajo de calidad profesional. Estoy segura de que ni la misma Leonor lo podría identificar. Al menos, Antonio es uno en los que se puede confiar. Mañana, en el hospital nadie debe enterarse. Leonor tiene un resfrío, algo de fiebre, nada más… Esta golpiza no les servirá para nada. Eso sí, habiendo visto el aspecto de la niña, no estará de pie en semanas. Hay que sacarla de aquí.

Me la llevaré a Santiago o donde sus hermanas. Nadie debe verla así. Llamaron al doctor Hernández, el que la había prevenido de posibles ataques por parte de cierto personal del hospital. Felizmente, porque él tampoco hablaría. Uy, señorita Leonor, cómo me la han dejado... tiene un golpe en el cabeza provocado por un puño o más bien un cabezazo, pero la nariz se debe haber golpeado cuando cayó al piso. Conozco ese tipo de heridas porque atiendo boxeadores. ¡Soy aficionado! No estoy seguro de si la costilla está rota o solo fisurada, dijo palpando el tórax. Yo pienso que solo está fisurada ya que puedo respirar bien, murmuró Leonor, un ojo medio abierto y la nariz hinchada. El doctor no pudo evitar reírse. ¡Eres profesional hasta las uñas! ¡Tú misma te diagnosticas! ¿Perdiste el conocimiento durante el ataque?, ¿recuerdas algún rostro? No creo haber perdido por completo el conocimiento, quizá un instante, cuando me lanzaron contra el muro, en el momento que llegaron otros a defenderme. El que me tenía acogotada me abalanzó contra el muro, sí. De ahí me deslice hasta el piso. Luego, alguien me levantó y me ordenó que me guiara hacia la luz. Me arrastré como pude, gateando, creo.

La pobre Lili esperaba afuera a que Leonor fuera examinada. Pero qué es esto, ¿estamos rodeados de criminales, de matones en esta ciudad de perdición? En María Elena nunca nadie se hubiese atrevido a tocarle un cabello. Mi pobre niña está desfigurada, sus lindos ojos hinchados, la nariz quizá rota... felizmente no le rompieron ningún diente. ¿Te imaginas Fermín? Son matones de puerto, quizá prófugos extranjeros. ¿Por qué le habrán hecho algo así? Qué les hizo ella que solo quiere sanar a las personas. ¡Sanar, no matar! Ya cálmate, Lili, vas a despertar a los niños y a ellos qué les vamos a decir. Ha salido bien parada, pienso que la idea era hacerle algo peor, dejarla dañada para siempre. Oh, Fermín, de solo pensarlo, me quiero morir. Yo que, al pie del lecho de muerte de su madre, juré cuidarla con mi vida, ¡me hubiese muerto! Lili, has hecho tanto por ella, más que una madre. No tienes por qué culparte de nada. Ahora que vuelva Rosita, veremos qué hacer. ¿Ha dicho algo el doctor? Todavía nada. Qué bueno que no vive lejos y pudo venir tan rápido. La Leonor al menos tiene un amigo en ese hospital de m…

La señorita Rosita ahora estaba segura. Hacía algunos días que Antonio no se reportaba desde la Patagonia. Está enamorado, muy enamorado, diría yo, como para arriesgar su paga y la consideración que siempre le he tenido. Debí imaginarlo. Fue un error pedirle que siguiera a Leonor, que es una niña hermosa; mirarla de lejos, día tras día, es de lo más romántico. Y eso que sus amigotes me aseguraron que no tenía corazón y que se burlaba de todas las mujeres que caían a sus pies. Es un don Juan sin piedad, habían dicho los tontos. Y ahora el Antonio hace locuras… pero al menos ha sido eficaz, la ha salvado del ataque. Estoy segura de que fue él. Mis hombres se deben haber ido de parranda sabiendo que estaba yo con ella donde la Lili. Deben haber llegado al final, a poner la balanza de su lado. Ahorita deben estar organizando una versión creíble para mis oídos. Como si yo hubiera nacido ayer. La niña está toda machucada y no va a poder trabajar. Vamos a tener que evacuarla de aquí sin que nadie se dé cuenta, si se le puede mover… Rosita volvió a la casa de Fermín, puso cara de circunstancia y presionó el timbre.

¿Doctor Hernández, podemos trasladarla hoy? Estimada señora, Leonor está felizmente menos herida de lo que parece. La he vendado porque se ha fisurado o roto una costilla, solo necesita reposo y tranquilidad. Aquí no se puede quedar, doctor, espero que entienda. Sí, entiendo. Aunque está muy adolorida y moverla ahora no sería recomendable, ella es enfermera y sabe perfectamente hasta dónde puede soportar. Mañana va a dolerle mucho más el cuerpo y los golpes. Actualmente se encuentra todavía bajo el efecto de la adrenalina... Así que, si quiere trasladarla, quizá sea mejor ahora. ¡Pero no hasta Santiago, por favor, está demasiado lejos! Pueden ir a Antofagasta, allá conozco un doctor que la puede seguir tratando. Prepararé un certificado médico para que deje de trabajar un mes por lo menos. ¿Bajo qué pretexto?, preguntó la señorita Rosita, no le quiero dar el triunfo fácil al desgraciado que envió a los matones contra la niña. Qué bajo, qué cobarde, comentó la Lili, roja de furia. Mmm... quizá una enfermedad contagiosa, ¿una gripe? Ya veré que sea creíble. No se preocupen. Intentaré abrir los ojos y oídos para saber quién está detrás de todo esto. Pero la señorita Rosita ya lo sabía, y sabía que no se podía hacer nada contra esa gente. Así son las cosas, le diría luego a la misma Leonor. El puerto está en manos de gente muy poderosa que puede «maniobrar» fuera de la ley. Y nadie les puede probar nada. Es mejor que vuelvas a trabajar en unos meses, cuando el nuevo hospital haya sido inaugurado y la gente haya olvidado el incidente.

Pero ¿dónde nos vamos, señorita Rosita? A Antofagasta, mi niña. Allá estaremos tranquilas. No puedes aguantar un viaje a Santiago y menos hasta Concepción. Sí, lo sé, no te gusta esa ciudad, pero no nos queda otra salida. Duerme un poco. Leonor, envuelta en una gran frazada, se acomodó en el asiento de atrás como pudo. Antonio, con la camisa manchada de sangre, la vio pasar de lejos. ¿Adónde se la estarán llevando y cuándo acabará esta carrera contra vientos enemigos? Siempre nos están alejando... Y yo que pensaba decirle toda la verdad, declararle mis sentimientos. Ahora solo espero que no me haya reconocido. Malditos matones, y los tuvo que dejar ir. Ambos bandos eran enemigos de los carabineros y actuaban fuera de la ley. Cuando vieron que la chica había logrado escapar, salieron corriendo. Felizmente pudo convencer a sus colegas de que no lo mencionaran y así acaparar todo el mérito. Si la jefa se entera de que estoy aquí, me botará del servicio sin miramientos. Pero si yo no hubiese estado aquí vigilando por las razones que fuese, se la dañaban a la niña y peor para todos. Así que estamos empatados.

Nuevamente Antofagasta

Se oía el mar. A Leonor, completamente ciega, solo le quedaba aguzar el oído. Le dolían hasta las raíces del pelo, y su cuerpo entero estaba cubierto de los moretones que le habían hecho sus atacantes y sus defensores. Los brazos, el cuello, los muslos estaban hinchados, la nariz le dolía y solo podía moverse hacia un lado porque del otro estaba su costilla rota. Hija mía, por primera vez, no da gusto mirarte, ¡pareces un boxeador que ha perdido su pelea por *knock out*! Lo peor es no poder leer, gemía Leonor entre sus labios amoratados e hinchados. ¡No sé cómo, en tan poco tiempo, me han podido pegar tanto! Lo más increíble es que no recuerdo los detalles. En ese momento no sentí dolor, escuchaba mi corazón latir en todo el cuerpo. Lo que sí recuerdo es el olor a tabaco y a pescado del tipo que me tapó la boca, y su acento... ¿polaco? No lo sé, es muy extraño. De todos modos, mi niña, no los van a capturar porque no hicimos ninguna denuncia, y nadie te ha visto golpeada, salvo el doctor Hernández que está obligado a guardar silencio por secreto médico. ¿Y eso por qué? ¡No los van a poder juzgar y otro día quizá se lo hagan a otra mujer con menos suerte que yo! Leonorcita, lo más probable es que estén todos en algún barco con destino al Callao o a no sé dónde. Siempre se contrata a marineros que están por levar el ancla. Así no se corre el riesgo de que sean atrapados o reconocidos. Sabe mucho del medio criminal para una señorita tan decente como usted, mi querida Rosita. Jajaja. Leonorcita, así es desde que el mundo es mundo y existen los puertos. Y sí, sé mucho de los medios confidenciales, y sí, puse a dos guardaespaldas para protegerte. Aparentemente, ellos mismos se dieron de baja esa noche, pensando que estabas segura conmigo en casa de Lili. Y tú, Leonor, ¿me puedes decir por qué diablos saliste así de la casa? Sabías que estabas en peligro y saliste sola, de noche y como un ladrón. Explícame, por favor, porque esa decisión te llevó directo al estado en que estás. Y hubiera podido ser muchísimo más grave. ¿Pero entonces quién me salvó?, le contestó Leonor con su media lengua. Ajá, no eres ninguna boba, como diría tu madre que en paz descanse... Me estás dando la vuelta a la tortilla. Te salvaron ellos, pero llegaron un poco tarde, y de ahí que estés toda fea y llena de moretones, como has heredado la piel fina y las venas frágiles de tu madre. Leonor miró sus brazos y sus piernas con el medio ojo que podía abrir e intentó sonreír. Estoy tan cansada... hablemos después. Si, mijita, le contestó la señorita Rosita, aliviada por el momento.

El hotel estaba felizmente vacío y a ella le agradaba su aire impersonal e impecable. Era un lugar en el que no se habían tejido tramas de recuerdos ni fantasmas, y eso la ayudaría a sanarse. Haberla llevado a María Elena no había sido una buena idea. Además, qué golpe para Leonor irrumpir en la oficina del padre que nadie se había dado el trabajo de vaciar. Es cierto que era yo quien tenía la llave. La señorita Rosita se instaló en la terraza a tomar un café con leche y mirar el mar. También ella presentía que ese era el mar que se había llevado el cuerpo, vivo o muerto, del padre de Leonor. Pero hoy la niña se ve más apaciguada. ¿Será que ciertas cosas se están asentando en su mente y en su corazón? Estoy segura de que, si salió esa noche a la calle, fue porque se enteró de la presencia de Antonio en los alrededores. ¿Cómo lo supo antes que yo? Mis informadores ya no son como los de antes, suspiró. Ese Antonio. Debe saber que estamos aquí; ya aparecerá, y cuando aparezca, veremos. Le habían traído un correo voluminoso de la recepción, y Rosita se puso a mirar los documentos con la parsimonia y la concentración que la caracterizaban, la misma que la habían hecho tan valiosa ante los ojos de sus jefes. Solo papeles inútiles, no sé para qué tengo una secretaria en Santiago. Pero entre ellos, una carta oficial de carabineros le informaba del inminente cierre del caso de la desaparición de XX por falta de pruebas, y otra, de la prescripción del hecho. Todo termina por prescribir, pensó nostálgica. ¿Será que ya es hora de cambiar de era?

Leonor había visto al médico esa mañana, un amigo del doctor Hernández de Tocopilla y persona de fiar. Al comienzo la miró con mucha preocupación y tristeza, debe pensar que mi marido o mi algo me ha dado una paliza. Debe haber tantas mujeres en esa situación. Pero la señorita Rosita le explicó, con voz calmada, que se trataba de un intento de secuestro que terminó mal entre esos criminales y los guardaespaldas de la señorita. Viendo el lujo de la suite del hotel, el doctor no dudó más. Son asuntos políticos que es mejor ignorar, había terminado por decir la señorita Rosita. En realidad, no tiene nada grave, afirmó el doctor, solo necesita reposo. Y Leonor sintió por fin su cuerpo relajarse sobre esa cama blanda, de sábanas impecables. Era como descansar sobre una nube. Y después de haber trabajado tanto en el hospital, dormir era una bendición. ¿Dónde estará Antonio? Sabrá que estamos aquí. Si no lo sabe, lo averiguará pronto.

¿Sus pensamientos divagaban, o era el calmante que le había dado el doctor? Las imágenes del callejón oscuro emergían a su conciencia, el terror había borrado de su mente en un instante toda palabra y todo razonamiento. Ella era una pobre cosa tirada en el barro y cualquier paseante la hubiera tomado por una prostituta borracha o herida de un cuchillazo. ¡Cómo son las apariencias! Hoy, lavada y en esa suite del hotel parecía una *cocotte* de lujo apaleada por su amante o la hija de un político a quien se le había querido secuestrar. ¿El mundo es solo apariencia? Leonor, en el fondo, sabía por qué estaba allí y adivinaba quien jalaba los hilos de esta historia. ¿La señorita Rosita aparentemente tan jovial? Todo, absolutamente todo lo que le había pasado en la vida estaba ligado a ella. Su padre se la había confiado. Hasta el Antonio le venía directo de sus servicios en Santiago. ¿Qué maraña era esta?

Los días pasaban y Leonor podía tomar el sol en la terraza. También habían llegado sus ropas y libros, en particular aquel entre cuyas páginas se encontraba la última carta de su padre. Pronto voy a tener que regresar a Santiago, Leonor, y creo que es mejor que te quedes aquí en reposo, ¿no, mijita? Le he pedido a la Lili que te venga a cuidar, pero está muy ocupada con los niños y el embarazo… Quizá la gemela rosa pueda venir unos días, así preparan juntas el viaje a Concepción. No vas a poder retomar el trabajo todavía. No sé si vuelva a querer trabajar donde hay gente capaz de mandar matones contra una enfermera, musitó Leonor. De solo imaginar que volviera a pasarle algo así, temblaba de cuerpo entero. Querida Leonor, es el shock, estás traumatizada por lo que pasó. Poco a poco, se irán las imágenes de tu cabeza. Además, acuérdate de quién te salvó. Te quería preguntar eso desde hace tiempo. ¿Viste o reconociste a alguien durante la pelea? Lamentablemente no, no vi ninguno de los rostros ni de los atacantes ni de los defensores. Pero usted debe saber, ¿no Rosita? Ejem… Bueno, nada de esto hubiera pasado si no hubieras salido subrepticiamente de la casa a ver a quién sabe quién. Fui a buscar a Antonio, dijo Leonor. Sabía que rondaba por la ciudad, lo habían visto cerca del hospital. El joven del bigotito. ¡Ah! Pero no sé nada más de él… ni si se encontraba entre mis salvadores. Él fue quien dio la alarma, Leonor. Él también estaba ahí por ti. Puedo considerar que Antonio ya no trabaja para mis servicios desde este momento, Leonor. Es lo mejor para todos…

El hotel de lujo

Desde que la señorita Rosita había regresado a Santiago, Leonor se sentía liberada de un peso o de una sombra. No era culpa de ella formar parte de la maraña político-económica de Chile. ¡Y pensar que papá hubiera podido hacer lo mismo que ella! La señorita Rosita ha empleado el poder que tiene entre las manos para ayudar a la familia, como siempre lo ha hecho, dictaminó la gemela rosa. No quisiera que digas lo contrario, Leonor. Hay cosas que no sabemos, siempre hay cosas que no sabemos. La gemela rosa estaba feliz con aquellas inesperadas vacaciones sin hijos que se daba al lado de Leonor en ese maravilloso hotel y su maravillosa piscina. Desde su balcón, Leonor podía ver a su hermana nadar por las mañanas rodeada de curiosos y admiradores. Había recuperado su silueta de antes del embarazo y estaba fresca y radiante como nunca. Ya puedes salir un poco, Leonor, tienes que ver gente, siempre estás leyendo, uno o varios libros en las manos. Estoy cortada del mundo, hermana, temo que por ahí surja uno de esos tipos. Fue horrible, sabes, pensé que me matarían. Aquí en el hotel no corres peligro. Además, esa gentuza quería que te fueras de Tocopilla, y te fuiste de Tocopilla. Mañana bajaré contigo, te lo prometo. Ojalá… tienes esa maldita tendencia familiar al encierro, a temer al mundo exterior, que puede ser muy peligrosa, acuérdate de mamá. Apenas tienes veinte abriles, Leonor, o casi… Con un poco de maquillaje o de polvo en las mejillas, no se verán más tus moretones, ya se te deshinchó la nariz, solo falta que te deje de doler la costilla y podremos irnos a Concepción. Vas a venir, ¿no?

Desde la ventana del hotel, Leonor intentaba ver si a lo lejos, después de los jardines y de las fuentes, se dibujaba la figura familiar de Antonio. Por más que se esforzaba, no lograba sentir su presencia en los alrededores. No estaba allí. ¿La señorita Rosita le ha prohibido que se me acerque? Sería muy extraño. Pero a veces es tan extraña. Ella sabe más de su pasado que yo. Leonor no le habló a su hermana de sus dudas y esperanzas, esta vez no.

Estaba sola con eso, y por sus propios medios tenía que salir de esa situación. La confesión del padre le había abierto una puerta que de inmediato se le había cerrado con la paliza en el callejón. Había temido un instante por su vida, qué horrible fue cuando la vista se le nubló ante la conmoción del golpe. Su cuerpo era un estropajo sacudido por esos tipos, y esa horrible sensación la despertaba todavía por las noches. No se debe vivir con miedo, le ha dicho el doctor. El tiempo todo lo cura, decía su hermana, y la Lili en el teléfono le repetía: Tienes que venir al nacimiento, los niños te reclaman. El mundo está ahí fuera, rugiendo como una hermosa fiera.

Y había que poner la cabeza entre sus fauces.

Último día/primer día

Años después, contaría esa escena digna de cuento de hadas a sus hijos reunidos a su alrededor como una grapa en su casa de Lima. Era verano, y Leonor volvía a Tocopilla, no a trabajar en el hospital que ya estaba casi por inaugurarse, sino para acompañar a la Lili en su parto. Estaba preocupada y caminaba por las calles con la cabeza baja y la mente que divagaba. ¿Su adorable Lili estaría tan grave como decían? Ya ha parido dos veces y sin ninguna ayuda, pensaba Leonor. Pero por qué esa fiebre. Leonor había llegado de Antofagasta con la gemela rosa. Dadas las circunstancias, no puedo ir a Concepción sin pasar a ver a Lili. Estás apenas repuesta, le había contestado su hermana, aún no puedes hacer movimientos bruscos; yo te acompaño. Hace tiempo que no veo a Fermín ni a los niños.

La Lili estaba en su cama, Leonor nunca la había visto echada así. El día era su reino, iba y venía siempre ocupada, conversando o canturreando una canción de moda. La casa estaba desolada sin la presencia que la animaba y le daba su belleza y calor. Los niños, en silencio, andaban como perdidos, y Fermín se quedaba en la puerta, esperando a que por fin despertara. Soy enfermera, había dicho Leonor, yo me encargaré de cuidarla. Pero la Lili perdía fuerzas y nadie sabía por qué. El doctor Hernández había venido y la había examinado. No podemos hacer nada mientras no dé a luz. Creo que el problema no es el embarazo, hay otra cosa… pero es posible que después del parto se recupere, le informó confidencialmente el doctor. Leonor no le había dicho nada a su hermano para que no se desesperara aún más.

En las calles bulliciosas se anunciaba la llegada de una compañía de teatro itinerante: Después de una gira internacional por Argentina, Colombia y Perú, directo de Santiago, la compañía XXX hace escala en el gran teatro de María Elena… Y seguían bumes y bames de una orquesta invisible escondida en un camión con gramófono. Leonor vio pasar el cortejo con indiferencia y ensimismada en sus preocupaciones. Parece un circo de provincia, pensó, mientras caminaba hacia el hospital. Finalmente, tendrían que llevarla a la maternidad, a pesar de Lili que protestaba con la energía que todavía le quedaba. ¿Ir al hospital?, están locos, es mi tercer hijo y no estoy tan vieja. El doctor lo ha recomendado, Lili… Y además en ese maldito hospital en el que le hicieron la vida imposible a mi Leonor… ¡No! Pero la pobre tuvo que aceptar parir en una maternidad moderna con luz blanquecina, rodeada de enfermeras y doctores que hablaban en difícil. Leonor fue recibida con cierta amabilidad, la gente olvida rápido, ¿sabes?

Deben haber pasado a otros odios. Leonor tuvo que hacer un esfuerzo para atravesar la puerta. Los olores y la atmósfera le recordaron esos meses de hostilidad y de intenso trabajo. Creo que me he vuelto cobarde, pensaba, ya no tengo la fuerza para luchar, luchar siempre. Ni su rostro ni su cuerpo mostraban marcas de la paliza, pero todavía le dolía el costado cuando se reía o bostezaba, y cada punzada le recordaba lo que había pasado y sobre todo la misteriosa desaparición de Antonio.

Un parto bajo anestesia. Hay que sacar al feto de allí lo antes posible, había declarado el médico. La madre está muy débil, su corazón late apenas. Leonor había oído el dictamen, y se había puesto los guantes, la mascarilla, la blusa y la toca para ingresar en la sala de operaciones. Su mente estaba totalmente alerta y concentrada a pesar del temor que le atenazaba el estómago. La Lili se veía tan pequeñita en la mesa de operaciones, como una niña gordita, sus ojos cerrados, sus ojeras azules, sus manos por fin desocupadas le daban un aire de santa de iglesia. Dios mío, protégela, sálvalos a los dos, murmuraba Leonor, prometiendo prender una vela a la Virgen si todo salía bien. La operación fue muy breve, la guagua emergió de la carne viva de su madre, con los ojos abiertos sobre el mundo y muy tranquilamente pegó un breve gritito. Está perfecta, dijo alguien. La Lili inerte esperaba a que se le cosiera. El doctor le hizo un gesto con la cabeza, queriendo darle ánimos Sus signos vitales se han estabilizado, todo va a salir bien. La Lili necesitará ayuda por primera vez en su vida, le dijo Leonor a Fermín que se moría de angustia en la sala de espera, pero las dos están bien. Ya paso lo peor.

Y ahora volver a la casa a ocuparse de mil cosas y con el costado que le jalaba. Sus sobrinos estaban tan felices que se le olvidaron todos sus males. La gemela rosa se había ido a un hotel para «esperarla» como había dicho, pero Leonor no podía irse de Tocopilla ahora, la Lili la necesitaba al menos por algunas semanas. En el fondo de su corazón, se decía, quizá el Antonio vuelva por acá y podamos conversar un poco. Han pasado tantas cosas que el tiempo ya no era el de su infancia en María Elena, largo y lleno de bostezos, sino uno febril que le decía, bienvenida a la vida, pero le advertía también de peligros que acechaban en la sombra. Por sobre todas las cosas, a Leonor le disgustaba el mal y poseía un olfato sensible para percibirlo. Así sería durante el resto de su vida. Y seguiría buscando una casa que pudiera ser suya mientras se la pasaba de aquí para allá, ayudando a sus hermanos, o refugiada en un hotel de lujo luego de una paliza. Qué mundo este… cuando se lo cuente a mis nietos no me van a creer, le decía a la gemela rosa. Tu vida es de novela, le contestaba esta. Y la tuya, querida, y la de la gemela celeste y la de Lili también. ¡Todas somos heroínas! ¡Jajaja! Hablando de romance, Leonorcita, el doctor Hernández te mira con ojos de cordero degollado… uy, no me había dado cuenta, en medio de tantas cosas.

Para su mala suerte, el doctor Hernández tuvo la desacertada idea de invitarla a ver la obra que estaban dando en el teatro de María Elena. Es una zarzuela y tiene mucho éxito, la gente hace cola. Sí, hace años que no venía una compañía de nivel internacional. Estoy seguro, señorita Leonor, de que le va a encantar. Pero tendríamos que dormir allá… Usted podría dormir donde sus hermanos. No, doctor, ya no viven en María Elena, pero creo que hay un hotel. Está completo, allí se alojan los artistas y técnicos. Podemos dormir en la posta, dijo el doctor. Hay unas camas disponibles para el personal, yo lo puedo organizar si a usted no le molesta lo rudimentario del lugar. ¿La posta médica? La conozco muy bien, cuántas veces he ayudado haciendo mis prácticas. ¡Podemos hacer eso! El doctor Hernández, bastante tímido, de mediana estatura, fornido, moreno y con gafas, no tenía nada de un galán de novela. Era un excelente profesional y Leonor admiraba sus manos expertas y sus conocimientos. Usted hace que la gente se sienta cómoda y hable con mesura de sus males, le decía Leonor. Formamos un buen equipo profesional, ¿no señorita? Apenas esté bien repuesta le podré hablar de mis planes de instalar un consultorio privado. Claro, doctor. Pero Leonor sentía que no era el momento y que Tocopilla no sería su puerto de amarre. No se quedaría allí, estaba segura.

La obra de teatro en María Elena

El doctor Hernández y Leonor llegaron a María Elena por la tarde. Siempre que volvía a su ciudad natal le impresionaba el ordenamiento de las calles y avenidas, la armonía de las construcciones y la geometría de su diseño. Quizá su gusto por la virtud y el orden le venía de la intuición de que era posible organizar el mundo, como esta ciudad surgida de los planos y la voluntad de los ingleses. La plaza, el teatro, la piscina, hasta el emplazamiento de la pulpería ha sido pensada para estar allí donde está. ¿Aquí nació usted, señorita Leonor? Sí, mis padres llegaron en el año veintitantos… Mi madre hablaba de la ciudad como si se tratase de un sueño, un espejismo. El desierto volverá a ser desierto y un día nos olvidarán, decía, como olvidaron a los antiguos pobladores aymaras. ¿Por qué desaparecería María Elena, señorita? Porque depende completamente de la oficina salitrera y de lo que se le pueda extraer a la tierra. Si un día se reemplaza el salitre por otro recurso natural, María Elena desaparecerá, así como Pedro de Valdivia. Tocopilla sí va a sobrevivir, es un asentamiento antiguo, como Antofagasta. Además, son puertos. El doctor Hernández se daba cuenta de lo diferente que era Leonor con respecto de las demás jovencitas. Su pensamiento iba siempre más allá de lo que se esperaba en esas circunstancias. De pronto, oyeron de lejos pasar el camión con una bocina que anunciaba la función de la noche. Bim bam bum, una música heroica con profusión de timbales. Luego, una voz masculina, aterciopelada, como de cantante tanguero, que anunciaba el programa. Quedan pocas entradas en el gallinero, decía. Nosotros estaremos en platea, confirmó el doctor a Leonor, orgullosísimo.

Llegaron al teatro a la hora exacta, después de guardar sus cosas en el dispensario de la posta médica. Leonor estaba hermosa, con una blusa de bastitas y cuello redondeado, sus inmensos ojos verde agua y sus bucles bien separados por una raya al medio. Se había pintado la boca y parecía una actriz de cine, sofisticada a pesar de ella misma. El doctor se quedó boquiabierto. Leonor dijo: Es gracias a la costurera de mi hermana, ¡una verdadera artista con la aguja! El teatro de María Elena era desproporcionado a la talla del pueblo. Su lujo y modernidad correspondían a una ciudad grande pero allí estaba, en mitad del desierto, en lo que era al fin y al cabo un campamento de lujo destinado a los trabajadores de la planta salitrera. A Leonor le incomodaba esa grandilocuencia cuando recordaba el aspecto extractivo de la economía de la ciudad y del norte de Chile. Como a su padre, le escandalizaba que las riquezas del subsuelo salieran tan alegremente del país. Pero no era una noche para pensar en ello. Leonor, inmersa en la magia del teatro, brillaba aún más bajo las luces y en ese marco encantado. Al entrar en el teatro, uno ya no pisa la misma tierra ni se respira el mismo aire que afuera, ¿no es verdad, doctor? Y así era, el público se movía aspirado por la misma irrealidad, ávido de las ensoñaciones que se le ofrecerían desde la escena. Pronto saldría el maestro de ceremonias a presentar la obra, mientras los músicos afinaban los instrumentos. Leonor y el doctor estaban muy bien ubicados en el medio de la platea. Ella le agradeció la invitación nuevamente. Las luces empezaron a bajar la intensidad, los comentarios se acallaron.

Un joven vestido de chaqué, con los cabellos engominados y bien peinados hacia atrás, salió a escena. Ya no tenía el bigotito fino que lo había caracterizado como periodista, espía o guardaespaldas entre la Patagonia y el gran Norte, pasando por Santiago, Concepción y Antofagasta. Pero era él, el mismísimo Antonio Vega Figueroa, que con una voz aún más aterciopelada que la del camión, presentaba la zarzuela, su historia, la época de la acción y los personajes. Leonor se hundía en la butaca para evitar su mirada. El instante se le hacía eterno. Repentinamente, un proyector se dirigió a la sala, barriendo al público como un brochazo de luz, de derecha a izquierda. La gente aplaudía dándose su lugar en ese diálogo intenso entre la escena y su público. Leonor no pudo mirar a Antonio, siempre parado en el escenario, pero sintió su mirada como una flecha. La había visto, estaba segura. Involuntariamente, emergían sus recuerdos del paseo en Valparaíso que ya había revivido en su mente varias veces. Antonio le había hablado de un tío muy querido que administraba una compañía de teatro itinerante. Le había contado de sus viajes a Argentina y de su amor por las tablas. Amor que heredaría a sus hijos y a sus nietos. Y ahora estaba allí, frente a ella y al público. A Leonor el corazón le latía como un tambor cuando las luces se apagaron nuevamente y empezó el espectáculo.

Leonor se recluyó en la penumbra para calmar sus emociones y entrar por completo en la obra. La oscuridad era bienvenida, así evitaba mostrarlas brutalmente, como esas placas fotográficas que pierden contraste al ser demasiado expuestas a la luz durante el revelado. Leonor era una planta de invernadero, necesitaba de muchos cuidados para expresar la delicadeza de sus sentimientos. Pero, por el momento, estaba como en trance. Antonio se encontraba allí, a unos metros, en María Elena, y no había pasado a Tocopilla a verla, aun sabiendo, y estaba segura de que lo sabía, que se quedaba con la Lili. ¿Habrá decidido no volver a verme más? ¿La señorita Rosita se lo habrá prohibido? Pero ya no trabaja para ella... Mil y una explicaciones posibles se le venían a la mente, y ella siempre terminaba con la misma conclusión: Antonio no la había buscado después de haber recobrado su libertad de movimiento y de opinión. ¿La habría olvidado? Imposible. Si no, ¿por qué estaba en María Elena? Antonio era el *manager* y había organizado la gira, él mismo lo había dicho en su discurso. Gracias a él, la compañía estaba en el teatro de María Elena por primera vez. Era para acercarse a ella. Era evidente.

Mañana la Compañía organiza unos pasacalles para despedirse de María Elena. Si lo desea, podemos asistir antes de regresar a Tocopilla... El doctor Hernández estaba encantado de la zarzuela y seguía silbando los aires madrileños por las calles de la ciudad. Leonor caminaba callada, con la magia en los ojos y en los oídos. Qué maravilla el teatro, ¿no? Todos sabemos que no es real lo que pasa en escena, pero se vuelve más real que las vidas de cada uno por separado. El amor triunfa siempre, y la justicia también, lo cual no pasa casi nunca en nuestras vidas. El amor no puede triunfar siempre porque existen los amores no correspondidos, señorita Leonor. ¿Se imagina todos esos amores imposibles? Por cada amor correspondido, ¿cuántos corazones rotos vagan por ahí? Uno implica lo otro. Pero el teatro nos dice que hay alguien destinado a cada uno. ¿Por qué no creerlo? Al menos por esta noche, bajo un cielo estrellado y tan bonito, ¿no, doctor? Recordaré siempre este momento, sabe, y se lo agradezco mucho, doctor. Ir al teatro, salir nuevamente, después del encierro en el hotel, después de la paliza y del susto que nos pegamos con la Lili… Es un lujo asistir al teatro y entrar en ese mundo de maravilla. ¿No le parece, doctor?

Esa noche, Leonor esperó en vano alguna señal de Antonio. Como en una obra de teatro, se imaginaba a sí misma vestida de blanco, asomándose a la ventana para hablar con él de todo lo que había ocurrido después de su paseo por Valparaíso. Desde ese viaje, su cuerpo había sido maltratado por la enfermedad y por la violencia de la gente. Y había madurado. ¿Por qué fijar su historia en lo fisiológico? ¿Deformación profesional? Ya no era su cuerpo con redondeces de niña el que enfrentaba el mundo, era uno nuevo, más atlético, más felino, más feroz incluso, pero siempre adornado por esas manos plácidas que había heredado de su madre. A pesar de su duro trabajo de enfermera y de los productos desinfectantes, sus manos seguían siendo las de una madona apoyadas una sobre la otra en su regazo, como si nada nunca pudiera afectar su delicadeza. Pero él no vino, y ella no sintió esa sensación extraña como un rondar de lobos alrededor de una cabaña aislada en los bosques. El lobo no rondaba y de seguro dormía agotado en su cama de hotel y sin haberla visto en medio del público. ¿Cómo hubiera podido verla precisamente en el instante fugaz en el que los proyectores pasaron sobre ella? Imposible. Su imaginación se le iba como un caballo salvaje por las estepas. No, Antonio no había tenido ese impulso del corazón que hubiera imantado su mirada hacia ella en medio del gentío. No.

Pasacalle

Algunos de los artistas desfilaban subidos en un carro descapotable; otros lo hacían a pie, vestidos con ropajes de época, mientras una música que variaba entre tangos, boleros y rumbas resonaba en los parlantes sin relación alguna con la época que indicaban los vestuarios. Leonor reía, era cómico ver a los actores ataviados como sus personajes, pero con actitud contemporánea, saludando a la gente que los miraba con admiración. El doctor Hernández, feliz como un niño, saltaba para ver mejor, y saludaba al cortejo, agitando la mano, olvidando su timidez y pudor profesional. Son impresionantes, aunque me los imaginaba más altos y fornidos a esos espadachines, decía el doctor. Leonor buscaba en medio de la multitud la presencia de Antonio. Tiene que estar por aquí, tiene que estar. Pero no conducía el carro ni figuraba entre los actores. Como si se lo hubiese tragado la tierra. Leonor, decepcionada, intentaba esconder su estado de ánimo al pobre doctor que no entendía nada de nada. Volvieron a Tocopilla, en silencio, ensimismados en sus pensamientos. Leonor hubiera querido ir al hotel a ver si lograba coincidir con Antonio o al menos verlo de lejos. Pero la presencia del doctor la cohibía y, mientras no salieron de María Elena, le molestaba tenerlo a su lado. He debido explicarle la situación, se decía a sí misma. No tengo nada que ocultar. Qué tonta… No, qué boba he sido, ¿no mamá?, pensaba reflejándose en la ventanilla del tren donde desfilaban los paisajes taciturnos del desierto.

Algún día, cuando tenga hijos, les contaré acerca de esta jornada increíble, doctor, y será como revivir el momento, ¿no? Les hablaré de usted, de su profesionalismo, y a ellos les parecerá tan lejano y tan fantástico este momento, esta geografía chilena tan especial, esta ciudad de María Elena que emerge del desierto como la alucinación de un loco, y la obra de teatro similar a un sueño dentro de un sueño… El doctor Hernández la escuchaba con los ojos entrecerrados, deleitándose del instante de estar con ella, de escuchar su voz que sabía contar las cosas dándoles un aire de maravilla.

VI

La lejanía

Tocopilla, de nuevo

La Lili había vuelto a casa y se había puesto de inmediato en actividad. Iba entre la cocina y el patio con la guagua pegada a la teta. ¿Cómo puedes hacer tus labores con la beba en brazos?, le preguntaba Leonor con admiración. Como mis ancestros, mija, siempre hemos hecho de todo con la guagua en brazos o cargada a la espalda. No se puede dejar de trabajar porque se acaba de parir, ¿sabes? Y cuando tienes animales en casa, resulta peor. ¿Imagínate si las vacas o las gallinas entendieran por qué no se les atiende? Tú harás lo mismo cuando tengas críos, estoy segura. No seré capaz ni de la mitad de lo que puedes hacer, querida Lili. Pero tengo ganas de volver al trabajo, me han dicho que ya está funcionando el nuevo hospital. Lo tuvieron que abrir de urgencia para recibir a las víctimas del aluvión. Voy a preguntarle al doctor Hernández a ver si me puede ayudar a reintegrarme al servicio. Pobre doctorcito, sabe perfectamente que no tiene absolutamente ninguna chance contigo. ¡Te amará en silencio hasta la muerte! Uy, qué dramática, Lili; ¡ya pareces la gemela rosa! ¡Sí, porque la celeste, con su General y su marido no es ninguna mosquita muerta! Si ellos aceptan la situación y les conviene, ¿por qué no, Lili? Dos maridos, yo no podría, afirmó la Lili muy seria, si ya con uno, ¡estoy ocupadísima! Si quieres te cargo a la beba un momento.

¿Y la gemela rosa, está aún en Tocopilla? Sí, sigue en el hotel, pero ya está extrañando a sus hijos, no creo que dure mucho aquí. Aunque tenga una suegra excepcional, sus hijos la deben reclamar. Deberías ir a verla y decirle de frente que no vas a regresar a Concepción ni a Santiago, que vas a volver a trabajar al hospital. Leonor salió de la casa, el sol de la mañana le deslumbraba los ojos. No se veía un alma por las calles, sin embargo, de inmediato sintió su presencia. El lobo estaba nuevamente rondando a la oveja. Leonor siguió caminando con naturalidad para que esta vez él no se le escapase. La última vez no lo pudo reconocer, estaba en estado de shock, sangrando, tirada en el piso de ese inmundo callejón. Ahora hasta le era imposible acercarse a ese lugar maldito. Y luego en el teatro de María Elena… Antonio era como esa mariposa detenida encima del pétalo; a la menor vibración, podía volar lejos y en un instante. Leonor concentraba su visión circular, distinguiendo por el rabillo del ojo una sombra sospechosa tras de ella. Pero al llegar a las calles más animadas, el flujo de las personas a su alrededor perturbaba su percepción y el lazo que mantenía con el exespía. Cuando llegó al hotel, se detuvo un instante al frente. En eso sintió una voz.

El encuentro no estuvo a la altura de sus ilusiones. Ella se veía a sí misma, exaltada, los cabellos al viento, atravesando una plaza de estilo italiano y él a su lado, con su mano en la de ella, pero no. Estaban en Tocopilla, frente a un hotel banal y feo, y ella se volteó a mirarlo y lo encontró diferente, pálido y más alto que en su recuerdo, huesudo y sin el famoso bigotito que lo caracterizaba. Antonio había sufrido también y su cuerpo se lo demostraba. Ya no era su naturaleza felina la que tenía delante, del que siempre cae parado. Era otro, más reservado, más callado, pero siempre con esa sonrisa hermosa y franca que le llegaba hasta los ojos. De solo verla, aunque de lejos, era feliz, dijo. La había buscado por todo Chile. Y por fin lograba alcanzarla. Eres una persona que viaja mucho, es difícil seguir tu pista. Sí, Antonio era un lobo con un profundo instinto de cazador, pero también con el respeto de la presa. Y Leonor ya no era la frágil oveja expuesta a cualquier peligro. Ambos estaban en un juego más equilibrado. Tu hermana partió esta mañana para Concepción. Te dejó una nota en la recepción que aún no llevan a casa de la Lili. ¿Cómo haces para saberlo todo siempre? Es mi trabajo. Bueno, uno de mis tantos oficios, ¡hay que sobrevivir! ¿Y la compañía de teatro? Siguen la gira hacia Perú, los tengo que alcanzar apenas pueda. Mi tío está furioso conmigo, dice que lo abandono por una chica. Siguieron caminando en silencio, muy extáticos, sorprendidos de haberse reunido por fin. Disfrutaban del instante, de la presencia reconfortante del otro sin atreverse a hablar. Hablar hubiera sido como separarse de nuevo. Leonor sabía que él sería el hombre que la acompañaría para siempre.

En el salón de la casa de Lili se pudieron refugiar un momento y por fin hablar del futuro. Aquí difieren las versiones. ¿Por qué dejarían el país tan bruscamente para entrar en el vals rítmico y constante de las migraciones humanas?

Hospital

En el hospital aceptaron a Leonor sin problema alguno. Había muchas víctimas del aluvión y faltaban manos. Leonor se quedó entonces en Tocopilla a la espera de que Antonio volviera de la gira con la compañía de teatro. Estaba sola de nuevo, pero sin la sensación de errar por mundos extraños separada de los demás, cruzándolos solo para curar sus cuerpos adoloridos. Ahora estaba acompañada, tenía un proyecto. Ella y Antonio se habían pasado conversado toda la tarde en el saloncito en penumbra de la casa de la Lili y el Fermín. Quiero una casa que sea mía, había dictaminado Leonor. Por fin quiero raíces en algún lugar. Pero esto es un desierto. ¿Cómo sentar las bases de algo sobre la arena? Lo mismo había pensado su madre en María Elena y había optado por crear un jardín. Un vergel, decía, un huerto, el paraíso. Un jardín y árboles, el jardín es el corazón de una casa, decía, no el hogar. El fuego reverberaba caliente en el aire mismo. Y Antonio, que tenía alma de saltimbanqui, había afirmado con toda la certeza de que era capaz, que sí, habrá una casa para ellos y sus hijos. ¿Pero dónde? Eso no lo sabían aún. Luego se fue a Arica, ciudad de frontera con el Perú.

Leonor trabajaba con el doctor Hernández que la había felicitado sinceramente por su compromiso, ocultando su inmensa decepción con el buen corazón de siempre. Trabajaban de largo, todos los días, tratando de disminuir el dolor y el trauma de las víctimas del aluvión. Los locales del nuevo hospital eran luminosos y su luz había logrado borrar los restos de maldad de los que habían perseguido y hostigado a Leonor hacía tan poco. La misma jefa de las enfermeras la recibió con calidez, sabiendo que era un buen elemento para el establecimiento, como decía. Leonor trabajaba a brazo partido intentando no pensar en dónde andaría su tan reciente prometido. Toda la familia dio su opinión, aunque ella no se las había pedido. Las gemelas estaban emocionadas ante una historia tan romántica. La Lili lo había mirado, despacio, de arriba abajo, y luego le había agradecido con su voz más dulce el haber salvado a su niña de los horribles agresores esa noche fatal. Casi me la matan esos malhechores, y tan cerca de mi casa. Quién los habría contratado, me pregunto yo hasta hoy. Pero usted, Antonio, la salvó, y eso nunca se lo dejaré de agradecer. Las cuñadas afirmaron que hubieran preferido que Leonor se casase con el doctor ese que la estaba cortejando, que es feo, pero al menos es un profesional con futuro que quiere abrir su propio consultorio. Qué pena que la Leonor no se case con él y se vaya con un hombre que, por más guapo que sea, es una especie de agente artístico además de tener un pasado sospechoso, por no decir extraño, mezclado con los servicios secretos y ese famoso General que vive a medias con la gemela celeste y su marido, ¡qué inmoralidad!

Leonor se había reído de todos esos cotorreos sobre Antonio, esperando impacientemente lo que tendría que decirle la señorita Rosita, verdadera hada madrina de esa unión, como se bautizaba a sí misma. Con ella las cosas eran claras, no había dobleces en su razonamiento y Leonor esperaba obtener consejo y guía. Sin embargo, las cosas no salieron conforme a lo esperado. Primero, Rosita envió un mensaje lacónico por medio de Fermín para que Leonor viniera a verla a Santiago. ¿Para qué hacerla ir hasta allá solo para conversar? Leonor sentía que había gato encerrado en su propuesta. Estando allá, la señorita Rosita podía encontrar la manera de retenerla. De todos modos, Leonor no quería dejar el hospital en el estado de emergencia en que se encontraba y con tantos heridos que atender. Como respondió que no podía ir por razones profesionales y humanitarias, la señorita Rosita aceptó venir a Tocopilla, al mismo hotel donde se había alojado la gemela rosa. Iré a verte, Leonor, por tu compromiso, pero tienes que prometerme venir a Santiago antes de casarte. Es una invitación que te hago de todo corazón. La señorita Rosita la citó directamente en el restaurante del hotel. No es ni la mitad de hermoso que el Grand Hotel Carrera de Santiago, mi querida niña, además no hay copas de helado para ti, pero bueno… nos contentaremos con lo que esta ciudad puede ofrecer. Leonor se sentó frente a la señorita Rosita un poco más pálida que de costumbre. Sus manos llenas de anillos eran las de una reina habituada a revolver documentos, firmarlos y tomar decisiones certeras.

Tête-à-tête

Leonor recordaría esa conversación como una puesta en escena teatral. Su atención no estaba completamente allí, frente a Rosita —llámame Rosita, mi Leonor, ¡ya eres una mujer hecha y derecha!—, sino que una parte de ella estaba con la Lili, quién en esos mismos momentos estrujaba la ropa en la vieja lavadora a manivela y vigilaba con el rabillo del ojo a los niños que jugaban en el patio y a la bebé que dormía en su cunita en el salón. También estaba de corazón con la gemela rosa que había vuelto a Concepción y le daba el pecho a su último hijo, pensando en si tendría un tercero, de algún otro padre generoso con su esperma. Otra parte de su alma revoloteaba entre el General y el marido de la gemela celeste, intentando contentar a ambos mientras sus cinco (¿o eran seis?) hijos iban en uniforme a la escuela y los gemelos recuperaban su peso de bebés de un mes. Todas esas mujeres entrañables, así como su madre, siempre ocupada en el jardín con el viejo sombrero de paja, la miraban de lejos con una sonrisa en los labios. La madre la contemplaba en ese preciso momento, aprobando con la cabeza; o era una ilusión óptica puesto que Leonor la miraba a su vez, pero desde el patio de la casa de María Elena, y era tan pequeña que con las justas llegaba al borde de la pileta.

Estaba segura, su madre la protegía, dándole el valor de decidir su destino como a ella le pareciera mejor y sin dudas. Rosita tomaba su café con leche con delicias de gata que se relame los mostachos. Luego sacó un *dossier* de su cartapacio, lo recorrió rápidamente con los lentes montados en su naricita de conejita y la encaró, calibrando su estado de ánimo y nivel de empatía. Leonor se sentía en un examen o en una entrevista de trabajo.

Bueno Leonorcita, a pesar mío me he transformado en tu hada madrina. El Antonio entró en tu vida por voluntad mía de protegerte. Desde la desaparición de tu padre, mi niña, de lejos o de cerca, he intentado ayudarte. ¿Recuerdas cuando los alemanes quisieron llevarte para Europa? Fue un susto terrible y comprensible. Cualquier pareja habría querido adoptarte, eras una niña linda e inteligente. Pero tu padre, y sobre todo tu madre, me encargaron la misión y el deber de velar por ti. Y era también la misión de Antonio. Ahora, debes saber, él ya no trabaja para mí. Era lo más sano, evidentemente. Antonio desacató las órdenes y abandonó a medias su misión en Patagonia. El norte de Chile le interesaba más. Se le eximió de culpa porque si no hubiera estado allí esa noche, te habría pasado algo terrible. Él te salvó y yo no lo denuncié a las autoridades. Nuestro país, Chile, se prepara desde hace buen tiempo para ser líder en América Latina. Vas a ver, de aquí a unos años nuestras empresas comprarán las de los países vecinos y nuestros capitales regirán esta parte del continente. Pero para ello necesitamos mucha información, actual, seria, constante. ¿Información o espionaje, Rosita? Yo nunca te pedí que me siguieran… Sé que lo hiciste de buena intención, pero es una violación de la intimidad de la vida privada. ¿La intimidad de tu vida privada? ¿Qué vida privada, Leonorcita? Tú vives para y con tu familia en circunstancias y lugares que no necesariamente son los más adecuados para una jovencita. Todos, y te digo bien, todos estamos al servicio de nuestro país. Es decir, si tú eres enfermera, es para el bien y la salud de los chilenos. Y tus hermanas están criando hijos que serán a su vez buenos chilenos. Aquí, en el norte, todavía no estamos en la patria, ¿sabes? Queda mucho por hacer. No basta con explotar la riqueza, hay que crear vínculos, conectar las regiones, unir a la gente…

Mucho por hacer en la patria… Leonor oía a Rosita perorar sobre el bien común, pero sin preguntar su opinión a aquellos que formaban parte de esa comunidad. Los chilenos. ¿Quiénes comandaban los servicios de información e inteligencia? Antonio no había querido contarle nada, he firmado papeles que me obligan a la confidencialidad más extrema, había dicho. Es el precio de mi libertad, de nuestra libertad. Leonor lo miraba como ahora miraba a Rosita, sintiendo que nadaban en la más alta irrealidad. Ellos vivían en otro país, que no era el de las enfermeras que trabajaban a su lado, ni el de la Lili en su hogar ni la de su hermano forzado a hacer como podía en lo que podía para ganarse el pan. Formaban parte de círculos de gente que hablaba mucho, que mencionaba el nombre de Chile cada cinco minutos, que decidían por los demás, sin conocerlos. Y Antonio también era así, estaba entrenado para pensar como esas élites que decidían sin haber obtenido ningún mandato legítimo del pueblo. Rosita, disculpa que te interrumpa, estamos aquí para hablar de Antonio y de mí. Nos vamos a casar. Necesito saber si Antonio es una persona de confianza. Lo fue de ti, fue tu mano derecha. Él me dice que conoce a mucha «gente» que nos puede ayudar… yo no sé si quiero deberle nada a nadie. Ay, mi niña, todos le debemos algo a alguien. Todos debemos favores y los pagamos. ¿No, mi niña? Yo le debo tanto a su padre de usted, que nunca terminaré de pagarle y estaré al servicio de su memoria. Que su memoria esté y permanezca limpia. ¿Y todo sacrificio es poco, no Rosita? Sí, mi niña, así es. Ahora que estamos las dos, solas y hablando con el corazón en la mano, comenzó a decir Rosita, mientras Leonor se alocaba, sin saber si salir corriendo del restaurante dejando su almibarado postre deshacerse en el plato o quedarse y escuchar la verdad como una adulta.

El final del padre

Su padre, en Antofagasta, no pudo soportar la soledad de la viudez ni el peso de la culpa por haber dejado a sus hijos. Su madre me dijo antes de morir: Que se vaya de María Elena, no va a soportar la quiebra de la empresa y la dislocación de la familia. Yo cultivé cuidadosamente esta familia, esta casa, este jardín, porque ese era mi sueño. Él solo quería vivir conmigo, y me siguió hasta este desierto que un día nos devorará crudos. Usted ayúdelo a salir de aquí, aléjelo, que se vaya cerca al océano donde podrá hacer lo que tiene que hacer. Sin testigos. Que Leonor pueda crecer y hacer su vida sin llevar esa cruz. ¿Podrá usted ayudarme? Yo se lo prometí. Y desde entonces he luchado para que nadie descubra la verdad de su desaparición. Un suicidio en una sociedad como la nuestra es fatal para la reputación de una persona y por ende de su familia. Así, la palabra «fatal» estaba dicha.

Durante años, la señorita Rosita la había dejado agitarse y seguir posibles pistas en viajes sin objeto. Pero así fue como pudo viajar, tras de la huella de su padre. No, mi padre no se suicidó por desesperación, Rosita, él decidió ponerle fin a una vida que era la del ingeniero, director de empresa, padre de familia, esposo de Estela en María Elena. Se deshizo de su vida anterior como mudan los insectos o las serpientes. Quizá mi padre está muerto, pero no se metió en el mar para olvidarse e ir al cielo a reencontrarse con su esposa. Pero tampoco se suicidó para no pesar sobre nuestro futuro, como usted dice. Quizá partió en un barco desde Valparaíso, o vive allá en medio del bullicio del puerto, de extranjeros de paso y españoles refugiados de la guerra civil… ¿quién sabe? Bueno, mi niña, como bien dices, es el final que le convenía a su padre, y ningún carabinero tiene por qué meter las narices en ello, ni en sus papeles ni en sus cosas. Me hubiese horrorizado. ¿A ti no? Y por ello, apenas tuvo el poder, obstruyó como pudo esa investigación, ¿no, Rosita? Sí, y estoy muy orgullosa de haberlo logrado. Es casi como si hubiese construido una carrera profesional exitosa solo para poder proteger su memoria. Leonor se sentía como vaciada de peso y realidad, flotando entre divagaciones extrañas. ¿Hasta dónde puede llevar un amor no correspondido? Cuando desocupe la oficina de María Elena, Leonor, que será pronto, te enviaré todo lo que le haya pertenecido. Es lo justo y lo que él hubiera deseado.

El expediente AVF

Leonor no pudo terminar su torta de fresa, demasiado dulce y pegajosa para sus dientes y paladar. La señorita Rosita se la terminó con un placer no disimulado. Soy dulcera, qué se le va a hacer. El azúcar me llevará a la tumba, ¿no? Bueno, respondió Leonor, hay que tener cuidado con el nivel de azúcar en la sangre y la diabetes, que es un mal que avanza sin dar síntomas. Si usted desea le podemos hacer una prueba de sangre en el hospital... No, no será necesario, en Santiago me siguen muy buenos médicos del hospital militar, un hospital al tope de la tecnología. Aunque el hospital de Tocopilla está muy bien también, ¡todo nuevecito! Qué pena lo del aluvión, ¿no, Leonorcita? Lo bueno para ti, quiero decir, es que el hospital haya abierto antes de lo previsto, ¿no? Necesito personal, me dijo el director, y al instante pensó en ti. Yo le informé que estabas de vuelta en Tocopilla; además hay un médico muy interesado en ti, el doctor Hernández, un muy buen partido, debo decir, buena familia, antigua, aunque mucho menos seductor que el Antonio, por supuesto. Y hablando de Antonio, mi querida, ¿qué quieres saber de él? Aquí está todo, sonrió.

Leonor miró con horror a Rosita sacar nuevamente el expediente de su maletín, sintiendo que se iba a abrir la caja de Pandora y que de allí saldrían desde las notas de Antonio en el colegio salesiano hasta las fotos de su última novia en Santiago, una rubia despampanante. Qué tentación. El sueño de cualquier mujer, había dicho Rosita, un *dossier* sobre el futuro marido. ¡Otras matarían por ver! No, Rosita, no, prefiero que Antonio me cuente él mismo su vida y, sobre todo, su versión de las cosas. Yo solo quería estar segura de que ya no trabajaba para ti y de que todo estaba claro. Sí, todo está claro, Leonorcita... todo conforme, él ya firmó todos los papeles. Nadie lo puede molestar ni presionarlo. Quizá en alguna ocasión especial se le podría llamar, pero me sorprendería. Si él quisiera volver, las puertas estarán siempre abiertas. Es un profesional apreciado. Sabes, no es un trabajo el que él hacía, es una vocación. Cómo explicarte… Es una misión, hacemos todo por nuestra patria, ¿sabes? No es un simple trabajo, es vivir fuera de la ley, pero para proteger la ley. Leonor sintió que se le endurecía el corazón al escucharla, además del estómago… Bueno, Rosita, tengo que volver al hospital, estamos en plena emergencia, tú comprenderás. Sí, claro, mi niña, anda nomás y no te olvides, pasa por Santiago a verme antes del matrimonio, ¡tu hermana y yo te esperamos para preparar el ajuar!!

¿Qué hacer?

Leonor salió casi corriendo del hotel. Sentía ligeras náuseas y necesitaba respirar. El encuentro con Rosita le había causado impresiones encontradas y confusas. Su propia infancia se transformaba a través de la mirada de Rosita. Leonor siempre la había apreciado y se sentía agradecida con ella, pero poco a poco, mientras se iban disipando los extraños vapores de la conversación, veía más claro y se daba cuenta de la presión inusual que Rosita y su trabajo ejercían en la vida de su familia, y sobre todo en la suya. Todo lo que le había pasado estaba ligado de cerca o de lejos a ella. Había siempre un lazo entre sus emociones y experiencias y las decisiones que Rosita había tomado desde su oficina de alto nivel en Santiago. Era como si hubiera jalado los hilos de su existencia queriendo protegerla o guiarla. Leonor había sido, como última hija de sus padres, a la vez cordero sacrificado y princesa en la torre de marfil. Cuando había sentido hambre durante los meses en que Fermín estaba en el servicio militar, por primera vez se había sentido sola y frente a un destino injusto, pero también había tenido que luchar por sobrevivir por ella y sus sobrinos, y guardaba un recuerdo emocionado de la gente que le había dado limosna. No era un recuerdo humillante, al contrario, era más humillante ver sobre la mesa un *dossier* con todos los detalles de la vida de su prometido, pudiendo ser abierto por cualquiera.

Yo no deseo un *dossier* sobre Antonio, le habría querido decir a Rosita, solo su visto bueno. Pero ¿por qué tendría que pedir un visto bueno de su parte? Era absurdo. Cuando Antonio vuelva ¿qué le iba a decir? Iba pensar que no le tenía confianza o la paciencia que cualquier persona debe tener para conocer a otra persona. ¿El amor no basta? Cuando Antonio se arrojó a la pelea, la levantó del piso y la empujó hacia la luz, no tuvo tiempo de calcular nada. Leonor sabía que en el fondo era más cerebral que emotiva, una científica, una profesional de la salud, pero también era la que podía lavar un cuerpo todavía tibio, con respeto y ternura. La muerte era siempre un misterio, incluso para quien trabaja en un hospital. No había visto el cuerpo de su madre, la Lili se la había llevado tratando de protegerla del dolor. Pero Leonor había visto su sangre sobre el colchón, y luego el colchón en llamas. Para ella, la muerte era ignición, una transmutación de un estado de materia a otro, de un cuerpo húmedo y latiendo, a ceniza, a barro, a dispersión en el aire para germinar nuevamente.

Sus diferentes estados tenían relación con sus múltiples desplazamientos entre los diferentes hogares de sus hermanos y las ciudades que había visitado. Como si a cada lugar correspondiera una Leonor, la de María Elena, la de Antofagasta, la de Santiago, la de Concepción, la de Tocopilla, la de Valparaíso...

en cada una había sido estudiante, hija, hermana, enamorada, presa, objeto de observaciones y miradas. El hecho de haber sido espiada se le quedaba atravesado en la garganta. Había sido mirada y quizá admirada, pero también espiada sin su consentimiento y eso le iba a ser difícil pasar por alto, olvidarlo o hasta perdonarlo, porque detrás estaba otra mano que la del destino. Pero Antonio se lo había dicho apenas la vio: Todo lo pasado forma parte de nuestra historia, y sin esos incidentes y rarezas no estaríamos aquí juntos. Tómalo todo junto, Leonor, no desmenuces demasiado, o tu amor no bastará para entender todo. Yo mismo, ahora, en medio de las idas y venidas de la compañía, me pierdo en las fantasías del teatro. Vivimos en *troupe*, en un mundo y en un tiempo aparte. Me gusta la sensación de irrealidad, pero me asusta pensar que nuestro amor es solo una quimera, que seguimos siendo el objeto de una vasta conspiración, manipulados por seres desconocidos que nos vigilan de lejos... pero tú, que tienes tus dos lindos pies bien puestos sobre la tierra, me quieres, ¿no? ¿Soy real y no solo el joven del bigotito como me llamabas?

Lo quería, sí, lo quería. Había pensado tanto en él estos últimos tiempos, cuando no sabía si volvería un día a Tocopilla a buscarla. Había creado un capullo de temores, de ansias y recuerdos alrededor de él. Lo veía en Valparaíso, dueño del mundo, mostrándoles el puerto lleno de colorido, y después lo imaginaba desembocando en el callejón oscuro donde casi se muere. Había varios Antonios como había varias Leonores y muchas Lilis y Fermines y Rositas... cada uno es múltiple y ni siquiera nosotros mismos conocemos todas nuestras fases. Y habrá fases que nunca llegaremos a desvelar puesto que dependen de acontecimientos que despertarán esas energías y partes de nuestra personalidad. Cuando estuvo en Antofagasta, su corazón estaba lleno de amargura por la desaparición del padre. Era una Leonor oscura y vengativa. Hoy, saliendo de la cita con Rosita, se sentía fuerte y llena de proyectos, podría comenzar una vida nueva con Antonio sin resquemores ni dudas. Él poseía las cualidades que le faltaban y viceversa. Antonio le había dicho cosas bonitas al oído, la había abrazado y besado y era como si ya no hubiese dos cuerpos, eran una sola llama, sus almas encendidas brillaban… pero el cuerpo, lo sabía, era débil, frágil, proclive a la enfermedad y a la decadencia. El abrazo debía ser total, abarcar más que la carne. Y ella no podía mirar el fondo de sus ojos cuando lo tenía tan cerca. Había mucho de su vida que ignoraría siempre. Otras mujeres y otros entusiasmos, el teatro, la vida de la *troupe*, y el lado oscuro, la delación, el espionaje y la política con sus tejes y manejes. A Leonor le daba miedo ese aspecto de su vida, aunque ese oscuro trabajo los había reunido. Deja de pensar, Leonor, le decía la Lili, si quieres a ese hombre tómalo entero, como es, no lo intentes cambiar. Tampoco es bueno saberlo todo, saber demasiado es peor. Hazme caso, Fermín viene de un mundo tan diferente del mío, ¿y ves? Hasta ahora logramos seguir juntos y amarnos.

Leonor no sabía cómo decirle que ella era extraña, que su mente deshuesaba en el instante todo y se espantaba de sus propias conclusiones. Había visto, tras la sonrisa de Rosita, su amor por el poder y lo que por él era capaz de hacer. Devolver a Antonio su libertad había sido su mayor testimonio de cariño por ella y por su familia. Los quiero a todos, ustedes son mi familia, había dicho alguna vez, y se había peleado como una leona por ayudarlos y protegerlos, hasta de ellos mismos. Gracias a ella, veía a su padre como alguien mucho más cercano, su alma llena de contradicciones y de amores apasionados lo habían llevado al callejón sin salida de la soledad.

Su madre pertenecía a la esfera mágica de los años primigenios, a la infancia, donde cada paso era una celebración a la vida. Por eso, no había razonamiento posible que hacer sobre ella, era una figura inmensa, radical, inamovible, y también alta, remota, imprescindible, impensable fuera de sí misma. ¿Antonio podría entender tantos recovecos de su mente? Ella no podía simplemente decirle te quiero, había todo un recorrido aún por hacer entre ambos, pero ¿dónde habrían de construir ese hogar? ¿Dónde podrían ser realmente ellos, sin el peso del pasado? Cuando llegó al hospital, las dudas se disiparon, entraba en la acción que era sanar a los que estaban sufriendo. De inmediato olvidó sus fantasmagorías. El doctor Hernández le sonrió de lejos, por un instante se dijo que hubiera sido mucho más sencillo casarse con él y fundar su consultorio juntos. Pero así son las cosas.

La piscina

Esa noche soñó con la piscina de María Elena. Era muy pequeñita y el olor del cloro le picoteaba la nariz. El aire estaba cargado de los vapores del químico que espejeaba sobre el agua. Era un día hermoso y su madre le explicaba cómo mover los bracitos y las piernas para mantener la cabeza fuera del agua. Cuando penetró en la piscina se sintió diminuta como una hormiguita, impotente ante esa fuerza que la levantaba en vilo. Su madre, que tenía piso, la llevaba en brazos. No te voy a soltar, le repetía dulcemente en el oído. Y poco a poco su cuerpecito se fue relajando, y empezó a reír al ver como las gotitas del agua saltaban a su alrededor creando arcoíris diminutos en el aire y sobre su piel. Ahora su madre la tomaba de las manos y la arrastraba suavemente hacia ella diciendo, mueve los pies así y las piernas asá. Alrededor había otros niños con flotador, pero su madre había dicho, no, si la ayudamos no va a aprender a nadar. Afuera del agua, Leonor veía mamás sentadas tomando refrescos y a la Lili muy joven en uniforme blanco mirándola con una gran sonrisa. De pronto, ya no estaba su madre con ella, pero la oía y flotaba sobre el agua moviendo manos y pies. Ya no era tan pequeña, tenía pie, y de pronto se hundía y se volvía a impulsar hacia afuera, riendo muy fuerte. Su madre estaba al borde, vigilándola, y cada vez que salía del agua se encontraba con su mirada orgullosa y su sonrisa que le decía, muy bien, tú puedes solita ahora… Leonor, ¡bravo! ¡Ves, Lili, sabe nadar! Su cuerpo aprendió porque no tiene miedo al agua… tú también podrías aprender, pero la Lili nunca aceptó poner un pie en la piscina.

Uy, la piscina, claro que me acuerdo, ¡le tenía pánico! Cada vez que su mamá decía: Lili, vamos a la piscina hoy, se me salía el corazón por la boca. Nosotros le tememos mucho al agua, no estamos hechos para andar así chapoteando en la piscina, y en el mar aún menos. ¿Te acuerdas de que tu mamá te enseñó a nadar en una tarde? Eras muy chiquitita… Las otras mamás se morían de la envidia al verte. Los hijos de ellas lloriqueaban de miedo y aceptaban entrar al agua solo con flotador. Jajajaja. ¡Tu mamá estaba super orgullosa de ti! Es callada, pero tiene una voluntad de hierro, decía. No pensé que te acordarías de eso… Y hasta ahora Leonor es la que mejor nada en la familia, dijo Fermín, con una sonrisa. ¿Ya te decidiste, hermanita? ¿Será Antonio, el galán? ¿O el doctor Hernández, el serio?

No soy yo quien decide, Fermín. Es algo que viene solo, ¿sabes? ¿Alguna vez «decidiste» casarte con la Lili? No. Es algo que se impone a tu voluntad. Es lo que debe ser, lo que es acorde y complace a la naturaleza… ¿me entiendes? No, Leonor, ni pío. No sabía que además de enfermera eras filósofa. Ya, no te burles de mí, hermano. Solo tengo que dejar las cosas decantarse, y cuando regrese Antonio de gira, veremos. Bueno, tienes tu trabajo y esta es tu casa… no hay prisa. Pero, como la señorita Rosita vino hasta aquí para hablar contigo, pensamos que ya estaba decidido. Fermín, la señorita Rosita no tiene nada que ver con esto, no es de su jurisdicción lo que yo haga con mi vida, o con quien me case. Bueno, bueno, no te pongas toda roja. Mejor anda al hospital, que ya es tarde. Uy, que carácter… Ojalá el tal Antonio vuelva pronto.

Leonor salió a la calle toda revoloteada. Es increíble, todo el mundo tenía que meter la cuchara en su vida. Es que eres la última, la pequeña, la bebita, habría dicho la Lili con su voz cariñosa. Sí, siempre iba a ser la última hija de sus padres, la consentida, la luz de sus ojos, su adoración. Mejor eso que al revés. Era una mañana ligera y transparente. Leonor oía sus pasos taconeando armoniosamente sobre la vereda. De pronto se sintió bien con su vida en ese instante, en medio de sus incertidumbres, pero certera de sus convicciones y también feliz de ser joven, estar sana, poder ejercer sus conocimientos y ser útil a su país. Aunque ella no tuviera el mismo concepto de país y de patria que la señorita Rosita. Hubiera querido decirle que no se puede hacer el bien sin consultar al pueblo, no se puede uno sobreponer a la voluntad común y decidir qué es lo bueno o lo malo para todos. No. Así el país no va a ninguna parte.

El arquitecto Devilat Rocca había hecho un muy buen trabajo. El nuevo hospital era un edificio moderno, claro y funcional. El hospital correspondía a una ciudad en plena expansión y eso era positivo para el Fermín y la Lili. Y también para ella si decidía instalarse allí. Habría que conversar de eso con Antonio. Qué extraño era para ella decidir sobre su futuro con otra persona. Por algo Rosita decidió quedarse solterona, no hubiera soportado tener que consultar con alguien sus decisiones. Repentinamente, le vinieron unas ganas de saber el futuro y dejarse llevar hacia su destino, como por la corriente. Una corazonada le decía que no iba a decidir gran cosa después, pero ahora sí, todo estaba entre sus manos.

Ese día el doctor Hernández la invitó a cenar. Una cosa simple, nada formal, señorita. ¿Me hará el honor? Ella aceptó encantada y luego se concentró en su trabajo. Nunca había considerado a ningún hombre en su vida, salvo al misterioso joven del bigotito. ¿Habré leído demasiadas novelas? ¿Tendré la cabeza llena de pájaros como mis colegas? Las otras enfermeras la miraban de reojo y comentaban, sí, el doctor Hernández está loco por ella, hasta la ha invitado al restaurante. ¿Qué tiene ella que no tenga yo? Se cree una reina ¿y qué es? Nada, su hermano se gana la vida en lo que puede… ah, y su cuñada era sirvienta. ¿Entonces qué? Leonor sabía que no debía detenerse a escuchar a la gente decir maldades. Ya se había acostumbrado. Pero cuanto más se resguardecía, más la querían herir con sus maledicencias. Con el doctor Hernández conversaban de medicina, de vacunas, de nuevos tratamientos, ambos eran unos apasionados de la ciencia y deseaban sanar. Leonor sabía en el fondo que juntos harían una carrera exitosa con el consultorio. Sin embargo, era evidente que entre ellos no habría nada más que una bella amistad. De seguro el doctor Hernández iba a tentar a su suerte y la pobre Leonor tendría que decirle que no.

En el restaurante

Esa noche, Leonor bostezaba mucho y no había aceptado la copa de vino. Tras una larga jornada de pie se le habían hinchado las piernas. Mala suerte, he heredado el sistema vascular y circulatorio de mi madre, le había dicho a la Lili. Pon los pies en esta bacina de agua fría, te va a relajar, y luego levanta las piernas. La sabiduría de la Lili es más práctica que la mía. Se había vestido de manera sobria con una blusita que le gustaba mucho, regalo de su hermana la gemela celeste. Con tu saquito y el cuello de piel estarás linda, le decía la Lili. Pobre doctor, pensaba, no tiene posibilidad alguna, él que es tan bueno… A Leonor todo le parecía largo, el servicio, el masticar cada plato y deglutir, y al mismo tiempo responder cortésmente al doctor Hernández, que estaba bien despierto. Leonor solo pensaba en su cama: felizmente al día siguiente tenía turno de tarde. Se le iba el pensamiento hacia la gira de Antonio, a él le gusta la gente, es curioso y quiere saberlo todo de todos, mientras ella necesitaba de poca gente a su alrededor. Su familia le bastaba. Y el día que se casara le bastarían su esposo y sus hijos. ¿Se entenderán a pesar de ello?

El doctor Hernández, rojo de emoción, le estaba diciendo: Usted puede reconsiderar mi propuesta cuando lo desee, yo estaré esperándola. ¿De qué estaba hablando? ¿De trabajar con él en su consultorio privado —como socios, por supuesto— o de matrimonio? Leonor estaba perdida. Solo atinó a afirmar con la cabeza y terminar el postre como pudo, porque ya no tenía hambre, pero así evitaba hablar. El doctor Hernández le contó de su familia, médicos por generaciones, de sus orígenes en España... ¿Y sabe usted, señorita Leonor, que ya conocía María Elena? Mi padre fue médico de la oficina salitrera, ¡imagínese! Estoy seguro de que conoció a su señor padre. No le gustaba tratar con los ingleses que eran muy despreciativos con nuestra gente, así que no duró mucho en ese puesto. En la familia preferimos ser independientes, no estar al servicio de... usted me entiende. Usted es como yo. Lo primero que hizo cuando llegó al hospital fue tratar de organizar al personal para defender sus derechos. Pero aquí en Chile, con el gobierno que tenemos, es muy difícil. Sabe usted que la creación del PDI puede ser un gran peligro para nuestra incipiente democracia. Lo que se intenta es que Chile sea el modelo de país moderno en América Latina, aunque eso signifique sacrificar nuestra tradición democrática. Esta región del norte es particularmente sensible porque aquí está el cobre y por eso hicimos esa guerra contra Bolivia y Perú, para apoderarnos de este territorio. Usted debe saber que Antofagasta era boliviana, ¿no?, doctor Hernández... Llámeme Víctor por favor. Víctor, yo creo que usted se hubiese entendido muy bien con mi padre. Él pensaba como usted, y sufrió mucho al tener que servir a los intereses de los extranjeros. Sufrió mucho.

Metida por fin en su cama, a Leonor se le vino el insomnio. Le dolía cada músculo y no podía abandonarse al sueño. Su cabeza estaba llena de dudas que la bombardeaban y le impedían pensar claramente, recordaba pedazos de conversaciones con Antonio —habían hablado tan poco—, las afirmaciones radicales de la señorita Rosita, con su famoso *dossier* en el cartapacio con el nombre escrito: Antonio Vega Figueroa. Quizá debió aceptar leerlo, rápidamente, pero le parecía inmoral irrumpir así en la vida de alguien, sin su consentimiento. Las personas que están en el poder en Chile sí se lo permiten. Y Antonio había formado parte del sistema, pero en la base, era solo un peón, se dijo Leonor, necesitaba ganar un dinero extra para sobrevivir. Todos tenemos que sobrevivir. Y luego se veía nuevamente mendigando en la estación de trenes, el hambre estrujándole las entrañas, con sus sobrinos de la mano… Lo que importa es sobrevivir cueste lo que cueste. De madrugada, Leonor se levantó para prepararse una manzanilla que la ayudara a conciliar el sueño. La casa estaba en silencio, la calle también. Un gato maulló en las tinieblas. Leonor se asomó a la ventana. Vio una sombra, una silueta en la calle que se dirigió al farol. Antonio se había dejado nuevamente el bigote. Leonor pensó, me vuelvo loca, lo veo en todas partes. Pero Antonio levantó la mano como para decirle soy yo. Se acercó a la puerta y Leonor le abrió. Hablaron en voz baja refugiados en la cocina de la Lili. Ambos devorándose con los ojos, reunidos por fin, como si el mundo fuera por fin el mundo.

La noche en blanco

Esa noche, estaba escrito que Leonor no dormiría. Antonio hablaba bajito con sus entonaciones de santiaguino, y ella lo dejaba discurrir meciéndose en las inflexiones de su voz de cantante de boleros. Si he trabajado en la radio es porque sé impostar mi voz, ¿te gusta? Te puedo influenciar y hasta hipnotizar con ella, sin que te des cuenta, jajajaja... Leonor lo miraba con sus ojos de gata, luminosos en la oscuridad, deseando que el instante fuera eterno. La Compañía sigue camino a la capital, pero yo me desvié para visitarte. Ya le anuncié a mi tío que no voy a poder seguir de administrador por ahora, está furioso. Me dice: De dónde has sacado a una linda enfermera de María Elena, si es un hueco, un punto en el mapa, ¡allí no hay nada más que arena y salitre! Jajajaja. Mientras que la farándula es pura fantasía, brillan las luces, los vestuarios y decorados son suntuosos, hay *strass* y boas de plumas multicolores. Eso no es la vida. ¿No, Leonor? La vida real es tu hospital repleto de los heridos del aluvión. Pero necesitamos soñar, pobres humanos que somos, necesitamos de la belleza, la música, el ballet, los museos, la ópera, la mayor de las artes dramáticas... Desde muy niño soñé con trabajar en el teatro, al lado de los artistas. El canto, la danza, el teatro, la vida bohemia. Luego me orienté más hacia el periodismo y la radio. Es increíble el poder de la prensa. Se puede influenciar la opinión, vender productos a la gente, educar a distancia. Se pueden hacer mil cosas. Recién estamos empezando...

Pero también está el lado oscuro, tú lo sabes. Supe que estuviste con Rosita, que ella vino hasta aquí para conversar contigo. Pensé que tú irías a Santiago. Estuve a punto de escaparme de la gira para verte antes de que hablaras con ella y yo... Antonio, no quise hablar de ti con ella, me pareció indecente. Tú no te reduces a la persona que trabajó para Rosita y para no sé quiénes más. Le di a entender que eras tú quien debía contarme su vida y no un *dossier* de la PDI. Antonio se sobresaltó al oír la mención de la PDI. En su cabeza todo iba muy rápido, debía convencerla de su buena fe en toda esta historia de espionaje... Leonor, no puedo decirte todo, hay una cláusula de confidencialidad en cada contrato. Yo nunca supe quién estaba por encima, solo recibía órdenes de la señorita Rosita y ella mezclaba mucho las misiones, las entidades, los servicios... Rosita me dijo que tienes mucho talento para infiltrar los medios. Por eso buscan personas como yo, libres, sin compromisos, ligadas a la prensa, con contactos y una cierta pinta. ¿Hay que ser un seductor para hacer ese tipo de trabajo? No necesariamente, respondió Antonio lo más serio del mundo. Puedes ser fornido, saber pelear o, por el contrario, ser completamente insignificante. Lo único maravilloso en medio de este pantanal fue que pude acercarme a ti. No podría haber sido de otra manera. Seguirte se volvió mi obsesión. Mi única luz y felicidad.

Leonor dejó de tomarle las manos y desvió la mirada. En el origen de nuestra historia hay otras historias. Hemos sido marionetas en manos de otra gente, poderosa, con buenas intenciones en el fondo. He pensado mucho en esto, Antonio. He estado a punto de cortar de raíz con todo lo que ha pesado en mi vida, rompiendo mi compromiso contigo. A pesar tuyo, representas mucho de lo que no me gusta en esta sociedad, pero también prometes ser lo que más amaré en la vida. No sé cómo explicarlo bien... he sido objeto de un seguimiento que me ofende, me has mirado de lejos y seguido mis pasos sin que yo sepa, has violado mi intimidad y la libertad que es el tesoro de todo ser humano. En Santiago, en Concepción, aquí en el norte, en Valparaíso, has sido mi sombra y ahora debes salir de esa sombra. A partir de ahora todo debe ser hecho bien y a la luz. Quiero que nuestra vida sea nueva y la construyamos muy lejos de este tinglado, de esta maraña de intereses, de dobleces y de antiguas fidelidades. La única fidelidad posible desde ahora es la nuestra, tú a mí y yo a ti. ¿Será posible, Antonio?

Claro que es posible, Leonor, claro que es posible. Antonio respiró por fin y a fondo como hacía meses no podía, sintiendo que algo le impedía llenar de aire sus pulmones, una culpa, algo subyacente. El que siempre actuó por impulsos, guiado por su propio bien sin preguntarse nada más, ni cuestiones filosóficas ni morales, mintió, usó de su cuerpo, sedujo mujeres que luego había abandonado sin acordarse nunca más de ellas. Todo lo que había hecho era por él y para él. Y ahora, ¿cómo explicar eso a Leonor?, convencerla de que ya no era el don Juan requerido para seducir esposas de políticos o de militares, mujeres que al instante él sentía mal amadas, que buscaban más un hombro que lo puramente sexual. Todas esas vivencias regresaban de golpe hacia él, ensuciando su alma, empapando su piel, impregnando sus manos y sus dedos como mancilla indeleble. ¿Cómo purificarse de todo eso? Y de solo pensar en lo que la señorita Rosita pudo haberle dicho a Leonor, de verdad o de mentira, temblaba de cuerpo entero. Rosita felizmente lo había liberado de todo compromiso con el servicio y había prometido que quemaría los documentos que lo comprometían —todo sea por la felicidad de mi Leonorcita—, sin embargo, Antonio estaba seguro, conociéndola, de que iba a guardar algo bajo la manga, y si las cosas no salían como lo esperaban, él estaría siempre a su merced.

Antonio la abrazó respirando plenamente el olor a lavanda de su cabello sedoso. La apretaba contra su pecho como quien toma un pájaro entre sus manos entreabiertas, para no asustarlo, y sentir latir su corazón apresuradamente y el roce de las alas, sabiendo que deberá soltarlo, que así no podrá vivir nunca, en esa jaula de carne, a pesar de todo el cariño del mundo. Leonor dejó de respirar. No se imaginaba una bella escena de amor en la estrecha cocina de la Lili, impregnada de los olores de comida y con las tazas y cacharros del cotidiano sobre los reposteros. Hubiera preferido abrazarlo y besarlo, a plena luz, en una plaza de Valparaíso, con sus colores vivos que la hacía parecerse a las ciudades de la India, allí donde su amor podría brillar. Sentía la respiración de Antonio en su cuello, su emoción era palpable. Antonio buscaba una salvación, una promesa de remisión, pero Leonor no iba a ser su agua lustral. No podía decírselo todavía, y quizá nunca se lo dijese, ella era vieja, era vieja de siglos, y su sabiduría le decía que tendrían que ir todavía más lejos a buscar la paz y serenidad que anhelaban.

El barco sobre la mar y el caballo en la montaña

Se casaron el 3 de agosto de 1940, dicen las fuentes y los documentos que siempre están allí para refrendar las apariencias. Toda la familia de Leonor estaba reunida a su alrededor. Los hermanos mirando con desconfianza al novio, las gemelas, cuñadas y la señorita Rosita revoloteando alrededor de la novia, azorada y de blanco, con sus hermosos ojos verdes brillantes de felicidad. Del lado de Antonio, su madre, muy elegante y discreta, acompañada por su marido e hijos. El padre de Antonio no estaba presente. Podría matar a mi madre o a mi padrastro, había argumentado Antonio. Los niños, muy elegantes, se portaron bien, los bebés lloraron durante la ceremonia como todos los bebés del mundo en el momento de mayor silencio y solemnidad. El doctor Hernández asistió todo de negro, como quien va a su entierro, había dicho la Lili al oído de Leonor. Mi propuesta de trabajo sigue vigente, si los recién casados se instalan en Tocopilla, por supuesto, le había ofrecido muy gentilmente. No sabemos todavía dónde nos vamos a instalar, doctor, pero gracias por su ofrecimiento, lo tendremos en cuenta. Leonor apenas se acostumbraba a hablar en «nosotros» y le costaba, a pesar de que Antonio tenía una mentalidad moderna y que la Ley Maza del 1925 permitía a las mujeres casadas administrar su salario. ¿Y el voto femenino para cuándo?, se preguntaba Leonor. El nuevo presidente parecía dispuesto a darlo y rápidamente.

La señorita Rosita les había regalado la luna de miel en Valparaíso sin imaginar cómo la visión del puerto y de los barcos listos para partir les estremecería el corazón.

Antonio en Tocopilla

La vida en Tocopilla lo ahogaba. Antonio, que era santiaguino, estaba acostumbrado a la gran ciudad. El norte, que le había atraído en un principio por su lado salvaje, lo desalentaba por su falta de ambiente cultural. No hay teatro, no hay cine, no hay una galería de arte, se quejaba Antonio. Mientras Leonor trabajaba mucho y con ahínco, como siempre. Un día Antonio tuvo que ir a Santiago a visitar a su familia. Tengo un asunto que arreglar, había dicho. Leonor se quedó en casa, disfrutando de tener un techo propio. Era la primera vez que podía decir «es mi casa». Aunque la Lili protestaba siempre —mi casa a pesar de su sencillez siempre ha sido tu hogar, mija—, Leonor sentía que llegaba por fin a puerto después de años de errancia por casas y ciudades de Chile. Sus hermanas la reclamaban cada una por su lado, celosas una de la otra. Nadie se acostumbraba a considerarla como una mujer casada. Mientras no tengas hijos, no estás amarrada, le decía la Lili.

Antonio no se halla, le decía Fermín, esta ciudad no tiene nada que ofrecerle. Pero Leonor se hacía la sorda, disfrutando hasta la saciedad de su casa, pequeña, organizada y linda a pesar de no tener jardín, solo una terraza con plantas en maceta. Tenían una radio para escuchar música y hasta bailar unos tangos en el salón, solos los dos. Afuera, el mundo andaba como siempre descabellado, y llegaban los refugiados de España y también de Europa que estaba en plena guerra, una terrible guerra. ¡Ay, si pudiera estar allá para ayudar!, decía Leonor. Estás loca mujer, le decía Antonio, es una guerra peor que la de 14, de una violencia terrible. Los alemanes… No me hables de los alemanes, Antonio, los conocemos en María Elena y te puedo afirmar que son invencibles. Dios no te oiga, Leonor, porque toda la civilización está en juego allá, la idea de la belleza y la cultura, Roma, París invadido, tomado… qué tristeza.

Leonor compartía su tiempo entre el hospital y el consultorio, y cuando regresaba a su casa, pies descalzos, regaba sus plantas y cantaba sus adorados tangos cuyas letras recordaría siempre y cantaría a sus nietos. Se sentía un poco culpable de estar tan bien sola en su casa. Era difícil explicarle eso a Antonio, que amaba estar rodeado de gente, de vida, de actividades, y no necesitaba un hogar. Un cuarto de hotel le había bastado por años. Cómo hacerle entender que, durante su infancia, se había sentido una invitada, más o menos acogida, pero siempre la pariente pobre, la huérfana, la que necesita, la que da una mano para hacer olvidar su situación. Todas esas emociones la habían embargado después de la muerte de su madre, que lo era todo para ella, su fuente, su suelo, su luz. Felizmente la Lili, con su cuerpo maternal, había rodeado de cariño a la niña, sino quizá hubiera tenido secuelas traumáticas. Pero había tenido suerte y las gemelas, a pesar de no haber sido maternales, le habían dado un ejemplo triunfante de feminidad. La gemela celeste había logrado doblegar a su marido, que desde su «accidente», había cambiado de manera de ser y amaba a su esposa más que a nadie. El General se había cansado del *ménage à trois* y se había ido, ante el asombro de todos en la capital, con una actriz de cine. No soy un hombre que pueda compartir, había declarado. La gemela celeste le recordó su pasión y sobre todo la existencia de los gemelos. ¿Quién me asegura que son míos?, habría respondido el tipejo, como lo llamaba ahora la gemela celeste. Y le tiré la puerta en la cara, diciéndole: No necesito de ti para criarlos. Tú te la pierdes. Y así terminó la historia. Te imaginas el nivel, Leonor, no sé qué le encontré a ese milico… Recuerdo cuando lo vi la primera vez, ¡me hubiera podido lanzar a sus brazos de frente! ¡Jajajaja! Lo malo de la ruptura era que su influencia con el gobierno nos era útil, pero bueno. Así es la vida. Leonor no había vuelto a pensar en lo que sucedió en la casa de la gemela años atrás y que había provocado el caos. Su cuerpo no había registrado el incidente de ninguna manera, y Leonor se sorprendía ella misma de lo poco que le había importado ese primer encuentro erótico y culpable. Cuando volvía a ver a su cuñado, nada en él estaba relacionado con la presencia en su habitación, eran dos entes aparte. En su cabeza, por supuesto.

García Lorca

Leonor miraba la luna desde su balcón, respirando el aire seco del desierto unido a la humedad del océano. Y recordó aquel poema de García Lorca que le recitaba Antonio:

Verde que te quiero verde.
Verde viento. Verdes ramas.
El barco sobre la mar
y el caballo en la montaña.
Con la sombra en la cintura
ella sueña en su baranda,
verde carne, pelo verde,
con ojos de fría plata.
Verde que te quiero verde.
Bajo la luna gitana,
las cosas la están mirando
y ella no puede mirarlas.

¿Qué es una luna gitana?, le preguntaba Leonor riendo y Antonio le contestaba con su voz de galán de radionovela:

Verde que te quiero verde. (…)
¿Pero quién vendrá? ¿Y por dónde…?
Ella sigue en su baranda,

verde carne, pelo verde,
soñando en la mar amarga.

Tú eres verde, verdes ojos, Leonor. Este poema es mi homenaje a ti que das un poco de miedo cuando me miras así. ¿Así cómo? Así como ahora. Y Antonio le decía: Cierra los ojos, mi amor, deja esa agua verde descansar tras tus párpados dorados, que yo solo quiero tu boca. La luna y el balcón y sus matitas de flores no formaban el cuadro de la noche andaluza de García Lorca, pero era bueno soñar e imaginar otros cielos, así, estrellados, y otra luna, que es siempre, decía Antonio, la misma luna, pero la gracia está en verla desde diferentes puntos del globo. ¿Tú quieres viajar, Antonio? ¿Quieres ver el mundo? Leonor, puedo bogar por tus ojos o tu cuerpo como en un mapa de carne… Uy, pero qué poético estas siempre antes de irte de viaje, jajajaja. Es verdad, cuando me tengo que separar de ti, se me vienen los versos a la boca. Ah, Leonor del alma mía, luz de donde el sol la toma, blanquísima paloma. Y Antonio ponía su boca entre su cuello y el hombro hasta hacerla reír y retorcerse de cosquillas. Pero el hecho es que te vas, te estás yendo siempre. Eres así, como esa sombra que me seguía por las calles y cuando me volteaba veía solo tu perfil doblando la esquina. Sí, soy como el agua, que se te escurre entre los dedos. ¿No? Sí, y no sé si me gusta esa sensación. Leonor, cuando estaba de gira, habiéndote dejado aquí a la merced de la señorita Rosita y del doctor Hernández, debo decir que cada noche me acostaba con el corazón en la boca. En mis sueños te veía lejana, vestida de señora, con un collar de perlas, del brazo del doctorcito ese. Era horrible. Me mirabas de arriba abajo y estirabas el brazo para darme tu mano enguantada un instante, luego te dabas la vuelta y te ibas. Qué pesadilla… ¿Y no te distraías entonces con los actores y actrices, de noche en los bares de Tacna? No estaba con ánimo de irme de farra, Leonor, te lo juro, pero sí iba a los restaurantes, la comida peruana es deliciosa. Comía solo, en un rincón oscuro, sin levantar los ojos del plato, leyendo poemas, pensando en ti.

Uy, Antonio, no sé si creerte cuando me hablas así. Yo trabajo mucho cuando no estás, regreso con los pies hinchados del hospital, ceno en nuestro balconcito sevillano y luego me acuesto tan cansada que duermo como un plomo. Qué poco romántica eres mi Leonor… te admiro, eres una enfermera diplomada, habituada al dolor y a las llagas y no cierras los ojos ante nada. Antonio, yo estoy aquí, fija, y tú te mueves y vuelves a tu puerto. Yo estoy en casa y habito cada rincón, amo este lugar que por fin es mío y se me parece. Llego, me quito el uniforme y lo cuelgo en el ropero. No tengo que pedir permiso a nadie ni mantener una careta, aquí soy yo, pies descalzos, con el cabello desarreglado, comiendo con simplicidad un plato caliente. Miro por la ventana y veo esa luna inmensa que ves también desde Santiago, y sé que pensamos lo mismo los dos.

No te lo diré nunca, Antonio, pero a veces pienso que me bastaría con eso para ser feliz. Esperarte y verte llegar del mundo con flores y frutas en las manos, como regalos escogidos por ti de la innumerable cantidad de maravillas que hay allá lejos de casa. Debiste ser monja de clausura, me decía la Lili cuando no quería salir con otros jóvenes a la calle. La calle es el caos, la suciedad, todo es confuso. ¿Y en la calle no conociste a tu Antonio?, la calle te lo trajo como una ola a la playa. Sí, la calle me lo alcanzó, es verdad. Y me gusta caminar con él, pasear de su mano, que es como mi enlace con afuera. Sola soy un barco que prefiere anclar a puerto, flotar, dejándose llevar por las mareas. ¿Y él que es, el ancla? Sí, él es el ancla, aunque por el momento es viento, como siempre está de gira con la compañía o de misión…

La partida

Cuando Antonio regresó a Tocopilla, la suerte había sido echada. Leonor lo vio entrar con la mirada seria, pero con la sonrisa de quien ha hecho una travesura y sabe que va a ser perdonado, a fin de cuentas. Leonor se sentó con él en el balcón. La luna no tardaría en remontar el cielo e iluminar el saloncito. Yo sé que esta es tu primera casa, Leonor, que es tu hogar en este norte sin piedad que nos devora con su arena, su viento y su mar salvaje. Pero aquí no es posible, Leonor. Creí estar por fin liberado de todos esos actos anteriores a ti. Pero no va a ser posible. Nuestro propio encuentro está marcado por este oficio de la sombra, de la ignominia en cierto modo, todo esto se me pega a la piel, me persigue. Ellos me citan y yo voy, moviendo la cola como perro fiel. Esperando órdenes, acatando órdenes ¿de quién, por qué? Estoy de luna de miel, les dije. Esto es más importante, responden. Yo no puedo vivir así, Leonor. Me asfixio.

Leonor levantó los ojos hacia el firmamento. Las estrellas brillaban antes que la luna. El desierto es el lugar ideal para observar el infinito, su aire es de una transparencia de cristal. Con sus manos perfectas, Leonor recogió su cabello y lo retuvo en la nuca. Respiro profundo. La sensación de estar transitando por una franja de realidad la devolvió a su pasado de huérfana.

Pensó en el faro de Antofagasta, siempre allí ante las cambiantes aguas del océano. Pensó en el jardín de su madre, tentativa de desafiar al destino plantando en arenas movedizas. El hombre y la naturaleza. Alegrías y penas. La voz de Antonio le sonaba lejana. Intentaba convencerla de lo que ella ya había previsto. Desde esa conversación con la señorita Rosita entendió que algo irreversible los separaba de las otras parejas, bien instaladas con sus hijos, mal que bien, en un punto del mapa. Antonio y ella fueron intensamente felices en Valparaíso. Valparaíso es una puerta abierta al mundo, había dicho el guía, su puerto acoge refugiados de la guerra como recibió antes a otros, y mucha mercancía y pescado y mineral… Allí eran libres, y estaban a punto de dar el paso. Esta geografía chilena nos expone constantemente al roce del mar, al viaje siempre posible. ¿Su padre habrá sentido ese mismo llamado? ¿Ella pertenecía a su raza de vagabundos, de exploradores? ¿o de saltimbanquis como Antonio? Donde estemos podrás ejercer como enfermera, decía en ese momento Antonio pensando que ella no estaba de acuerdo. No intentes convencerme, Antonio, que ya me las olía. Desde que hablé con la señorita Rosita y antes, presentí que todo sería movedizo contigo. Si no, me hubiera casado con el doctor Hernández, ¿no? Aquí las cosas no están bien encaradas para nosotros, aunque el cambio de presidente haya sido una esperanza… Tenemos que irnos ya, antes de que tengamos niños que cargar y criar, Leonor. ¿Leonor?

En la lejanía

Leonor estaba lejos, muy lejos, fuera de su alcance. Se había refugiado en ese lugar misterioso que había visitado desde niña para no sufrir. Antonio le tomaba la mano, le hablaba al oído, le sonreía, intentando hacerla volver. Leonor cerró los ojos y miró a través de sus párpados nuevas constelaciones de venas al trasluz. Leonor, ya devolví la llave de la casa y vendí los muebles, Leonor, podemos partir apenas puedas dejar el hospital. El desgarro de dejar cosas y personas siempre atrás. Esa rutina ganada duramente al caos, desde la infancia, iba a quedar inoperante. Otras rutinas vendrán, se dijo. Otras personas vendrán, pero no más mi familia. Nos vamos a separar de ellos. Nuestros hijos no tendrán abuela ni tíos con los que contar. Cierto, Leonor, estaremos nosotros dos y los niños en tierra extraña. ¿Adónde vamos? Ese barco inmenso se aleja por la costa hacia el norte. Donde haya más oportunidades… me han hablado de Colombia. Antonio fumaba hablando como consigo mismo, estirando sus largas piernas, su media sonrisa de lobo con dientes blancos. Sabía que Leonor no se opondría al viaje, aunque le costara esfuerzos desmesurados. La casa en un instante había dejado de ser su refugio para volverse una simple construcción, sentía cómo se estremecían sus cimientos, oscilando como barco en la mar, dándole otra visión de la callecita de Tocopilla. Estaban solo de paso, lo sabía, y les costaría mucho esfuerzo hallar una tierra donde fundar su familia.

Cuando la Lili se enteró, puso el grito en el cielo. Pero ustedes deben estar locos. ¿Han vendido todo? ¿Han devuelto la casa? Fermín, ven que me va a dar un chucaque. ¡La niña se va de Chile! Lo peor del mundo es ser un extranjero, Leonor, nunca dejaras de serlo, adonde vayas. Yo sabía que tenías que casarte con el doctorcito… no puede ser. Nunca más te volveremos a ver. Los niños van a crecer sin ti. ¿Y tus hijos? Y no es que haya una guerra como esos pobres españoles, o una epidemia, ¿por qué ahora? Leonor, aquí tienes trabajo y tu familia… te puede pasar cualquier cosa. Piénsenlo, por favor. Fermín, ven. La Lili se dejó caer en una silla, estaba pálida y, con la mano sobre el pecho, respiraba por la boca. Leonor le alcanzó un vaso con agua.

Leonor estaba callada, impenetrable. Fermín se dio cuenta al verla de que no serviría de nada insistir. La decisión estaba tomada. Tienen razones que ignoramos, le decía Fermín a su esposa. No te pongas así, van a regresar. Ya no es como en el siglo pasado cuando uno se iba para siempre. ¿No se van a Europa? ¡No, pues, tonta, allá están en plena guerra! Son ellos, los refugiados españoles, los que vienen para acá, recuerda el Winnipeg, Neruda… La Lili se iba calmando, pero seguía furiosa con ese tal Antonio que se quería llevar a la niña lejos. ¿Qué van a decir las gemelas? ¿Y la señorita Rosita? Quizá ella pueda hacer algo. Si él acepta volver a trabajar a Santiago, ¿no? Ay, Lili, ¿has visto la determinación de Leonor? Tiene una voluntad de hierro. Si ya lo decidió, no dará su brazo a torcer.

Despedidas

Leonor no fue a despedirse de María Elena. Allá solo quedaban restos de una ciudad que ya no era aquella trazada por los ingleses para los trabajadores de la Compañía Salitrera Anglo

Chilena. Ya no quedaba rastro del jardín de su madre y la casa estaba en ruinas. La oficina de su padre había sido completamente vaciada y todos sus papeles, documentos y libros estaban donde la señorita Rosita, en Santiago, esperándola. Los pasaportes estaban listos con sus fotos en blanco y negro, que parecían de un estudio de Hollywood, y que sus hijos y nietos admirarían tanto. Las maletas estaban hechas. Solo quedaba ir a Valparaíso a tomar el barco. Su partida del hospital había defraudado a más de uno que apreciaba su profesionalismo y empeño en el trabajo. El doctor Hernández, pálido y discreto, solo fue capaz de darle la mano y decirle: Cualquier cosa que necesite, Leonor, estoy acá, siempre a su disposición.

Leonor atravesaba, como en sueños, las etapas previas a la partida, y necesitaba, de vez en cuando, mirar a Antonio tan determinado y feliz para afianzar su posición. Estaban los dos solos en esto. Por fin ya no había sombras ni pasado ni jerarquías que pudieran interferir en sus vidas. Era extraño estar a punto de abandonar su país, esa patria tan mencionada y defendida, tan ideal cuando se la piensa. ¿Era tan solo un suelo y un acento? Volveremos, decía Antonio, a visitar a la familia, a presentar a nuestros hijos, volveremos de visita, y le apretaba fuerte la mano. Leonor no quería pensar en la vuelta, todavía, su mirada se fijaba más allá, en el horizonte, tratando de imaginar cómo sería esa casa que sí sería la suya definitiva; ¿bajo qué cielo, en qué clima? ¿Cómo serán nuestros hijos que ya no serán solo chilenos?

Las gemelas prometieron ir a despedirla a Valparaíso. Ambas, de carácter aventurero, tomaron su partida como un viaje más, no tan en serio. Nunca admitieron que su hermanita iba a emigrar como esos pobres españoles comunistas, muertos de hambre e infestados de piojos. No, jamás. Este era un crucero por el Pacífico y Leonor podría estrenar los hermosos sombreros de paja trenzada que le habían regalado. Las dos estaban vestidas con sus colores emblemáticos, rosa y celeste, acompañadas por sus hijos menores. Los esposos no habían podido venir. Leonor las abrazó reconociendo sus cuerpos frágiles, de huesitos de ave, perfumados, empolvados, los hermosos cabellos dorados recogidos a la nuca. Ay, hermanas, las voy a extrañar, dijo Leonor sintiendo que se le llenaban los ojos de lágrimas. Pero, niña, no es un adiós, ¡es un hasta luego! Nos visitaremos, vas a ver… y tú vendrás con tus hijos a ver a tus sobrinos. ¿O no?

La señorita Rosita no vino en persona, pero le mandó una carta que terminó de confirmar a Leonor en su decisión.

> *Leonor, hija, yo siempre te consideré así, como de mi sangre. Todas las decisiones tomadas en el pasado las asumo plenamente. Antonio Vega es la persona que escogí para cuidarte y creo que tuve una premonición del futuro para ti. Como bien sabes, Antonio estuvo aquí hace poco, había cosas que arreglar, papeles que firmar antes de obtener el pasaporte. (…) Te habrá dicho él que aquí sus servicios son muy valorados y su destino estaba trazado… pero las circunstancias son las que son. Yo siempre estaré atenta para proteger sus espaldas y dejarles a ustedes la posibilidad de hacer una nueva vida, lamentablemente fuera de la patria que los cobijó. No podré ir a despedirlos, pero prometo escribirles e irlos a visitar, si es posible, cuando se instalen. Yo le aconseje ir a Colombia, es un país muy prometedor…*

Había algo extraño en el tono de la carta, una advertencia o una amenaza velada. Antonio no le había dicho nada de la entrevista con la señorita Rosita. Su viaje a Santiago había sido todo un misterio, pero definitivo y último. Y Leonor lo había tomado así. No tenía por qué saber los detalles. Su marido estaba por fin liberado de la maraña de relaciones que el Servicio había tejido a su alrededor. No era fácil extraerse de ese medio, le había dicho. Allá nunca te olvidan, te hacen firmar un montón de papeles y al final estás frito, obligado a trabajar con ellos para siempre. Pero yo soy un buen ciudadano, amo a mi patria, Leonor, ¿tú me crees? Amo a mi patria y la quiero libre y justa para todos. Y, como tu padre, pienso que el modelo económico exportador de la riqueza a toda vela no es la solución para nuestro desarrollo. Seguimos siendo una capitanía de la época colonial, somos los proveedores de materia prima de países que sí se enriquecen y que pueden educar a sus hijos y tener buenos hospitales. Lo sabes mejor que yo. Pero adónde vayamos seguiremos siendo «los chilenos»... Sí, pero nuestros hijos ya no... Es extraño pensar en ello. La señorita Rosita ha sido un apoyo y una guía para mí, no tomes a mal su carta. Lo que pasa es que está acostumbrada a mandar y a veces no se da cuenta...

Leonor se levantó temprano y se asomó a la ventana del hotel. El mar brillaba al sol, el puerto se agitaba entre pasajeros y maletas, entre marineros y oficiales. Reinaba en los muelles un ambiente de feria, de fiesta popular. Antonio dormía con los brazos abiertos, en total confianza, su pecho se levantaba al ritmo de su respiración. Leonor sintió su corazón encogerse ante lo que, de quedarse, les hubiera pasado: peligros, venganzas, riesgos. Con la misma imaginación desbocada de su adolescencia libresca proyectaba misterios y trampas en ciudades fantasmagóricas, pobladas de espías y de neblinas londinenses. Qué cabeza la mía...

estamos a punto de poner el pie en la cubierta de un barco. La aventura comienza aquí, donde mi padre fue feliz. ¡Es un buen signo! Antonio levantó la cabeza, todo despeinado. ¿Ya amaneció? Te has levantado al alba... Sí, no podía dormir más. Todo está listo, podemos partir. El barco se llama Fresia, dijo Antonio, ¡el nombre de la amada de Caupolicán! *Anduvo, anduvo, anduvo. Le vio la luz del día, /le vio la tarde pálida, le vio la noche fría, /y siempre el tronco de árbol a cuestas del titán*. ¡Grande Darío! musito Antonio, estirándose y levantándose de la cama.

Espero que no termines como él, contestó Leonor, muy seria. El rio y la abrazó, confiado como un niño de cumpleaños. ¡Hoy es el gran día, la libertad y el mundo nos esperan!

Viaje, viajes

Estaban todos reunidos en la cubierta del barco, el viento los retenía de pie. Leonor, junto a su marido, veía las costas de Chile alejarse poco a poco, como si el mar se las tragara, y un remordimiento infinito la invadió venenosamente. Romper las amarras no es un acto gratuito. Acuérdate de Ulises. Sé que es injusto alejar a nuestros hijos no nacidos de su tierra de origen. Ellos buscarán y buscarán toda su vida, los ojos ciegos, ignorando el objeto de su búsqueda. Y todo porque nos vamos arrancando nuestras raíces, entremezcladas en el suelo de este extraño país del borde del mundo. Volveremos algún día, musitó para sí misma Leonor sin lograr convencerse. Ya casi no se veía la costa. Mar afuera, dijo uno de los marineros a voz en cuello.

A su lado, había una familia mirando como ellos el horizonte alejarse. Los padres, muy jóvenes, llevaban de la mano a un niño y a una niña de dos o tres años. Estaban muy pegados, los unos a los otros, como si fueran un puño ante la adversidad. Leonor quiso preguntarles qué planes tenían, adónde iban. Eran la prefiguración de la familia que ellos serían muy pronto. Los niños, con sus abriguitos bien abotonados, se abandonaban confiadamente a la voluntad de los padres, no había una sombra de miedo en sus ojos. Y Leonor pensó en su infancia tan llena de separaciones y de cambios. Nunca había dejado de cambiar, como esos insectos que salen del capullo tan transformados que los antiguos pensaban que se trataban de dos tipos de insectos. Leonor sentía que había nacido solita del cascarón, rompiendo con el pico la membrana, la costra, la veladura, las apariencias, buscando verdades y también su camino. Esa familia unida y llena de esperanza era su modelo, hacia ella estaban yendo ambos, sin disimulos. A plantar su tienda, ya no en desierto de Atacama, pero en tierra firme, bajo otros cielos. María Elena estaba muy lejos. Desde sus 1250 msnm les decía adiós.

EL PUERTO DEL CALLAO

Como siempre, Antonio se hizo rápidamente de un grupo de amigos en el barco. Eran gente de teatro y prensa. Las ideas y proyectos nacían y morían al ritmo de conversaciones apasionadas bajo las estrellas y algunos acordes de guitarra. Unos españoles iban a desembarcar en Lima, tenían algunos contactos allí y se iban a alojar en la pensión de una española en el centro de la ciudad. Es una pensión familiar, muy decente, insistían para convencer a Leonor. ¿Por qué no el Perú, Leonor? Así estaremos cerca de Chile, cuando queramos visitar a la familia. Pronto se podrá viajar en avión y será sumamente rápido, ¡imagínate! A Leonor le sentaba mal el viaje en barco, estaba mareada la mayor parte del día y sufría de náuseas. Bajarse de allí era tentador. Sí, ¿por qué no Lima? Es una capital, y Antonio podría encontrar más fácilmente trabajo. Llegaremos mañana al Callao, Leonor. Tenemos que decidirnos ya. Mi abuela nació en Tarapacá y en esa época era territorio peruano. ¿Así que tú eres un poco peruano? Entonces será el Perú.

Desde ese momento, Leonor se sintió más aliviada. Ya no era un viaje hacia lo desconocido, ahora tenía un puerto con nombre, El Callao y un destino, Lima, la Ciudad de los Reyes, decía Antonio con su voz de maestro de ceremonias. Nos quedaremos en la pensión de la señora española en el centro de Lima por unos días… felizmente no es cara. Todo parecía más claro y Leonor respiraba por fin. El solo hecho de tener el nombre del lugar de destino y una fecha era un paso de gigante. La vida errante era la pesadilla de Leonor y la perseguiría siempre la sensación de no estar en su lugar legítimo, buscando incesantemente unos muros y un techo que pudieran protegerla del mundo. Una casa, un hogar, un reino donde reposar su cuerpo y su alma, eso era lo que necesitaba. Por el momento se acurrucaba entre los brazos de Antonio, cada noche, en su cabina. Pero ella tenía que saber adónde iba y caminar segura. Su voluntad había sido afilada por todo lo que había tenido que sobrellevar.

La sempiterna humedad de Lima los recibió penetrando la lana de sus abrigos. Ya se lo habían advertido en el barco, nada se puede contra la humedad limeña que se te mete hasta en los huesos. El cielo estaba nublado y gris. Cuando llegaron a la pensión, la cálida acogida de la dueña, doña Esperanza, los reconfortó. Leonor se sentó en la cama del cuarto que les habían preparado y miró hacia la ventana. Todavía estaba vestida con su abrigo y guantes, el sombrero colgado en el perchero. Se sentía desvalida, cansada y pegajosa. Antonio había salido a comprar unos víveres. De pronto, un ruido infernal invadió la habitación haciendo temblar el piso de madera y las lunas. Temblor, pensó alocadamente Leonor sintiéndose desfallecer.

Una marcha solemne, casi fúnebre, acompañada de vítores y de cantos entonados por multitudes… Leonor creyó volverse loca un momento y vivir en una de sus pesadillas. Olores de sahumerios subían de la calle y un gran estrépito sacudía hasta la cama. ¿Será un temblor? No puede ser... ¿será la guerra como en Europa? Leonor se acercó a la ventana, descorrió las cortinas y la abrió. Lo que vio la marcaría toda su vida, y se lo contaría a sus hijos y a sus nietos que se lo contarían, a su vez, a sus hijos. Una marea humana avanzaba llenando la calle. Una multitud inmensa, vestida de morado, las mujeres con mantillas, todos apretujados al pie del anda del Señor de los Milagros. Era octubre y los sahumerios humeaban hasta su nariz mientras los cargadores se detenían casi bajo su balcón. Era como si los rezos y pedidos de los fieles se concretizaran en cantos plañideros, en aromas de palo santo, en gestos de brazos que imploraban bendiciones al cielo. ¿Eso era Lima? ¿Esa ciudad aún tan colonial y española donde las creencias religiosas se festejaban en público y en la calle?

La música era tan profunda y rítmica que Leonor pudo haber caído de rodillas y llorar, pero estaba paralizada de miedo. El gentío siempre la había asustado, la masa dotada de movimientos instintivos de animal inmenso, todo en ella era respiración y vitalidad desbordada. Leonor se sintió frágil, pequeña y, sobre todo, extranjera. No eran su idioma ni su paisaje esos cantos y esas presencias, ese fervor que la sorprendía tan fría y sin sensaciones. Quiso rezar y pedir, por el bien de su viaje, por esa aventura loca que intentaban Antonio y ella, pero permanecía inmóvil y fría. La procesión seguía su paso cadencioso bajo su ventana y de pronto entendió que presenciar ese momento de la ciudad era un privilegio providencial. Era una bienvenida gigante. Como le diría luego doña Esperanza, la patrona de la pensión, con su acento castizo: Has sido bendecida, niña, ¡y sin haber tenido que perder tus zapatos en medio de la multitud!

El anda avanzaba pesadamente y la figura del Señor de los Milagros, moreno y doloroso, paseaba su mirada compasiva sobre los fieles. Desde la ventana, Leonor lo miró directamente a los ojos, sintiendo una conmoción en su pecho. La misericordia de ese Cristo de los pobres, de los esclavos, de ese Cristo que ya era americano, peruano, limeño, y ya no español o de la lejana Palestina. Eso somos, esa mezcla, esa cocción de razas y de orígenes, entre los esclavos negros, los indios, los blancos, todos juntos, de rodillas, con el rosario entre las manos… Eso somos, y nosotros venimos a enriquecer esta nación para que sea aún más perfumada que los humos de incienso que llenan toda la habitación. Fue un momento de encuentro, un choque emotivo. Lima entera estaba ante ella con su historia de virreyes y esclavos, con sus creencias paganas y católicas, con esa riqueza inmensa de su imperio decaído, pero jamás desaparecido. Y Leonor sintió en su corazón el contento, porque ahora sabía que lo que les quitaría a sus hijos sería compensado por esa cultura, rica y espesa, que vendría a rellenar las fisuras que dejaría la migración. Como siempre en la historia de la humanidad, la adaptación enriquece y transforma la miseria que empujó a la partida.

No hemos huido, Antonio, estamos buscando una tierra que nos pueda acoger y dar de comer, un lugar donde reposar y trabajar. Donde ser libres.

Cuando Antonio regresó al hotel, luego de haber recorrido en vano el barrio y de haber caminado buscando tiendas abiertas, a pesar de la procesión, Leonor ya estaba echada en la cama, durmiendo profundamente, con los zapatos puestos. Sus bellos ojos cerrados la hacían aún más hermosa, universal, semejante a una estatua viva. Ese era el rostro que él quería ver cada día de su vida al despertar. Antonio se acercó sin hacer ruido y la descalzó con gestos de infinita ternura. Luego la tapó con su propio abrigo. Hace frío en Lima, qué humedad, murmuró, yendo a cerrar la ventana y correr la cortina.

FIN

ÍNDICE

Regreso a María Elena 13

I. La niña Leonor

Atacama 19
Nacimiento de Leonor 21
El cinema 22
El colchón en llamas 24
Amores 27
La niña Leonor 29
El padre 31
Las gemelas 34
La muerte 37
El viudo 39
La señorita Rosita 42
El humo 44
Reunión familiar 46
Los alemanes 48
El secuestro fallido 51

II. Nacimiento y muerte en María Elena

En casa de Lili y Fermín 57
La pobreza 60

Fermín 63
El nombre María Elena 70
La fuga del padre 75
Coro de las gemelas 81
Nacimiento y muerte en María Elena 85
En Concepción 92
Retorno de las gemelas 99
Confusión de Leonor 101

III. Concepción, Santiago y Antofagasta

Concepción 113
Oh sentina de escombros, feroz cueva de náufragos 116
La señorita Rosita 121
Secretos y vericuetos 129
La persecución 131
La huida 137
Visita a las cuñadas 143
Antofagasta, el hostal, el faro, el mar 147
Contra el ángel 153
¿Tocopilla? 156
La casa muerta 161
Las gemelas rosa y celeste 165
Esa noche 168

IV. Entre Valparaíso, Santiago y Concepción

Hacia Valparaíso 173
Paseo por el puerto 179
La mala estrella 188
Nuevamente Rosita 190

El joven del bigotito 193
La enfermedad de Leonor 196
Una sombra 199
Rosita acerca de Antonio 200
Convalecencia y visita de la señorita Rosita 203
Día a día 208
En la casa de la gemela rosa 210
Las calles de Concepción 213

V. Norte Grande de Chile

En Tocopilla 225
El hospital de Tocopilla 229
De guardia en la noche 232
Antonio es el sol 237
Volver a María Elena quizá por última vez 240
En la cabeza de Leonor 245
Después de la paliza 249
Nuevamente Antofagasta 253
El hotel de lujo 257
Último día/primer día 259
La obra de teatro en María Elena 263
Pasacalle 268

VI. La lejanía

Tocopilla, de nuevo 273
Hospital 275
Tête-à-tête 278
El final del padre 281
El expediente AVF 282

¿Qué hacer? 284
La piscina 288
En el restaurante 292
La noche en blanco 294
El barco sobre la mar y el caballo en la montaña 298
Antonio en Tocopilla 299
García Lorca 302
La partida 305
En la lejanía 307
Despedidas 308
Viaje, viajes 312

El puerto del Callao 315

El jardín en el desierto
se terminó de imprimir en los talleres de
Aleph Impresiones SRL, Jr. Risso 580, Lince,
Lima, Perú.

Lima, abril de 2024

cocodrilo
ediciones

CONTRA
TAPA